槐花次第开

雷扬梅 著

陕西新华出版

太白文艺出版社 · 西安

图书在版编目（ＣＩＰ）数据

槐花次第开 / 雷扬梅著．-- 西安：太白文艺出版
社，2024.5
ISBN 978-7-5513-2625-4

Ⅰ．①槐… Ⅱ．①雷… Ⅲ．①散文集－中国－当代
Ⅳ．① I267

中国国家版本馆 CIP 数据核字（2024）第 109959 号

槐花次第开
HUAIHUA CIDI KAI

作　　者　雷扬梅
责任编辑　李明婕
封面设计　李　李
版式设计　宁　萌
出版发行　太白文艺出版社
经　　销　新华书店
印　　刷　四川科德彩色数码科技有限公司
开　　本　880mm×1230mm　1/32
字　　数　200 千字
印　　张　8
版　　次　2024 年 5 月第 1 版
印　　次　2024 年 5 月第 1 次印刷
书　　号　ISBN 978-7-5513-2625-4
定　　价　86.00 元

乡土的诗意回眸

张　锋

不得不告别泥土，走向霓虹，似乎是这一代人的宿命。

一旦被城市化浪潮裹挟前行，多少人脚踏另一片土地，无论是否拥有自己的栖居之所，其内心都常常如潮头过后的泡沫，不知西东地漂泊。于是，回望留在生命记忆中的乡土，便成为常态。

作者雷扬梅追逐心灵的常态之一，就是回望乡土。尽管"抬眼便是丛林般的水泥房子，低头便是人车往来不息的马路"（《乡道上的日月星辰》），对小城早已耳熟能详，但她依旧抹不去对"故园"的记忆。峡江汤口对岸的岭头，飞凤山顶的浅坡和平畴，几畦稻田，几片流云，以及"噼啪噼啪作响"（《槐花次第开》）的绿豆荚，都是生命的诗；几声鸡鸣，几点犬吠，都是灵魂的歌。

不可讳言，儿时，"故园"难以摆脱贫穷的羁绊。终日"不曾洗去的鼻涕锅巴"（《乡道上的日月星辰》）的表弟、拥有一张"早已经变形的苍老的脸"（《兰花》）的兰花……无不令内心多了几分沉重。热情地将难得的豆芽送往城里，却遭遇九姑的嫌弃……

"赶场"的路很长，终究可以艰难地行走；情感距离，不是蜿蜒的河，而是横亘在人际间的厚厚障壁，难以逾越。贫穷年代的人情冷暖，令人几乎窒息。因贫穷而过早感受到人间况味，所以被"四季的愁绪像丝线一样紧紧裹着"（《大姐》）的"大姐"，也或多或少地折射着她的苦涩。

然而，不堪回首的往事常常是情感的酵母，是生活滋味的温床。因为，"每一步都是故事，都是岁月的烟火"（《乡道上的日月星辰》），都是本应回眸的生命履痕，令回眸者"别有一番滋味在心头"。在雷扬梅的"故园"里，乡人的淳朴、善良，以及鸡蛋里萌生的希望，都令人感受到微茫中的曙色、贫穷中的温暖。即便是拼命往公鸡嘴里塞苞谷粒，以求卖出好价钱的那位陈表叔，也令人在掩口卢胡之时，感受到为家人温饱所做的挣扎，而非人性的丑恶。因为她深信：生活就像褶皱里的污垢，但总会有萤火虫一样的光。生活中的人，也不是扁平化的角色，而是立体化的镜像，是复杂而鲜活的存在。因重男轻女，看到母亲生下四妹后"脸瞬间沉了下去，一句话也没有说"（《父亲与女儿》）的父亲，也怀着对亲人的深情。正因如此，作家在观察真实生活的同时，也诗意地观照生活，试图咀嚼出乡土的本真。由于情感的脉搏抵近"故园"，她笔下的"故园"，既是人间烟火气氤氲的图画，也是小人物生动呈现的走廊。"旧事斑斑"中这些小人物朴实无华，构成峡江乡土动人的人物谱系。

其后"新事灼灼"中关于新人新事的篇章，也无不拥有乡土的本色。"系着蓝色的打了补丁的围裙，灯光照着他浅浅的灰白的头发"（《毛哥》），却"在城市的一角安静地唱着属于自己的歌"（《毛哥》）的毛哥，有着乡人的坚韧与乐观；虽患不治之症，却坚信"还没到时候，我的花还没落呢！"（《姑娘·暮春》）的小姑娘，"眼里写满凄怆的故事，脸上却看不到风霜"（《姑娘·暮春》）、活得"精致"的冉婆婆，令人肃然起敬……他们，丰富了峡江乡土人物谱系，值得回眸和礼赞。

雷扬梅的乡土，回眸的乡土，就这样诗意地呈现于眼前。尽管"院子里没人了，荒了多年，长满了乱草。"（《故乡深处》），但"故园"的人也好，物也罢，无不像放风筝者手中的线，令风筝无论有什么样的姿态，都始终飘飞不出放风筝者的视野；而经情感浸润的这些人与物及其本色的文字呢喃，总令人品咂不休。

带着情感上路，对"故园"风物念兹在兹。她回眸"故园"时，似乎缺乏"春江潮水连海平"般广阔的视野，或许因为怀揣的，不是山呼海啸式的激情，而是激滟纹波式的柔情，绵绵的柔情。即便是乡土野坡上的凡物野葱，"在一阵歌声中醒来，睁开眼睛，一束阳光透过荒草，斑驳的影子打在它身上。一只黄莺在不远处的桑树枝上对着自己唱道：'你孤零零长在荒坡上，岁月一年又一年，朝饮露，晚披霞，风为伴，雨作纱，年年繁华年年枯'"（《戏说野葱》），也演绎出生命的诗意。因而她的笔端，不是"云海波澜峰作鸟"式的风景，而是娓娓的言说，是质朴而细腻的文字。这些隽永的文字，令人在感受到"故园"诗意的同时，也感受到文字的诗意。"太阳渐渐西沉，夕阳的余晖洒向山林，洒向脚下的这块土地，辉煌而寂寥"（《故乡深处》），虽含着些许感伤，却自为秀美的画卷。而这些质朴细腻的文字之下，是敏感的灵思。且看那充满诗意的槐花，"忽又窜到西边的枝丫，忽又窜到长满刺的树根上，忽又像雪花一样落在我有泪有胭脂的脸上"（《槐花次第开》）。

欣赏是快乐而漫长的旅程。一个多月来，我因沉浸在陈表叔等人的故事中而不时动容，我被洗尽铅华而意味隽永的文字感动着……我还能说什么呢？"书卷多情是故人。"穿越红尘，常有郁积，而《槐花次第开》这部散文集恰似一柄折扇，为我带来了不少欣喜和慰藉，尽管其中不乏内蕴掘进不深、细节尚待琢磨之处。我坚信，《槐花次第开》和其他同样清新隽永的书卷，是当下红尘孤客的伴侣，伴其一消永夜。

癸卯岁暮匆成于渝东

张锋，男，正高级（三级）教师，全国中学语文研究会优秀教师，云阳县首届"梯城英才"、新云阳人才，云阳县文学艺术界联合会原兼职副主席，云阳县作家协会、文艺评论家协会副主席。先后独著并出版诗文集《萍踪鸟影》等3本，主编、主撰并出版《渐行渐远的斑斓》，主撰、合著并出版《对联写作》《下岩题诗詹言》等7本。

目录

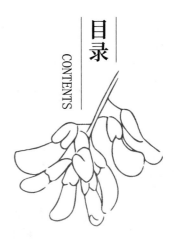

CONTENTS

一

旧事斑斑

乡道上的日月星辰

住在小城，抬眼便是丛林般的水泥房子，低头便是人车往来不息的马路。上街（我们村坐落在长江南岸的大山深处，距离老县城有七十几里山路。我们把去老县城办事称为"上街"）已成为比吃快餐还容易的事情，尽管整个小城色香味俱全，但总感觉少了点儿什么味道。

走在街道上，东瞅瞅西望望，忽然感觉身子轻飘飘的，不能落地。甚至踩着的马路，也像踩在海绵上，绵软无力。整个人像机器，仿佛没有了思想和灵魂。

此时此刻，岁月深处的乡间小道便从远方逶迤而来，它们沧桑而厚重，或泥泞，或搭石，或上梯，或下坎，每一步都是故事，都是岁月的烟火。

尤其是那条上街的路，四季轮回，草木枯荣，演绎了无数庄户人的悲欢离合。

以前，庄户人家每年至少都要上街一次。那蜿蜒山路上的一草一木，虫鸣鸟叫，甚至是乡亲们滚落的话语，都仿佛还在沸水里翻滚，热气腾腾，从未随着岁月的流逝而冷却。

那时候，上街是一件非常隆重的事情。每一位上街的人，都寄托着家人的无限希望。

上街的前几天，村民们就在田间地头吆喝。他们在烈日下，在微雨中，在夕阳里，在草长时，在鸟声里，忽然站直身体，双手拉着锄把,歇气的当儿就会大声喊着,问着,商量着上街的日子,盘算着要卖的土特产,家里急需什么东西。

"好久去哦,约个时间一起嘛。"

"我家存了二十几个鸡蛋,可以去卖了。"

"我那几串烟叶也可以出手了。"

"我去卖黄豆。"

"我家那两个鸡头也可以卖了,光吃粮食不下蛋,喂久了划不来。"

西屋的陈大爷,利用晚上歇息的时间,蹲在昏黄的煤油灯下,挑拣着上好的烟叶(摸上去厚实的,看上去带点儿青的),十根一扎,用稻草捆住烟叶基部。或者扎成大碗口粗的大捆,用稻谷草分别扎紧烟叶基部、中部、尖部,然后整整齐齐码放在箩筐里。东屋的陈大婶,在油灯下眯缝着眼,头埋得低低的,用筛子筛选黄豆。瘪的烂的黄豆,一律拣出来放在右脚旁边的斗斛(一种木质量器)里,去掉沙、石头后留着,待过年时打豆腐。至于黄灿灿的颗粒饱满的卖相好的黄豆,得挑进城去卖给城里人。西屋的表奶奶有一双小脚,西屋的柜子里存着二十几个鸡蛋,她小心翼翼地把鸡蛋一个一个地取出,手搭凉棚,把鸡蛋对着光线看了又看,把存久了的,有点儿阴影的鸡蛋留下来自己吃。在阳光下透着红光的鸡蛋则用围裙兜着,颤颤巍巍地拿去陈大伯家,叫他顺带去帮忙卖卖,换点儿钱回来买盐。

屋后的竹林也热闹起来,篾刀、砍刀、锯子齐上阵。选几根直径五到六厘米的竹子去枝,截断。不一会儿,几个竹筒就制好了。竹筒里灌半筒煤油,筒口塞一坨棉花,一半在里,一半在外,一个简易的照明工具就制好了。

雄鸡刚刚叫第一遍,整个山村还在酣睡之中。"上街的走起!"不知是谁吆喝一声,几扇门几乎同时打开。随着这一声吆喝,他们挑的挑、背的背，整整衣服，跨出家门。

"竹筒拿好。"

"汗帕子带上。"

"卖了买几块肥皂回来。"

"买几根针，再买些五彩丝线。"家里的女人们送到门口，小声吩咐着。

孩子们也早早起来，在身后揉着眼睛：买几颗糖嘛，买几个馒头嘛，买个橡皮猪嘛，捏起会叫的……语气像是乞求又像是撒娇。上街的人大声应着："要得，要得，在家里要听妈妈的话哦。"山路上五六支火把点亮了空旷寂静的山村，一路的"嘿哟嘿哟"声惊醒了路边草丛里的虫子。滴落的汗珠带着温热的气息让整个村子渐渐苏醒过来。家家送行的狗一路上活蹦乱跳，先是跑上山梁，看主人还没到达，又一溜烟往下跑，站在主人面前看看，吠两声，再一个撒腿"呼哧呼哧"又向山梁奔跑。这便是上街路上特有的一道风景。

远处，次第亮起昏黄的油灯，像闪烁的小星星，更像是新的一天的希望在闪烁着。

这一天，留下来的大人、娃娃都巴巴地等待着，等待着太阳落山。当最后一抹晚霞隐入山林中时，上街的人就回来了。他们像打了一场胜仗，乐呵呵地从箩筐里、背篓里拿出换回的布匹、针头麻线、字典、橡皮猪……女人和孩子们眼里都泛着光。女人们做饭的动作更快了，孩子们抢过玩具，呼唤伙伴，整个院坝都是孩子们的欢笑声。

大街上车来车往，人流如织。我的思绪依然在那个小山村，在那条上街的乡道上。

我家上街的日子是腊月，年猪杀了之后。那时候的我，大概七岁，父亲上街，喜欢带着我。整整一年里，我上学放学都在盘算着什么时候过年，什么时候杀猪，什么时候上街。街上的九姑家里，有很多好吃的、好玩的，还可以看看表姐们漂亮的花衣服、九姑在她们的衣服上绣的小花，听留声机里好听的歌。上街就像一抹微光，在整年寂静的山村上空闪烁着、明亮着。人有了盼头，就有无限的精气神。

山村里，冬天的天气阴郁萧瑟，冬季也正是农闲的季节。村民们看看家里养猪的红薯、米糠快没了，于是走东家串西家地商量着杀猪。我父亲也不例外。

那天父亲用一天的时间挖完了冬洋芋。晚上在昏暗的煤油灯下，母亲在做晚饭。她一会儿来到灶膛前吹火，捣鼓一下灶膛里的柴，一会儿绕到后面灶台上去，麻利地摊粉皮、切洋芋。煤油灯后母亲的影子像一尊高塔，遮住了后面的整个土墙。父亲把母亲先前剁的猪草扫成堆，用手捧进竹筐里，放置在角落的菜坛子旁边，然后立起身，双手捶了捶后腰。

"今天是好久？"父亲问。

"莫是腊月十几了哦。"母亲也不晓得具体时间。

"你去歇房（卧室）看一下皇历，那本本儿在床头凳子的下层。"母亲吩咐父亲道。

父亲取来皇历，站在煤油灯下仔细地翻着。"今天腊月十六，明天是个单日子，后天十八，诸事皆宜。后天可以把年猪杀了。"

母亲接过话，催促道："反正饭还没熟，你快去请杀猪匠，后天日子好，怕是排满了。"

父亲"嗯嗯"着，脚步已跨出门槛，我也屁颠屁颠地摸黑跟着。整个山村被无边的黑夜笼罩着，偶尔刮过的寒风，让我不禁缩着脖子。乡村的路已走熟了，即使没有亮光，我和父亲也很快走过一道田埂，跨过一条溪流，走过蜿蜒小路，又走过一道田埂。

田埂的尽头就是杀猪匠永民表叔的家。永民表叔坐在灶膛前，一件不知什么颜色的衣服套在身上，泛着油污的光，透着一股冷气，我不禁打了个寒战。他弓着瘦小的身子，吸几口旱烟，咳嗽几声，再往灰堆里吐一口口水。他说："后天已有三家预约，看忙得过来不，早上争取早一点儿，晚上再摸摸黑，反正夜深长。"

腊月十八这天，天气也是阴郁的。父亲站在案板前吩咐杀猪匠："两个猪后腿砍大点儿，明天送街上的两个姐姐。"

得知明天要上街，我兴奋得睡不着。第二天，鸡还没叫头遍，母亲就起床了。我也悄悄穿好衣服，抖抖索索跟在母亲身后，她便吩咐我坐灶膛前添柴。母亲还特意包了两包黄豆芽让父亲带上，那也是过年才会准备的东西。

母亲为我梳洗一番后，我们就出发了。同行的还有陈表叔，他要卖四只公鸡，一只筐子只能装一只公鸡，他挑一对筐子，父亲挑一对筐子。我走在父亲的前面，陈表叔走在我前面。整个山村罩着一层朦胧清冷的月白。我拿着一支银色的手电筒走在中间。手电筒拿在我手里，哪有什么规矩呢？忽而照照天空，看那一束光遥遥地，没有尽头，天上有什么呢？忽而照照远方，看那一束光，从紧致到调皮地成散射状，远方在哪里呢？忽而照照地上的石子，看它们冒着冷气，和着淡淡的月色，一种凛冽的美和手电筒光交相缠绕。这时候，父亲会说："梅娃子，照路照路，小心点儿。"我乖乖地垂下手，让光垂直在我的脚边，方便父亲和表叔看路。这时候的光也是乖乖的，直直地垂直在路边，形成一个光斑，跟随我的脚步向前移动。我们像整个天幕下移动的剪影。待我们爬上山梁，站在山顶，天空像一个大锅盖，盖住远方的群山。那些群山，像大铁锅里的红薯，静静等待着在旺火里沸腾，熟透。天边的鱼肚白升起来了，群山揉揉惺忪的眼睛，准备迎接怀抱里的炊烟、鸡鸣、狗叫。

　　陈表叔走在前面，走过蜿蜒小路，这块路石松动了，小心点儿。然后和父亲一起找处平坦的地方，放下担子。再折转回来，把路石搭稳。父亲站在路石上使劲踩了踩，见路石纹丝不动，这才挑起筐子往前赶。碰到陡滑的上坡，陈表叔会先放下担子，自己爬上去，然后回头提我上去，父亲再递过担子交给陈表叔，最后父亲自己再爬上去。三个人一路上相扶相携，朝着老县城的方向前进。

　　我们路过一座村庄时，天已经大亮了，地里有早起的人侍弄菜园，圆润饱满的白菜，绿莹莹的葱和蒜苗、豌豆尖、莴笋、瓢儿菜、大青菜，它们是腊月的宠儿，被白霜爱抚过，更加柔软爽口。二爷爷家的八姑顶着一头乱发，趿着一双露出大脚趾头、洗得发白的布鞋，正在路边的菜园里掐葱。她看到我们，用她那清脆又洪亮的声音喊道："二哥，杀年猪了呀，又给五姐和九妹送嘎嘎（肉）呀！"八姑说完嘿嘿地笑着。这时，她的四个孩子也出来了，高高矮矮，吸着鼻涕，缩着脖颈，衣服脏得看不清颜色，每个孩子都趿着一双大布拖鞋，露在外面的脚背上，一个个红色的冻疮透着亮光，仿佛一摸就要破皮似的。四张小脸黄里带黑，还有不曾洗去的鼻涕锅巴。只有四双眼睛明亮着，看到父亲的扁担两头挂的肉，随着走路的节奏前后晃荡着，孩子们眼里放射出希望的光芒，头也前后晃荡着，还不时咂咂嘴巴，擦擦口水。我看看父亲，他急着赶路，紧抿着嘴唇，只是低头"嗯"了一声。"二哥，等一下，顺便给五姐和九妹带几棵白菜，现在打霜了，软软的，好吃。"八姑三扒两爪就把白菜弄好了，用草绳捆着，放进父亲挑着的箩筐里。父亲看看孩子们，又看看八姑，有点儿难为情。他看看天色，转头对八姑说："早点儿把年猪杀了，这个天怪冷的，猪吃了也不长肉了。"八姑点点头说："那是，那是。"我就犯了嘀咕："五姑也是大爷爷家的，怎么就给她送了呢？为什么不给八姑家拿点儿肉？""小孩子懂啥？八姑家在农村，她们养了猪的。"父亲说。

天已经大亮了，放眼望去，山道上几乎每几步都有人在向下走动，他们挑的挑，背的背，穿着平时舍不得穿的衣服，从四面八方的小道拥上这稍宽一点儿的山道。我们跟随他们，来到长江边上的四方石，又沿着山路向前走。江水的轰鸣声，远远近近的汽笛声让我的心儿飞上了树梢。到了县城对岸，趁歇气的时候，陈表叔提起一只公鸡，夹在两腿之间，一只手掰开鸡嘴壳子，另一只手从衣兜里抓出一把苞谷粒，对准鸡的嘴灌了进去，那情状，像小孩打梭梭板一样，苞谷粒一溜烟滑进鸡的喉咙、胃里。鸡惊慌失措，噎得脖子一伸一缩，喉咙里发出压抑的呜咽，细小的眼睛哀伤地瞅着我。我拗不过陈表叔，也不忍心看着鸡痛苦不堪的样子，于是心惊胆战地别过头去，听奔腾不息的江水。不一会儿，四只鸡的胃鼓鼓的，摸上去像硬硬的石头，苞谷粒的轮廓也清晰可见，互相挤压着，透不过气来。陈表叔整个人都活泛起来了，撩起一条看不清颜色的汗帕子，擦了擦额头说："四只鸡，起码重了两斤。"四只公鸡重新回到箩筐里，已经没有任何力气动弹，只是偶尔伸长脖子，痛苦地"咯"一声，然后又趴下去，眼睛偶尔哀哀地、呆滞地转动一下。

我和父亲先到九姑家里，九姑急忙接过肉，拿进厨房。父亲从筐里拿出豆芽和白菜，告诉九姑白菜是八姐叫带来的。九姑尖声哎呀呀几下，说："这个拿来做啥？街上多的是，还便宜。"九姑又回头对父亲说："丫也来了，你回家时得带回去，别像去年，放在我这里过年，房子窄，人又多，挺麻烦的，还以为你不要她了呢。"九姑快人快语，我悄悄看了一眼父亲，他的脸瞬间阴沉了下去。在农村，在我们家里，豆芽也和肉一样，也是一年才有一次的珍品。我仿佛看到豆芽也耷拉着脑袋，仿佛听到它的唉声叹气，仿佛看到它的那点儿活力正随着九姑的嫌弃一点一点萎靡，全然没有了在母亲手中时水灵娇气的样子。听了九姑的话，我的心也咯噔一下，慢慢向下沉去。九姑家咿咿呀呀的唱片、大馒头、高粱糖、桃片糕、皮蛋，一下子统统暗淡了下去，我想，如果把豆芽送给八姑，她及她的孩子们一定会像母亲一样，手捧胖胖的豆芽，就像捧着自己的孩子。看着九姑不屑一顾的表情，我想：我是不会一整年都盘算着上街的时间了。即使想上街，也只是想去看看热闹。

"明娃子。"九姑在叫父亲，"过来拿东西。"父亲跟着九姑来到她家卧室，九姑从柜子里拿出高粱糖、三盒桃片糕，又从角落处捡了一些皮蛋，用报纸包了三份。吩咐父亲道："八姐家娃娃多，把这包大的给她。剩下的两包，你自己一包，另外一包给爸爸和婶儿（九姑是奶奶养大的，所以管奶奶叫婶儿）带去。"尽管九姑抓了一大把糖，塞进了我的衣兜，可我还是有些闷闷不乐。

我用手护着衣兜里的糖，生怕它们跑了似的。我想起了邻居家生病的小英子。她和我同龄，我们常常是一起上学，一起回家。可是上学期刚开学，她就不去学校了，整天提不起精神，恹恹的，还全身发黄，双脚肿得透亮，像吹了气似的，不知得了什么病，村里的老人说是水肿。她整天坐在家门前的石梯上，一动也不动，像即将掉落的叶子，只有两个眼珠子随着小伙伴活泼的身影转动着。小英子的父亲五十多岁了，个子很矮，整个人看上去瘦弱不堪。他每天背着她去县医院看病，经常是凌晨2点出发，黄昏时候回来。有时候因为拿药耽搁了，张飞庙前往返的轮渡早已收工，父女俩就在街道旁的屋檐下，或者桥洞里挨到天亮。有时候过了河，实在是又饿又累，就在路边的人家借宿一宿。第二天黄昏时，小英子的父亲照旧背着英子走进家门，依然高兴地对他老婆说：

"英子的病快好了，医生说过两天就不用去医院了，不用担心……"
说完，他从背上放下小英子，顾不得湿透的衣服，又忙着从一个
缀满补丁的布包里，拿出大概二两瘦肉，给小英子做丸子。医生说，
小英子需要营养。

我走在回家的路上，倦鸟早已归巢。夜晚朦胧的轻纱已经悄
悄地垂下来了，远山只剩黑黑的影子，无声地绵延着。脚下的小
道还泛着白。我想起小英子，眼前浮现出她见到糖果时的欢乐情
景，脚下的小步子不由得加快了。

上街的酸甜苦辣已封存在记忆深处。那些花花绿绿的诱惑已
随时光远去。如今，那条上街的路早已荒草连天，上街时散落在
路上的日月星辰，会在今天逛街时，伴随华灯初上，无端想起。

故　园

　　终于提起了笔，千头万绪就如深秋的色彩纷呈。写了水的澄碧，又委屈了山的静谧；写了银杏的金黄，又委屈了枫叶的红艳；写了空气的冷凝，又委屈了阳光的温和；写了忙碌的芸芸众生，又委屈了诗意的文人骚客。小里村（新津乡的晓义村）便是这样一个无法言说的地方。我没有办法一页一页翻开，取出那些浓得化不开的字仔细咀嚼。小里村是外婆的家乡，这地名从外婆的嘴里唤出，从母亲的嘴里唤出。外婆和母亲都没有念过书，那时，只识得"小"和"里"字，于是小里村就在我年幼的认知里生根发芽，逐渐葱茏繁茂。

　　站在新建的大桥上，磨刀溪从湖北利川，流经万州，顺着连绵起伏的群山蜿蜒而来，在与长江交汇处的新津口岸汇入长江，从此与长江水血脉相连向着东海奔腾而去。溪水澄碧，在阳光的照射下泛起粼粼波光，仿佛有无数银色的小鱼在跳跃翻腾。

　　秋阳金黄灿烂，不着一丝风。桥的对岸就是小里村，右边连绵起伏的山被绿植覆盖，半山腰一定有一条弯弯曲曲的小道，从我的家门前，跨山涉溪，穿过五个村庄，到达外婆家。我睁大眼睛在山间搜索，一名年轻的母亲带着蹦蹦跳跳的小姑娘穿行在小路上，小路两旁的茅草比她高，常常会冷不丁钻进她漂亮的红衣裳里，脚下的梭草会冷不丁在小姑娘的脚背锯开一条口子。小姑娘顾不得这些，她在心里默数，翻了几座山头，过了几个村庄，她知道外婆一定站在门口张望，一定会把最好吃的留给她。当她抬头看到宝塔（文峰塔）远远地耸立在山尖时，就知道外婆家快到了。此时的小姑娘像一只叽叽喳喳的小鸟，脚步也欢快了。

"妈妈，宝塔尖尖的，好高哟！"

"妈妈，宝塔里面有些么子（什么）呢？"

那是小姑娘的希望之塔，看到了宝塔，就知道外婆就在不远处；那是小姑娘的神秘之塔，不知道里面是不是住着一位神仙。

山温柔秀美，目之所及，都是幼时足迹。

半山腰的陈姓人家，早已淹在磨刀溪里。一群孩子正顶着烈日，从山间小路蜂拥向下，他们光着身子，穿过青青的玉米地，吼着、叫着。我也在其中，手上捏着外婆给的一角或者两角钱。只要表兄妹们要去新津口买针头麻线，油盐酱醋之类的，我总找外婆要钱，要跟着去。外婆从不拒绝，她从箱底拿出一个捆得紧紧的塑料袋，里三层外三层，最里边是一块蓝色手绢，打开手绢，外婆拧草绳、卖草绳的钱全在里面。五分钱的麻花，两分钱一颗的糖，都是我的最爱。

下到溪边，一溜儿的两头尖尖的小木船挨个拴在岸边的大石头上，表兄妹找到自己家的船，解开缆绳，跳上船，桨在岸边的石头上轻轻一点，船便荡开了。他们轮流站在船头划桨，我不会，便躺在舱里听船头激水的水声。他们有时候调皮，故意不划船，让船顺水漂流一会儿，那速度很慢，船仿佛静止了，我仿佛躺在平地上一样。长大后的我学习《社戏》这篇文章时，总会想起我们划动小木船的情景。他们都比我大，船到了口岸，遇到涨水还好，要是退水就麻烦了，他们三步并作两步便能上岸，只留下我陷在淤泥里使劲哭，他们要我承诺给他们一人一颗糖或者一个麻花，才肯拉我上去。溪水静静的，那些童年的欢乐，那些被淹没在水下的小木船，散落天涯的表兄妹们，成了旧时光里一抹挥不去的怀念。

我和他们一起去放羊子，是惊心动魄的。当第一缕阳光照进小里村时，村里的小伙伴们开始吆喝了：放羊子的，走哦！不一会儿，家家户户的白羊挨个走到院坝，每家的羊大大小小有十几到二十几只。头羊戴着篾笼，其余的羊子在它的带领下，会跟着小主人一口气跑到河边。十几个少年，撒欢似的挥动着鞭子，吆喝着一群白色的羊，咩咩的叫声此起彼伏，分不清是羊叫还是少年们模仿的叫声，整座山都沸腾起来。下到河坝，少年们带领自家的羊子，找到一块水草丰茂的地方，羊子悠闲地吃着草，少年们便聚在一起，商量着怎么玩，玩得最多的是找一棵大梧桐树，蒙上眼睛藏猫猫。树高大，枝干粗壮，他们不动声色地蹿上跳下。我则站在树下，屏住呼吸，不敢去试一次。有时候会爬到半山腰，找到悬崖上的那棵大树，他们把羊绳打个结，挂在大树上。绳下端绑一块木板，刚好放得下一双脚，一个简单的秋千就做好了，少年们轮流荡秋千，秋千荡过来，地上的少年又使劲推回去，秋千翻飞，惊叫声连连。在他们的怂恿下，我允许他们把我抱上秋千，我紧紧抓住两边的绳子，低头一看，万丈悬崖，如果掉下去，直接就落进磨刀溪里，秋千还没荡开，我已吓得不敢睁眼，连呼放我下来。他们哪肯罢休，嘱咐我抓紧绳子，荡一回。这由不得我了，荡了两下，闭着眼憋着。待放下来，我大哭一场，回去还要告状，他们免不了挨骂，以后放羊子也很少叫我了。

曾经的羊肠小道，丰盈的水草，藏猫猫的梧桐树早已淹在水下，悬崖上的那棵大树，现已成了岸边的古树，日夜守望着磨刀溪的四季变迁。那像白云一样的羊群也定格成了永恒的记忆。那些赶羊群的少年们早已迁居去了外省，不知他们是否会忆起河坝吃草的羊子，忆起那棵梧桐树以及悬崖上的那棵大树。

捡拾起羊肠小道上散落的故事。少年们说，小道左边大石头下有一对金龟，我们是不能去石头上坐的，把金龟坐在我们的屁股下，是对金龟的不敬。少年们从不去大石头上玩耍，我也不去。只是老想去石头下面看看金龟的样子。少年们还说，有一次，一个放羊的老人，天黑了去吆羊回来，却怎么也到不了家，就在小道上来回走动，直到天亮才走回家。少年们睁大眼睛，绘声绘色地说，老人撞了道路鬼，道路鬼是个好鬼，因为前面有恶鬼，便让老人在原地打转。我听得心惊肉跳，仿佛身前身后都是鬼，对着我张牙舞爪。

他们天黑去吆羊回圈时，我无论如何也不敢跟去。

时光缓缓流淌，脚步缓缓向前，桥头故人已是一抔黄土。跪拜在外婆的坟前，透过袅袅青烟，外婆的声音传来，喊外公，喊梅娃子，喊胡琴，喊胡英，喊昌娃子，吃饭喽，拖长的声音，穿过堂屋，青瓦，落在我们玩耍的地方，像弦音落了一地又袅袅升腾。独独没有笑声，我没见外婆咧嘴朗笑过，高兴了，也只是眉间浮现一点儿笑意。

当我的学生们在日记中写道"雷老师的声音，一是绝，二是惊艳，三是太美妙，听她讲课就能入迷"时，我才恍然大悟。

我的血管里淌着外婆的血液，她把那副好嗓子好声音留给了我。

如今她躺在磨刀溪畔，没有墓碑，没有坟头，只隐约看到几颗小小的龙骨子石，旁边高大的坟墓里不知是谁，连小里村的人都不知道，他们叫这个坟为"将军坟"。

将军坟成了外婆坟墓的地标。记得母亲说过，她那时想要给外婆修坟，舅舅舅妈不允许，说是嫁出去的女儿泼出去的水，别管娘家事。外婆活着时，我也曾暗示母亲请外婆到我家来，外婆回话说哪有靠外孙女的道理，她终究是没来。外婆七十多岁时，好好的身体，听说是吃了什么不洁的食物，肚子拉坏了。听说躺在床上时，幺舅妈还去抠她的嘴，说她好吃。这些事不知真假，只是留给我无尽的悲凉，老是想着外婆最后的日子面临的是怎样漫长的黑夜。幺舅一家早已移居去了江西，和我们音尘已绝。那几颗石子还是外公活着时，侍弄菜地，捡过来放在坟头的。外公说将来后人来拜祭怕找不到外婆。如今，外公也躺在村子后面的地里，也如外婆的坟墓一样，两边是高耸的别人的坟墓，他夹在中间，几乎只是一小块土地，已没有人为他捡几颗龙骨子石放在坟头了。

他们冥冥中知道我们会去看他们的，准备拜祭外婆时，荒芜的村子里走下来一名妇人，极耐心地为我指外公外婆的埋葬地。外公外婆活着时被两个舅舅分开，死了也是天各一方。奔腾的长江已成了硕大的"湖"，潺潺的磨刀溪也深不见底了，外婆寂静着，日夜守望着江水和溪水，守望着曾经的家园，听梁上孤独的风声，听江水神秘的语言，长江那奔腾汹涌的气势已成过往。两只白色的蝴蝶围绕外婆的坟头飞了一圈又一圈，是外公外婆吗？我屏住呼吸，不忍打扰，泪水盈满眼眶，坟头上浅浅的狗尾巴草结着籽，在微风中摇头晃脑。升腾的烟雾中依稀可见外婆家金黄的广柑，香甜的米酒，松软的麦子粑，巴掌大的酸渣肉，美味可口的咸菜。外婆那双巧手，总是能变着花样做好吃的。年幼的我只要有时间，就想着来外婆家。

循小道而上，来到外婆曾经居住的四合院。残留的几间土墙灰瓦依稀可见当年的热闹和喧哗，不曾离去的炊烟结着经年的时光伏在破败的瓦檐上，那些欢笑声透过斑驳的土墙落在院子里，落在我落寞的心上。外婆家后门的石梯上，新苔覆着旧苔，新尘覆着旧尘，无声地细数着那些曾经的脚步。外公穿着草鞋的脚宽大，踏上石梯沉稳有力，外婆总是穿着一双小小的尖尖的青布鞋，颤颤巍巍地走下去，走到菜园子里，摘一把豇豆、几棵菜。我总是从这里蹦蹦跳跳地溜出去，找村里的伙伴们玩耍。此时，屋基地上种着各种蔬菜，青葱的菜苗透出生机，右边的水泥房里透出炊烟，院子又鲜活起来了。

一个五十岁左右的女人站在地坝中间，直直地看着我们，彼此的眼光都是探寻和陌生。

"你找哪个？"

"来拜祭一下外公外婆。"

"你是？"

"扬梅。"

"天哪，扬梅呀！我是端生幺姨（三外公家的）。"

我们眼里的疏离感瞬间消失，真是应了"少小离家老大回，乡音无改鬓毛衰"。幺姨抓住我的手，招呼我坐了下来。问及刚刚给我们带路的女人是谁时，我们的话匣子打开了，那些旧事明朗起来。那是一个穷得叮当响的家，忆起了他们家老大媳妇家来看人户时，从左邻右舍借的被子，借的椅子，借的腊肉，借的碗筷。媳妇娘家一群人一看：床上是崭新的被子，灶头上腊肉几大块，堂屋里还摆着木质的靠椅。这家人户殷实，女儿嫁过来不吃亏，婚事就这么订了。刚刚那女人就是老大媳妇。我们天南地北地侃着，从村东头侃到西头，从每家的老人侃到小孩，大部分老人都安息在村子周围，只有四合院里的王姓人家，特别惨，大儿子当兵转业到了涪陵，眼睛瞎了（他们家有遗传的眼疾）。小儿子也死了，嫁到外河赵家的女儿也死了，曾经多么耀眼的一家人哪，王家老母亲死后埋在梁下，新津修大桥时，政府通知亲人迁坟，王家没有一个人来。说到这里，大家都唏嘘不已。那些曾经一起玩耍的小伙伴，大部分都移居去了江西，实在不愿走的也是长年在外打工。

"妈回来了。"幺姨说。

"三外公一家不是去江西了吗？"

"是的，爸爸前几年死的，埋在了江西。妈八十几了，快不行了，死活要回老家，埋在磨刀溪畔。"我一时不知说什么好，他们家门前那棵高大的树还在，只是被人砍去了所有的枝丫，留下暗黑褶皱的树桩，静静矗立在阳光中。二十多年前，他们拖家带口，远离故土。那时的三外婆，虽然快六十岁，可里里外外还是一把好手，尤其会做饭，谁家有红白喜事，三外婆都是掌勺的。时光变迁，岁月向晚，她留着一口气，也要赶回故乡，只为磨刀溪畔那一抔难离的故土。三外婆躺在床上，骨瘦如柴，完全找不到年轻时的影子。她已不认得人了，这么拖延着，也许在等她的两个儿子（大儿子一家在外面打工，正在赶回来的路上。小儿子回江西去办点儿事，也即将赶回）。

曾经烟火缭绕的小里村，只零星剩下几幢白色的水泥房，那些土墙青瓦，随着主人的离去破败不堪。太阳无声地落下，明天又是新的；草木青了又黄，黄了又青；风吹过来，永远轻柔年轻，不曾离去；对面的山脊，以及坐落峰顶的宝塔，浩瀚无声的江水，小家碧玉的磨刀溪，永远不曾离去。但浮于尘世的很多人和事，终究是匆匆过客，一去不复返了。

故乡深处

父亲打来电话，问我先生胃病好了没，说你妈挖的教耳木，是治胃病的良药。好，我们明天回来拿。正是午休时间，我闭着眼睛放下了电话。

父亲母亲租住在宝坪中学边上的一套房子里，紧临公路。灶头临窗，边上摆放了很多草药，有的切细了，均匀地铺在年代久远的筲箕、簸箕里。

见我们来，母亲眼里泛着光，急忙招呼着，生怕一不小心我们就溜了似的，才下午2点多钟，硬要准备晚饭。揭开锅，叫我们看她炖的鸡，我竟一时无语，鼻子有点儿酸，看看先生，居然没有要走的意思，心下也宽慰了许多。这么多年，先生跟随我回娘家，脾气像小孩，总是说走就走。

记得有一年春节，父母还住在四围的大山脚下，孩子一岁多，除夕夜吃过晚饭，先生忽然说要回去，山乡飘着年味，四周一片漆黑，父母百般挽留也无济于事。我背着孩子坐在摩托车后，车子启动时，后车灯亮起，我扭过头去，父母并排站在车后的竹林边，两双眼睛满是不舍和担忧。我急忙扭回头，长叹一声，过年的喜庆和热闹瞬间荡然无存。

摩托车风驰电掣，随山路盘旋而上，冷风刮过脸庞，一阵激灵，心被某种情绪裹得紧紧的，下意识地摸摸孩子的脚，鞋不知在哪里掉了一只，那是母亲为小外孙做的棉鞋……今年春节回家，因为不好停车，先生又暴跳如雷，掉转车头片刻不停歇。

我犟着下车去看了看，母亲急忙说吃饭了走，吃饭了走，看嘛，这锅蒸的肉，那锅炖的汤，揭开盖子让我看，我忍住眼泪扭过头，坐上车离去。

今天先生不说走，这么多年也很难得。

母亲显得很兴奋，急忙介绍靠窗的草药。黑黑的树疙瘩叫教耳木，治胃病；黑色细小颗粒叫老鼠屎，治前列腺炎；白白胖胖的根叫恶鸡婆，治鼻炎。母亲伸出包扎的手，恶鸡婆满身是刺，委实不好挖，尽管十分小心，还是被扎伤了。母亲说起草药来如数家珍，什么阴桃、鱼鳅串、笋子苞、阴笋子苞、过路黄、赖克马草……如果母亲能读一点儿书，说不定是个好郎中。住老家时，邻居有个头疼脑热，母亲总是帮他们挖草药，喝一碗，睡一觉，出身汗，第二天便神清气爽。即使到了学校，她也偶尔会为患病的老师挖草药。

母亲说起草药兴致勃勃，提议回老家去看看。自从房子被推倒还林后，再也没回去了，我也想去看看。

汽车绕着山梁前行，初夏的风掠过耳际，撩拨头发。远处连绵起伏的群峰裹在下午的阳光里，热烈而不浓烈，安静而不冷寂。近处的山峰莽莽苍苍，山村便道像一条条银色的带子，飘过来绕过去，带子所飘之处便是人家。人家周围是成片的果园，透出勃勃生机。车在石拱桥前面停了下来，站在公路边上，放眼向山脚望去，却怎么也看不到家的影子，母亲说院子里没人了，荒了多年，长满了乱草。

拱桥是我上学回家的必经之路，曾经多少个周末，我会站在山梁上看，依山而建的四合院，院子周围忙碌的乡邻，后山上有人在挖地；院子前方的田埂上，有人在割草；左边的小路上有人在担粪；右边的菜园地里，有人在打猪草。山坡上的羊咩咩地呼唤着，邻居老伯的山歌在大山里回荡。看看坐落在院子东头的家，家里的炊烟袅袅升起，母亲会站在地坝边上，向山顶张望，两条大狗会在坝子上逗来逗去。我看到了母亲，母亲也看到了我，脚下像生了风，沿着山脊，飞奔下山，十几分钟便可跑下山脚，饭菜的香味迎面扑来。

我们打算顺山脊而下，山脊莽莽苍苍，怎么也找不到路。只得再沿着公路向前，来到大坪梁上，一条修了多年的土公路映入眼帘。隐隐约约的车辙处有浅浅的杂草，公路两旁的树郁郁葱葱，在下午的阳光下泛着墨绿色的光。

不知名的鸟从这山飞到那山，母亲和先生拿着点锄走在前面，我则在后面小心路过每一株草，偶尔拾起一株草拎在手里轻轻地揉着，细细地闻着，这久远的草香弥漫着身体的每一个细胞，置身于广袤的天地间，走在这草木葳蕤的大山里，久违的愉悦漫上心头。"扬梅——"母亲清脆的声音传来，我抬头一看，他们已翻过了一座山头，不见人影。大山回荡着无数个"扬梅"，无数个"哎——来了"，声音此起彼伏，流过每一片树叶，滑过草间，和小鸟应和，无数只鸟仿佛受到惊吓似的，扑棱棱地从头上飞过。站在山脊向下望去，两条山脊直直地伸向磨刀溪，远远望去，溪水如一块墨绿色的翡翠，夹在两山之间。

对面就是普安，曾经，多少姑娘戴着红头巾，随着唢呐声，跟着迎亲的队伍，蹚过磨刀溪，沿着山路向上，嫁到我们村庄，小院因为有了这些远方来的小媳妇而变得芬芳而热闹，碧孃孃像玫瑰泼辣而浓烈，帮英孃孃像百合素净而优雅，益珍婶婶像秋天的野菊柔韧安静，玉兰孃孃像水仙花含羞幸福，如今的她们，去了哪里？

沿着山脊缓缓而下，小心地跨过每一股淌过泥土路的细泉，拐弯处，一大丛白色野棠梨花在路边摇曳，旁边的红姑娘像一颗颗玛瑙，一串串，一簇簇，所过之处，都没见这景致。正疑心，忽见棠梨花和红姑娘之间，有一些祭祀的用品，我努力在记忆中搜索。这里应该是故去多年的咪咪孃孃。咪咪孃孃一家四口住在四合院的堂屋，她个子很矮，常常穿着看不清颜色的烂棉袄，腰间系一根草绳，坐在堂屋两边的石凳上，有时择着刚挖的野菜，有时拿着针线缝补着儿女的衣服。嘴里不停地呻吟，稍微一动，便不停地喘气。她看到我们，会招呼着，并进屋去拿她家里她认为最好吃的东西，有时是猪食锅里煮的红苕，有时是柴火堆里烧的洋芋，见她笑眯眯地拿东西出来，我们便一哄而散，大人们都说，她有痨病，会传染的，不能去她家，不能跟她说话。

我去远方读书，不知道她什么时候死了，埋在这荒山野岭间，故去的人那么遥远却又那么近，那么熟悉却又那么陌生。我虔诚地双手合十，有明月清风，鸟鸣树语，有婉约的棠梨花，热情的红姑娘洗涤人间寂寞，天堂路上一定不孤单。

近乡情不怯，却有些迷茫，对面那些熟悉的村落，几乎都有人承包，村庄、院落、果树、银色的公路，还不时有阵阵鸡鸣传来，充满了活力。而唯独我们居住的这片山，没有人承包，走到土公路的尽头，家就在眼前，却找不到路，更没有孩童笑问我从哪里来。

路尽头的沙塘呢？我拨开草丛，努力搜寻却不见踪迹，那是我们小时候玩沙玩过家家的乐园，那些欢声笑语、童真童趣还历历在目。烂瓦片、烂瓷片是盘子，沙子和野草是盘子里的美味，偶尔会打一场沙仗，弄得满身满脸，回家免不了挨一顿打。那些小伙伴成了久远的记忆，如果再见，是否还能一起回忆温馨的童年？沙塘边茂密的竹林还在，比竹林矮不了多少的杂草杂树恣意生长，竹林里的小径呢，我怎么回家？

母亲和先生早已不见了踪影。"扬梅，来没？跟着挖掘机走过的路下来。"母亲又在呼唤。挖掘机的车辙像沟壑，两边的断竹趴在沟壑上，我咬了咬下唇，猫着腰一步一步吃力地挪下去。

车辙尽头，便是一块泛白的土地，蓬蓬松松地躺在石砌的屋基里。是哪个居然还回老家种了块地，我不住地感叹。母亲纠正是腊秀幺婶家的房子推倒还林了，要不是挖掘机压条路下来，人都到不了。我们两家人是最近的邻居，屋上坎下，中间仅隔一条出村的小路。

我极力抬头寻找曾经生活的地方，还原家的原貌，明三暗五的土砖房，房子右边是猪圈和牛圈并排，左边有一个洗衣台，一口水缸，一条塑料管长年不断地把大柏树湾的泉水引进水缸。水冬暖夏凉，透明无尘，带点儿甜味。

屋檐下，整整齐齐地码放着柴火，两条大狗在地坝撒欢，不时有母鸡从柴草堆里跳出来，咕咕咕地叫着。

我跑向柴草堆，捡起热乎乎的蛋，那欢喜劲儿就甭提了。母亲用点锄挖断了荆棘，在记忆中的地方挖她曾经在房前屋后栽的草药，我和先生并排站在荆棘丛中，极力搜索关于家的地标或物件。牛圈旁边的柏树已长成参天大树，把天空压低了许多，树和牛圈外墙之间，是金色的草垛。顺着柏树，找到了牛圈的方向，牛咀嚼过的光阴散落一地，烙在母亲的指尖上。

收回目光，地坝边上一棵老梨树植于杂树丛中，像一位面黄肌瘦的老人，无声地守护着曾经的烟火，稀疏的青梨藏在梨叶里，在万千植被中静静地生长落果。地坝左边的枇杷树荆棘缠身，争不过营养，已不挂一果。枇杷树旁边是一大片肥沃的菜园地，不论春夏秋冬，菜园地都是葱茏一片，菜园的主人们总是来来往往地经过我家地坝，走向菜园，打菜回家。晴天戴草帽，雨天披蓑衣，祥和安宁，富足充盈。

如今望过去，除了荆棘还是荆棘，我的脚仿佛困于荒野，不能动弹。丈量过无数白天黑夜的脚，丈量过无数沟壑溪坎的脚，丈量过无数冷暖的脚，置于故乡的泥土，却卸不下一丝一毫的沉重。小时候一溜烟就可以跑过的村庄，如今寸步难行。

太阳渐渐西沉，夕阳的余晖洒向山林，洒向脚下的这块土地，辉煌而寂寥。

我们沿着来路，缓缓路过大院子的后背。向上攀，一步一回首，一面垮塌了一半的土墙映入眼帘，孤零零地立在那里，任日晒雨淋。那是陈表叔曾经的家，背靠大山，屋后一片竹林，夏天浓荫蔽日，是乘凉的好去处。

每到夏天，院里的老老少少吃过午饭，打着响嗝，快步向陈表叔家走去，有些甚至还端着饭碗。房间深长，主人收拾得干净利落，整个夏天，房子里都是欢声笑语，摆白的，说唱的，家长里短的，孩子嬉闹的，大人呵斥孩子的……我踩在一片模糊的声音里，人影却又那么鲜活灵动。

我问母亲他们家的孩子都已在城里安了家，怎么不推房还林？母亲说明儿表叔家不推，这一排房子就推不成了。四合院的上方，一排黛瓦土砖房里住着三家人，北头是明儿表叔一家，中间是聂姑父一家，南头是陈表叔一家，一家不同意，整排房没法推。先生直呼傻，这是国家给的福利，推了补钱买养老保险，让农民老有所养。推和不推都有理由，年轻时在外漂泊，没能力在城里安家，老了还可以归根，守一面老墙，一方田，一座院落。我没法走到近在咫尺的院里去看看，没法去看看明财叔叔家屋檐下的石磨还在不在，没法去看看院子中上方的那些供人休息的石梯还在不在，没法去看看那每家门前洗红苕的石槽还在不在。也许，它们早已散落在棘丛里，无声地守着日月，细数过往的温暖，流年的风景，以及每家房顶上升起的炊烟。

小小院坝用石块铺成，是我们玩耍的乐园，弹珠子、跳房子、抓石子、踢毽子、斗鸡、躲猫猫。尤其是金秋时节，脱了稻子的稻草还要铺在院坝里，等夕阳西下月亮升起的时候，老牛会拉着石碌子一圈又一圈地碾着，牛枷担有节奏地吱呀着，一群小孩子，跟在石碌子后面，在草场上打滚、嬉闹。这时，每家每户的骂孩子的声音就会传来，瞎捣乱，一个二个的。

记忆倏忽而来，伫立良久，一个个模糊的背影，家家户户昏暗的煤油灯在眼前升腾，放大。

我想起了村北头路口的那户人家，母亲死得早，三个儿子小学毕业就自谋生路。

记得每次周末回家，他们家的大儿媳妇带着三四岁的小男孩，坐在我家灶屋的椅子上，和我母亲拉家常，因为是平辈，我叫她兰姐。她是从对面山上的李家嫁过来的，高高的个子，干净清瘦的脸，一双大眼睛清澈动人，蓬松的长马尾扎在脑后。母亲在灶头上忙碌，只要我回来，总是要煮半肥半瘦的腊肉。待腊肉上了菜板，母亲先要切下厚厚的两块，一块给兰姐，一块给她儿子。

待我过几周回家，母亲说兰姐跟上房的林扯起了，兰姐的老公在广东顺德的一家工厂干活，林的老婆有文化，还有几分姿色，也在外面打工。不知是谁走漏了风声，兰姐老公特地赶回来和林打了一架，然后又回工厂去了。

再过几年，母亲说兰姐的老公生病了，厂里辞退了他，回家没多久就死了。乡亲们都说他干的活有毒，死时肝脏变成了黑色。再后来，听说兰姐带着儿子改嫁到山梁那边去了。那家的二儿子也在外面打工，小儿子因为抢劫判了无期徒刑。剩一个老人守着寂寥的家，几年前也因急病死在家里，过了好些天人们才发现。

林的老婆个子高高的，皮肤白皙，笑起来两个酒窝荡漾，能说会唱，是院子里飞来的金凤凰。据说嫁给林之前，她拒绝了一位乡镇干部的求婚，跟随在她家乡做木工活的林来到我们院里。

上山砍柴，下田插秧，栽桑养蚕，锄地带娃，林的老婆样样农活拿手。但随着四个孩子的到来，日子更加捉襟见肘。穷则思变，安顿好林和孩子，她只身一人出门寻出路。

记得有一次，我刚好放假，跟随父母去地里掰苞谷，乡亲们边干活边大声聊天，你呼我应。这时，林的老婆穿着一袭碎花连衣裙，出现在苞谷地边的大路上，她热情地招呼着乡亲们。地里的人们瞬间安静下来，只顾低头干活。林的老婆见没人搭理，讪讪地往村口走去。

待她走远，另一块地里的方婶子抬起头，大声喊道，你们看到没，偷人的回来了，其他地里的女人们一起直起身子，不约而同地撇撇嘴。秀婶子又搭腔了，上回回来涂脂抹粉的，还说是当莫子记者，我看就是娼家行的。这回脸上没得粉了，狗改不了吃屎。几个皱巴巴的女人你一言我一语，不时哈哈大笑。

再后来，她举家搬迁，听说到成都那边安家了，日子幸福美满。

一阵长吁短叹，风依然从谷口吹来，带着磨刀溪的味道，永恒不变。

站在半山腰，目之所及皆是葱茏一片，极力寻找爷爷奶奶的坟墓，爷爷在山坡上，依稀可见白色祭品，奶奶在大伯家门前的地里，由于没了房屋缺了地标，怎么也搜索不到奶奶的坟墓。叹息爷爷奶奶生同床死不同穴，不知大伯顾忌的是什么，生生地将爷爷奶奶分开埋葬。他们安息在曾经的村头，如今的大山里，互相守望着红尘的温暖。

不一会儿，我们爬上山顶，母亲提着大包草药，笑容满面。

再一次回首，天空辽阔，夕阳处，晚霞染红了半边天空，远处一阵接一阵的鸡鸣声响彻山谷。曾经的狮子坝，和着那些生生的气息，早已融入大山之中。忽然鼻子酸酸的，真是物非人非事事休，欲语泪先流。

车子沿着山顶公路疾驰而去。父亲坐在家里等着我们，聊天也是有一搭没一搭。忽然想起家里两只精美的酒杯，有一只是景德镇的薄胎瓷，是嘎祖祖的祖祖留下的，有一只略厚一点儿，杯上有一枝梅花，是爷爷的祖上留下的。母亲说早就打烂了，我连呼可惜，责怪父母不爱惜祖辈的遗物。

　　父亲接过话，有莫子可惜的，烂了就烂了。记得那时候下乡，吃的就没得，云阳的那些名人给你爷爷送的字，写在黄绸子上的，院子里的女人你一块，我一块，扯去绑头发。你爷爷下乡时买的寨子，还不是遭没收了？人一辈子几十年光景，莫子不得了哦，莫子是你的？你们今天去看的狮子坝，还有个莫子？人死的死，走的走；屋垮的垮，拆的拆，院子早就变成了柴山。过去的就让它过去，留它作甚，明天的还没来，把今天过好就行了。至于上人，活起的时候好好孝敬，死了就一把灰，你以为留个物件就是孝敬？我睁大眼睛看着父亲，一时竟无语。

稻子熟了

一滴雨，让我想起一粒稻子，一大片金黄的稻子。

阳历九月，原野稻香弥漫，正是收割稻子的时候。

我的乡邻们，他们会在一个清晨，端着粗瓷大碗，蹲在自家门前，吧唧吧唧地边吃边问："你们看这几天天气如何？"

西门有年轻人发话了："我看这几天不啷个好，不阴不阳的。"

住东南角的老伯皱着眉头焦急地说："这个背时鬼天气，太阳再不出来，稻子怕是要糟哦！"

东门的年轻媳妇望望天，不紧不慢地说："怕莫子，又没割倒，等两天割也没事。"

院里的人呼啦啦吃完一碗饭，当然这早饭有稀饭，有面条，有洋芋苞谷面饭，又齐刷刷地端着第二碗蹲在自己家门前，仿佛有一道无声的命令似的。

天终于晴得没有一丝杂念，太阳是太阳，蓝天是蓝天，干脆利落。

割稻子啦，大家吆喝着，商量着先去哪丘田。大家一起干活，可以扯长嗓子聊天，消解大太阳下劳作带来的疲累。稻田围绕着村庄，一丘一丘的，前后左右都有。最终决定先去向阳的，那里的稻子已经熟透了，满田地的金黄。倒是田埂，像隐隐约约的白描，谦逊得像要隐退似的。

人们一手拿着镰刀，挽起裤腿，赤脚走向自家的田。镰刀明晃晃的，太阳明晃晃的。叉开腿弯下腰去，左手使劲打开，斧口向上，右手往前一捞，三四株水稻就紧紧地握在手里了，捡几根稻叶轻轻一绑，又继续捞，重复几次，一把草头就完成了。但是草头是怎么缩的，怎么分开架在稻茬上的，我到现在也搞不懂。汗珠从他们古铜色的脸上滚落，啪嗒啪嗒地滴在稻田里，稻子的金黄映在他们翘起的眉眼里。一块田地的稻子割完了，吆喝声就会传来："歇口气哦，抽管烟。"

"好呢，马上。"

"你带的莫子烟？"

"土烟。"

"烤烟。"……

男人们齐刷刷地坐在田埂上，拿出烟管，磕一下烟灰，卷起一筒，眯缝着眼睛抽起来。女人们则回家添一壶茶水，顺便吩咐家里的娃娃们刨洋芋、煮稀饭。

一天的工夫，这丘田的稻子全部放倒了，它们均匀地晾在留得较长的稻茬上，接受太阳的曝晒。第三天翻晒。第四天就可以挑回家了。

最难熬的就是这几天了，人们会每天观天色，祈祷多出几次太阳。稻子在田里晒干了，挑回来直接脱粒入仓，简单又省事。

如果忽然有云遮住太阳，或忽然吹起一阵狂风，这时整个院子开始慌乱了，吃饭的丢下饭碗，聊天的收住半截话，缝补衣服的丢下针线，做篾活的丢下竹篾，打猪草的丢下猪草……

"收草头，收草头，天势变了哦！"大人小孩奔走相告，边吆喝边拿起墙角的千担、绳子、背篼，直直地冲向自家的田里。来不及喘一口气，收草头、捆扎，一气呵成。男人们千担两头一插，两手一抓，松手一抬，牙一咬，千担中间便稳稳地落在肩上。那动作，像极了举重运动员抓杠铃的姿势。稻子朝下，不管多远中途是不能歇气的，累了停一下，手从肩头反过去一担，千担便稳稳地落在另一个肩上。女人们则是背着草头小跑着，小孩子留在田里，负责收拢草头。一时间，整个山村热气腾腾，到处是吆喝声，到处是呼哧呼哧的喘气声，到处是滴落的汗珠，到处是有节奏的脚步声。经过这么一折腾，人们会元气大伤，即使睡一晚，依然是腰酸背痛的。

如果草头收拾完毕时，风已散去，太阳再次光芒万丈，乡亲们一定会骂天骂地地骂一会儿，然后又放慢节奏，各忙各的事去了。如果真要下一场雨，又抢收不赢。那也只能眼睁睁地看着稻子在田里裂壳，发芽。大人们天天祈祷，太阳快点儿出来呀，有的人实在等不及了，趁不下雨的空当，去田里弄点儿草头回来，想把损失减到最低。挑回来的草头晾在屋檐下、猪圈楼上、过道上，凡是能通风的地方都整齐地铺排着草头，大人们心焦焦的，千万别发霉呀！

这时候的小孩子特别听话，哪里敢惹火烧火燎的大人们呢！弄得不好，会挨一顿暴捶。当然也有天气特别好，稻子颗粒归仓的时候。此时大人们心情会很好，会吩咐小孩子去商店打二两烂红苕酒，买一包花生米之类的，再自己做几个小菜，犒劳一下劳累了许久的自己和家人。我最喜欢去商店买东西，要是碰到店主人在田间地头忙活，我便坐在他家的屋檐下等待。这时候，家家屋檐下都有铺晾的稻子，透着丰收的喜悦。我会坐在稻子旁边，扯下几根长发，屏住呼吸，专心地穿起稻子来。发丝穿过稻子根部的小孔，一粒、两粒……差不多三十粒为一串，串上几串，然后手执头发两端，举过眼前，它们在夕阳下金黄耀眼，呈弧形在手中轻轻荡漾。及至现在，只要看到黄澄澄的稻子，我便忍不住用发丝穿成一串拿在手上把玩，那是一种无法言说的安静和美。

在娘家，割稻收稻以及其他一些农活，几乎没我们的事。母亲的口头禅是好好读书，书读好了才想吃什么想穿什么都有。我也乐得借势一歪，我不在意吃，但城里人穿的漂亮的裙子，倒是我心心念念的。直到现在，书没念个啥名堂，人也文文弱弱的，跟着先生种一亩二分薄田，沟理不直的地，一定是我家的，红苕可以倒着栽的，一定是我。

　　所有农活中，最苦的是种稻子，几乎是贯穿了春、夏、秋三个季节。

　　早春二月，春寒料峭，要开始收拾冬水田了。卷起裤管，赤脚下到田里，浑身一个激灵，刺骨的冷从脚尖蔓延到全身，这时候已没有女人和男人之分，哪怕女人的生理期也没有例外，活是要顺着季节干的。铲下脚，让田的周围没有杂草。等到田周围的杂草铲完，双脚早已泡得紫白。犁田，耙田，放水，整个田成了熟透的稀泥状，用扁担将田分成一块一块的长方形，块与块之间形成排水沟，再泼一些农家肥。等肥发酵的时候，急忙去后山竹林砍几根老竹，锯成等长的节，划破，呈弓形插进方块两边的排水沟里，撒上稻种，再用薄膜覆盖。这期间，时时要去看水是不是均匀，多了会烂稻种，少了又不发芽。

　　天冷了，要去把薄膜覆盖好，天热了，要去挨个揭开一个角。精心侍弄，像侍候初生的婴儿。待到秧苗长到两三寸长，又一株一株地分栽，俗称小苗秧，弓着背插一天秧，人累得骨头像散了架似的。看着柔弱的秧苗在阳光下颤颤的样子，怜惜和希望会陡然升起，想想不久会绿茸茸的一片，疲劳便瞬间消失。又是好一段时间的精心照料，秧苗葱葱茏茏，长到一尺多长，再一次拔起。等秧苗生长的间隙，我们得抓紧时间割麦子，放水犁田，平田，施肥，撒除草剂。人是连轴转，没有喘息的时机。不过，这么辛劳，还是有好处的，不担心长多余的肉，也没有心思想其他事情，在念书时长的白头发居然全黑了。

插大秧时，已是农历四月了。白天越来越长，天气也越来越热。布谷鸟催促着农事，我和先生总是用一天的时间插完自家所有的田，当然免不了早出晚归。不过少不了邻居们的嘲笑，比如说我们不像求衣食的样子，比如说我们糟蹋秧苗，田被我们折腾得不像话。回头看那丘田，别人家的秧苗插得整整齐齐，疏密有致，像极了闪着绿光的工艺品。我们插的秧，歪歪扭扭，宽的宽，窄的窄。好心的邻居提醒，去补栽一些吧，间隔太宽了，多那么多秧苗，扔了也可惜。我们也是哈哈应付一下，管他的，累得直不起腰，还去补个啥，稀一点儿，日光充足些，说不定结的穗还饱满些。

农家没有闲月，这边刚刚上田坎，那边又忙活开了，给玉米苗上肥、挖土豆、栽红苕、养蚕，真个是"放了犁头又是糖粑"。大中午要去田边溜一圈，看看水的情况。如果适逢天干，守水便成了主要活路。白天晚上不敢大意，稍不留神，人家会把田里的水偷得干干净净。秧苗是缺不得水的。就这样提心吊胆着，直到抽穗，谷粒渐渐饱满，这时才可以松一口气，田里不需要那么多水了。

等到收割，对我和先生来说，也是犯难的。看到黄澄澄的稻子，举着镰刀，却是不知怎么下手。无论别人怎么教，就是不会割，手拿不稳，稻穗散落一地。太阳火辣辣的，晒得头上直流油，田坝直冒烟。慌忙谢过乡亲们要帮忙的好意，决定先回家休息，晚上再割。待到日落西山，我和先生拿着镰刀出门了，趁着月色，我们蹲在田里，像铲草一样铲稻子，不捆不扎，穗朝上，齐齐地放在田坎上。一个晚上，便割完了所有的稻子。待到清晨，乡亲们惊呼："这两个娃儿下得蛮哈，抓到蛇了怎么办？"这一提醒，倒是有些后怕。乡亲们又说："你们这个割法，那就要天气好，如果下雨就糟了，谷子趴在田坎上，透不到气，很快就要长秧。"

想想也是，很冒险的做法，搞得不好，一年白忙活了。

　　此后几年，每到收割的季节，便会有一群人拿着镰刀，肩上搭块毛巾，挨家挨户问要不要帮工。这时，我会请他们帮忙割稻子，抢收。先生嘱咐我说："把家里最好的东西拿出来，做给他们吃，再去街上买些啤酒，晚上多烧些水，让他们洗个热水澡，我们都生活在底层，活着真的不容易。"晚上结账时，先生会压缩家人的开支，多给他们两块到五块的工钱。没有亲历，体会不到"谁知盘中餐，粒粒皆辛苦"的真正意思。

　　如今不种稻子已有很多年了，只是每到稻子熟了的季节，我就会祈祷，愿这段时间太阳高悬，愿家家户户颗粒归仓，愿秋雨来得迟一些。

听母亲的岁月

小妹来电话说，妈妈年纪大了，带不住小宝（小妹一岁多的儿子），感觉内疚，眼睛水儿流的，吵着要回老家。爸爸也一拍即合，说眼睛不复查了（爸爸眼睛视网膜脱落，做了手术的）。小妹想留爸爸妈妈在重庆多要几天，不想让他们回去。但又怕小宝奶奶上来和妈妈处不好，所以商量着叫妈妈来我这里。我当即应下，又有时间和妈妈相处了。

前段时间妈妈在云阳，第一次单独和我相处了十几天。她每天早起，做饭、洗衣、拖地。我从没享受过这般待遇，居然不做饭也有饭吃，不做卫生也有干净整洁的家，这幸福简直是从天而降，天天放学回家夸她老人家一番。她找到了存在感，乐得合不拢嘴，手和脚动得更勤了。

不过，我们感觉她总是小心翼翼的，比如吃饭，她总是一遍又一遍地问好吃不？比如看电视，她总是坐在沙发外面的小凳子上，先生一次又一次地喊她坐到沙发上来，她就是不肯。我是个大大咧咧的人，我说随妈妈的意，她想怎样就怎样。先生体察入微，又抓住了说我的好机会，比如我问妈妈吃苹果不，先生的"机关枪"又来了，妈妈那么拘谨，她一定不会说吃，你问莫子？削好给她嘛，你个猪脑壳。不晓得在屋里说了莫子，让妈妈在我们面前不能放开，活得这么小心，真是悲哀！

不知道谁说的一句话：父母在子女面前谨小慎微，那是子女最大的不孝。

可妈妈这样子，我也是小心翼翼的呀，我也很蒙，到底是哪里错了？

有次，我们自驾去重庆，我和妈妈坐在后排，一路上昏昏沉沉。忽然妈妈说江北到了，我猛然惊醒，问她是怎么知道的。她略微低头指着前方，看嘛，那里有两个字。我顺着她手指的方向看过去，透过前挡风玻璃，"江北"两个字赫然在目。我说妈妈你真行，什么时候认识了这两个字。她略微仰起头说，你们教的呀！我们教的？

妈妈说，1981 年分组，他们院子的人分成两组。爸爸是第二组的组长，管理三十八个人的上工、出勤记录，还有其他杂七杂八的事务，一个月二十二天算满勤。爸爸长年在外做买卖，留下不识字的妈妈带领人们出工收工，妈妈天不亮出工，天黑收工，中途不偷懒，起了很好的表率作用。所以他们组上的人都很勤奋，更没有"站站站，一天半"的现象。忙完一天，妈妈就坐在昏黄的煤油灯下，拿出小本子，开始记账。隐隐约约记得当时我们也识不了几个字，但是会查字典，只要妈妈问，我们就翻字典，当小老师的感觉真好。

就这样，妈妈居然能写出她管理的所有人的姓名，以及 1 到 100 的阿拉伯数字。每天收工回来，她就在一个小本子上一笔一画地记着，某某某，某天，出工一天或半天，出工一天就在名字后写"1"，出工半天就写"5"，下面画个横线再加一个小圆点；或，某某某，因为什么事没有出工。妈妈说，别看才三十几个人，各种各样的人都有。

有一次，某某某硬是给自己记了满勤，可妈妈的本子上记录这个人只有二十天出勤。那家人找妈妈大吵大闹，其他人持观望态度。妈妈拿出本子，详细给他说出了耽搁天数的子丑寅卯，那家人才退下阵来，临走还不服气地嘀咕道：书都没读过，还记得来账？不过，从那以后，大家都规规矩矩，没人敢胡来。

妈妈说，一个男劳动力是八分，一个女劳动力是七分或者六分半，但她从没给别人算过六分半。小组里的陈真超，个子小，人很瘦弱，其他组员强烈要求给他算女工。妈妈说，他人虽然弱点儿，但活没少干，而且家里娃儿多，特别穷，哪里忍心给他算女工。妈妈坚决不答应，还问他们比陈真超多挖了几锄地，多干了哪些活？众人也说不出个所以然，只好作罢。

妈妈说，分组之前是个大集体。因为爷爷家身份特殊，一家人做事都很小心，她回娘家都是晚上去早上回，从来不耽误上工时间，可院子里有几个人还是把这情况报告给了大队干部，说她一个月去了四次娘家，硬是要给她减去四天，还给她扣一顶"反对农业学大寨"的帽子。妈妈不服气，叫他们拿出记账本本，结果妈妈是满勤，铁证面前，大队干部也不好说什么。

妈妈说，就是干坏事，人家干得，咱们就干不得。有一次奶奶看到院子里很多人往粪坑里倒草木灰，这样粪就浓稠，黏稠度就会上升。奶奶也学着往自家粪坑里倒了两撮箕灰，因为没有经验，奶奶家的一坑粪全部废掉，一分没算。

听妈妈唠叨，我仿佛也回到了那个岁月，烙印深深。妈妈说，分了组要分田地，他们组叫了两个最弱的男人去牵绳子。分完田地，她跑去一看，不对劲，对面组少两个人，但明显田地要多些。可已经分田完毕，大队干部又走了，怎么办？她故意去对面组的田坎上割草，不依不饶，最后队长只得叫回大队干部，重新牵绳子，结果对面组田地多出了两亩多。没想到这么小心翼翼的妈妈，骨子里也有不怕事的一面。妈妈说，田地分到户的时候，有几家人就坐在一起密谋，说什么他们拈钩儿（抓阄儿）拈到了堰上的田，就不让妈妈家的田过水。这话正好被路过的妈妈听见，她跑去小地坝，对坐在院坝等着划分田地的大队干部说，你们去听听，某某家的堂屋里坐的那些人说的话，大队干部细问之下，知道了来龙去脉。

大家聚拢院坝，开始拈钩儿了，忽然大队干部说，胡治玉不拈，你们拈完，剩下的就是她的。妈妈说等他们拈完，她才走过去，慢慢打开那些纸团，一看剩下的田全是堰上的。她抑制不住喜悦，急忙退到地坝角角的小凳子上坐下。

这时，大队干部开始训人了，训得那几家人一个个脸红得像鸡冠，低着头，一言不发。其实我也不知道这是巧合还是有意而为，在我的记忆中，我们家的田都很活水。

妈妈的岁月，静水流深。每天认真听她唠叨，我抓住时机应和，不时夸她几句。只有这时，才能见她落落大方，不再小心翼翼。我也要时时检讨自己的言行，让妈妈真正快乐起来！

野　草

　　终于有空坐下来，紧挨着零零落落的几株野草。

　　它们在我的阳台，固执地撑到现在，只为等这一刻的我吗？它们叶片斑驳，灰绿中有点点黄斑，茎由白变绿，撑着几朵淡紫色的小花，在微风中轻轻地抖动着。

　　从年初到炎夏，多么顽强的生命啊！我忽有愧疚之心，每天忙于俗事，竟忘了看它们、听它们、赏它们、惜它们。此刻，我不顾炎夏，端坐一旁，仿佛虔诚的信徒，我将呼吸和心跳镀上一层阳光，再俯身听它们的呢喃。我的金色的光和它们成熟的绿意是怎样在时空中交接、碰撞，袅袅升腾的呢？我湿漉漉的眼眶里，蓝天、白云、路过的鸟鸣、对面房顶上葳蕤的绿，淡紫的花，都悄悄隐退，都愿意把这一刻交给被我冷落多时的野草。它们曾经是怎样坚强地挺立在寒风中，曾经是怎样坚信我终究不会抛弃它们，终究会对它们深情款款，这份执着啊，让我的心上好一阵战栗。

　　它们从哪里来？装饰我的花盆，装饰我的梦，让我漂泊的情感有了依归。上帝的恩赐还是故乡的馈赠？故乡的原野上到处都是草，叫的出名的，叫不出名的，它们随四季轮回，荣荣枯枯又生生不息。俯下身凝视，或者拨弄它们时，也正是我低眉顺眼的时候。眼神和它们交会的一刹那，安静又浩荡的力量便源源不断地涌来。

　　为了几两碎银，慌慌张张来到小城，在冷漠的水泥丛林中觅一方小窗格，连呼吸都是急促地来急促地去。常常是无端地怀念那些铺满山冈、原野的小草。哪怕是庄稼地里的杂草，也青葱得可爱。

去年冬天抱回的花，置于阳台，第二天便萎靡不振，不几天就生气全无。两个空花盆置于角落，忘了扔掉。料峭二月，空花盆里居然长了一些野草，瘦瘦的，弱弱的，先是一株，细长的白色的茎，吃力地举着几片嫩叶，没过几天，满盆皆是绿意。十七楼呢，哪里来的种子，伸长脖子仰头，楼上不见花木，遂有小鸟飞过，抑或是鸟儿衔来的，还是风吹来的？它们就这样在两个花盆里繁殖生长。偶尔瞥一眼，不知它们什么时候都长出盆外，倒垂在盆的边沿，安静、典雅、倔强又充满生机，它们在自己的轨迹里生长、延伸，装点我的阳台。

我想，它们原本是故乡那个小四合院的精灵，是一代又一代人的灵魂。

我的那些爷爷奶奶、叔叔伯伯、姑姑婶婶、兄弟姐妹，当我敲下这些称呼的时候，那些欢声笑语、咬牙坚持的身影，以及病痛苦难都无限扩大，撑疼我瘦弱的神经。

西头的全奶奶，忽然有一天，挺着胀得滚圆的肚子，颤颤巍巍地走过，她一声接一声地呻吟着，蜡黄消瘦的脸上，眉头始终紧皱着。后来，经常看到她艰难地蹲在地上剁猪草，艰难地拉风箱，艰难地挪动双脚，去坡上挖一些野草，熬一大锅汤药，大碗大碗地喝着。那些黑色的汤药没能救回全奶奶的命，一个风雨大作的夜晚，她在无边的疼痛中离开了人世。干活像一头牛，能跟人吵架三天三夜不打蔫的赵奶奶也生病了，躺在她家堂屋的躺椅上，骨瘦如柴，气若游丝，什么也吃不下，还在断断续续地吩咐着她的家人，该上坡了，该割牛草了，该打柴了，该播种了。还有那个仿佛能降妖除魔的表爷爷，应该是和神灵同在，和日月同辉的人吧？十里八乡的孩子、大人病了，只要让他看看，摸摸，然后画几道符，胸前挂一道，剩下的烧了兑水喝下去，病人都会奇迹般地好起来。也不知是符咒起了作用，还是心理暗示。有一天，表爷爷居然也倒在了病床上，日夜不停地呻吟着，直到去世。村子里所有的人在时光里老去，在时光里顽强地撑着。他们像极了野草的一个轮回，春生，夏长，秋天结籽，冬天老去，悄无声息，不留痕迹。

只有那梁上微微隆起的土堆，时不时地告诉活着的人们，他们曾经来过，曾经守过这里的山川日月，鸟声蛙鸣，他们用自己的方式吃饭、穿衣、干活，病来了自救，顽强地撑到夕阳西下，活在自己的一片天地里。

我们喝着祖祖辈辈喝过的泉水，被野草拂过的泉水也有不屈的灵魂，伴随着我们一步一步丈量着，从一座大山走到另一座大山，生命顽强地一路蜿蜒向前。

那些碎片化的日子，被火烧过，被盐煮过，被践踏过，被无视过。我依然能够捡拾起来，串成一串珍珠挂于心间。我的日子是用来"熬"的，这也不过是别人对我表面生活的认知。他们哪里知道，我早已在自己和外界之间砌了一道铜墙铁壁，早已能笑傲风雪，我的内心早已丰盈甚至是凉薄。

那些田间地头被我踩过，脚印歪歪扭扭却是劲道深厚。

我微笑着走出去，岁月早已恬淡安然，然后从容地回首探视。那天暮色四起，我走在离婆家不远的田埂上。八十多岁的远房伯娘一眼认出了我，一声"扬梅"，喊得我热泪盈眶。这是父母给我的名字，无论谁叫起，亲切感和温暖感扑面而来，被爱包裹的情绪激荡着身体的每一个细胞。我停下脚步，握住伯娘的双手，听她絮叨："你是个好姑娘哇，那时候在老家逗人喜欢，现在终于苦出头了。"这话听起来没毛病。我微笑着，安静地听她继续讲：

"我刚刚去喊我爸爸的，他在红湾割草，倔得很，天黑了也不回来。早上牵出去的羊子，这会儿不见了，不知道哪里去了……"

"伯娘的爸爸还在？"我满心疑惑地回婆家问伯娘的情况，原来她早已患了老年痴呆症，没有吃药，甚至没人看护，一切都顺其自然。我僵在漆黑的天空下，任晚风零乱头发，任泪水汹涌而下。黑暗中，我仿佛看到一丛丛野草在冰雪中慢慢枯萎。感念伯娘还能认出我，还能清楚地叫着我的名字！

这个小村庄的人，他们弯弯曲曲却又倔强地生活着，和生我养我的小村庄上的人没有什么两样。

上周回去碰到表叔，他正在烈日下查看稻田的水。他紧捂胸口，紧皱眉头说："扬梅，我心口痛了好几天了。"我赶紧催促："您得去看医生，怕是心脏有问题。"临分别时，我又反复催促他，一定要注意休息，一定要去看医生。他长叹一声摇摇头，没有说一句话。听村里人讲，年轻时表叔戴着帽子，在媒婆的牵引下去相亲，没过多久就入了洞房。新媳妇一看，表叔没头发，大闹三天后，也就作罢，只是从不下地干活，也不做家务。儿子长大成人，娶了媳妇生了孙子，小两口丢下孩子远赴广东打工，带孙子的任务又交给表叔。孙子没带好，读书时常常胡作非为，如今三十岁了还在外面流浪，没个正当工作，表叔常常是唉声叹气。自己生病，自己慢慢熬，没人过问，没人关心。待到下周回去，山坡上多了一座新坟，据说表叔是突然倒下的，没过几分钟就没了呼吸。青绿的稻秧生气勃勃，簇新的坟头上，悲凉无尽蔓延。

野草和人，看似柔弱，无人关爱，无人侍候，却都在自己的轨迹里，沐浴天地之间的大爱，迎着狂风暴雨拼命地生长。野草生生不息，它们才是世界的主宰，而我们，不过是天地间的过客，来去匆匆。在来和去的中间，我们也有了一些草木的魂，柔韧而顽强。

流年掠影

隔着二十多年的光阴，你于昨夜悄然入梦，高大的身躯，缓慢的步子，永远哀怨的眼睛，披着一身油光的黑毛，形容安详而泰然。我睁开眼睛，你随晨光暮色涌进来，带来傍晚的苍茫，清晨的鸟鸣。落在天花板上，落在昏黄的灯盏里，落在墨案静置了二十多年泛黄的宣纸上，蛛网轻轻地悸动，拂起旧时光里的朝朝暮暮。

记得那年霜雪天，带着书卷气，带着梦想，带着憧憬和向往，我走进婚姻，没有锅碗瓢盆，没有唢呐，甚至没有一个客人走进婆家庆祝。田坝中间的一个小院，横七竖八的小道尽头的那户人家，将是我未来的栖身之所。那三间土坯房，是温馨还是寒凉，是明亮还是阴郁，是宽容还是自私，是计较还是厚道，是沉渣泛起还是新生勃发，我都不得而知。

农历腊月，天空灰暗，仿佛永远是闭着的双眼，看不到一丝亮色，连偶尔飞过屋檐的鸟雀也是灰色的，寒风呼呼，猫和狗瑟缩着，微闭双眼，无精打采地蹲在灶前，蹭着烧饭时留下的一点儿余温，失去颜色的衰草在寒风中摇摆。尽管这样，也难掩家家户户都在置办年货的喜悦，个个脸上喜气洋洋，我和婆婆在厨房忙碌，老牛卧在旁边的牛棚里嚼着干谷草。我小心翼翼地试探着问，过年喊不喊爷爷过来。婆婆阴沉着脸，没有停下手中的活，爷爷的房子什么的都给幺爸了，他住在幺爸家的，理所当然在幺爸家里过。我没有再吱声，更没有语言反驳。找个借口迅速逃出厨房，背起背篼，去给牛割一点儿草，虽然枯黄，总比干谷草好。

我站在牛棚前抖落草料，牛立刻站起来，边用舌头卷起草料咀嚼，边用那双安详的大眼睛看着我。

我刚嫁进婆家时，第一次听到婆婆这看似合理的言语，不由得倒抽一口冷气。放眼整个农村，每家的日子都是大同小异，思想和认知以及文化程度都不相上下，每个人的生命历程也相差无几。

家里留下的是祖祖辈辈生于斯长于斯的老人，而年轻人磨刀霍霍，带着梦想南下，走进刚刚开放的沿海城市，能留在家里的年轻人也是少数。他们每天劳动之余的闲暇时间，就是聚在一起家长里短，仿佛只有这样，生活才有一点儿亮色。

尤其是像我这样的外来媳妇，更是她们茶余饭后的谈资，小到穿衣吃饭，大到说话行事，稍有不慎，便会落进口舌漩涡。想想自己，独自一人嫁过来，什么也没有，婆家曾说拿点儿彩礼，娘家置办嫁妆，要风风光光地去迎接，他们才有面子。我寻思，那点儿彩礼置办不了像样的嫁妆，娘家不知道要倒贴多少才勉强能入眼，父母长年居住在大山里，家里还有三个妹妹要念书，哪里拿得出那么多钱置办嫁妆。嫁妆寒碜惹乡邻耻笑，给婆家人留下话柄，于是自己做主，不要彩礼，也不要娘家的针头麻线。即使自己受委屈，也不能拖累了娘家人，被婆家人瞧不起。

初来乍到，听其言，观其行，半蒙昧的生活况味立马涌来。

比如婆婆说，我是一碗土豆片换来的；比如婆婆告诫她儿子，要防着我点儿，娘家那么穷，以免把家里的东西往娘家拿；比如婆婆说，你得早点儿起来做早饭，煮猪食；比如婆婆说，你不能穿这朱红的收腰长袄，晒稻子不能用铁撮箕，要用竹篾编的撮箕，农村人要像个农村人的样子；比如婆家有人说，再过几天你就知道锅是铁铸的；比如他们说，一个农村人，还去买些书回来，整天还拿本书，书能当饭吃？晓不得哈数；比如他们说，狗屎沾金箍棒，文不得也武不得；比如他们说，农忙了，还有时间在家唱歌，书读那么多，不出去挣钱，这书是白读了，还不如隔壁不读书的木匠，在东莞的家私厂，一年还有万儿八千呢！

听到这些，我喜形不露于色，那角落的背篓，刀架上的镰刀告诉我，割牛草去吧。

有时还偷偷放本书在背篓底下。到了田间地头，把那些冷嘲热讽小心翼翼地结在草绳上，还有刚刚经历的高考，寒窗苦读，黑色七月，败下阵来，怎么也不甘心哪！与天空对话，与明月对话，与飞鸟对话，放空心情，重新装上青青的草，还有散发着墨香的文字。

草长莺飞，二月是个乍暖还寒的季节。我和婆婆是同一天的生日，她在灶头上刷锅煮肉，我发着高烧，蹲在灶前架火，她在灶头上骂骂咧咧，说我去讨好爷爷，说过年的时候我要喊爷爷一起过年，她不准。我心下纳闷，这话我倒是问了的，随问随扔的话。可爷爷八十多岁了，耳朵都听不清了，我更没必要传达这些挑拨离间的话。瞬间又明白了，隔壁住着姑子姐呢，她和姐夫以及哥哥嫂子一直怀疑父母给了我们很多钱，她们认为，若是什么都不给，我怎么会同意嫁过来呢。这个家是婆婆当，挑拨我和婆婆的关系，理所应当就不会给我们好处了。

池莉说，重复者和传播者使用的是自己的理解和语气，接受者则又各有各的理解背景。任何一种最细微的因素都能够改变话语的顺畅流通，使之产生多重意义。于是，我们的生活中便充满了絮叨，充满了解释，充满了流言和蜚语，充满了隔阂和攻击，也充满了谩骂和扯皮。想想多么无聊啊！而这就不仅仅是话语了，而是一种赤裸裸的心机，被不明真相的人漫天传播，传到婆婆耳

044

朵里。

柴火噼啪作响，我用沉默对抗他们所有的言行。不必解释，更不屑解释。

夏天，婆婆说，你们得分家了，住一起哥哥姐姐满心妒忌。我不留恋什么，只是去看了看老牛，它依然安详地咀嚼着，仿佛永远没有歇息过，我不知道它咀嚼的是草料，还是酸甜苦辣的生活。

家是分了，耕田还是要共用牛的，一人一牛缓缓地行进在春耕的喧哗里，行进在拉长的夕阳中，行进在淅淅沥沥的小雨中，只是那牵牛的人是那般青涩，那般生疏，那般急躁，枷担架上去，老牛别扭着，绳子套上去，老牛暴跳了。也许是人和牛之间少了一份默契，老牛和书生之间有一条不可逾越的鸿沟。哪怕是田园画，那牵牛人的脚步也应该是缓缓的，他要和着牛的节拍，脚步落下的声音应该是坚定有韧性的，应该是经历过岁月有故事的。他一定是戴着斗笠衔着旱烟，那烟雾包围着老牛，和着夕阳或者小雨，轻轻敲打老牛的神经，像安魂曲，更像牛和人之间的轻语呢喃。

我没有旱烟也没有斗笠，更不知道老牛会想些什么。它被我们生生地赶下田，在正午的阳光下忽左忽右，稳着犁头的他也忽左忽右，牛和人都是一身泥浆。他说你去前面牵绳，顺着田埂走，他又说你使劲拉嘛。我哭笑不得，看看阳光，早已过了午饭时间，肚子咕咕咕叫着，即使不饿，我也拉不动吧。

他骂着，扔下我和老牛跑了，我得取下枷担，牵着牛，拴在树下阴凉处。老牛在树下歇息，我给完草料，坐在一旁，看它的尾巴驱赶蚊虫，看它极认真地吃草，看它永远眨巴着的眼睛，风来了，它竖起耳朵听听，鸟鸣了，它抬头张望一下，这也许是它们之间的默契，我嚼着一根牛吃的草梗，像嚼着满院的生活，在阳光下生出无底的深渊。

大伯哥过来了，我说帮我磨一下田，明天要撒谷种了，他满口答应。我急忙跑去场镇上，货架上的烟有两块的，有三块的，我买了五块钱一包的"五牛"牌香烟，待我返回来时，牛依然在大树底下甩着尾巴，嚼着青草。田依然是原来的样子。婆婆说，大伯哥刚刚下田，被嫂子拽上来了，走到田角处，大伯哥的脚后跟被玻璃划了一个大口子。因为他们有共同的猜测，对我一直是不友好的。我看了看手中的烟，面无表情地递给婆婆，叫她把烟转交给大伯哥。

面对空旷的远山，永远干不完的、胜任不了的农活，以及活在自我中的婆家人，我已经没有力气呐喊。

爷爷颤颤巍巍地走过来，递给我一个黄色的沾满油污的玻璃瓶，那瓶颈上的粗麻绳黑黑的。他佝偻着背，倚着拐杖站着，喘着粗气说，女娃子，帮我打一斤洋油（煤油）回来，昨天晚上我就是摸黑睡的。他的双眼浑浊，像极了老牛的眼睛。我懒得放下裤管，懒得去洗腿上的泥，打着赤脚，提着煤油回来了。从么爸家灶屋进去，穿过堂屋（婆婆说堂屋是爷爷的家产），左拐连进三间小房子，每个房间有一扇木质小窗户，阳光从窗口斜射进来，灰尘在斜光里飞舞着，然后同光线一起落在老旧的床上，扁缸上，柜子上，杂七杂八的物件上。进到第四间，便是爷爷的房间了，没有窗户，也没有电灯，听说是么爸家儿子把电源给断开了。对着黑屋，我喊了一声爷爷，屋里一阵窸窸窣窣，爷爷划亮一根火柴，借火柴的亮光，床头柜子上，一个墨水瓶做的油灯静静地直立着，我连忙跨进去，拿出油灯，添上油，爷爷又划了根火柴点上。他嘴里含混地说着，那两个曾孙子又来拿冰糖。我知道他说的是我那两岁多的双胞胎儿子，替儿子谢谢曾祖父后，我连忙退了出来。

爷爷四十多岁时，奶奶就死了，他一个人拉扯大公公他们兄妹五人，老了一直住在幺爸家。直到八十多岁了，还是自己做饭，自己洗衣，整个人看上去干净整洁。我有自己的事情，没有精力管爷爷，况且中间还有厉害的婆婆、婶婶。亲眼看见因为公公给爷爷买这买那，婆婆不依不饶，甚至要什么鞋底板擦油，开溜（离家出走的意思）。后来，公公对爷爷的孝心也只能转入地下。记得公公六十岁生日时，待客人走完，公公便把剩的肉给爷爷端了一些过去，被院里的一个女人看到，悄悄告诉了婆婆，那可不得了，在家大闹了几天。公公一言不发，我也不敢论是非。逃吧！随着时间的推移，这种感觉越来越强烈。

我们一家老小从不在一起团年，也不知道爷爷是怎么过年的。只记得有一次快过年时，他挨个说，帮忙给他洗一下被子，最后到了我这里，由于太忙（我和先生一人带孩子，一人栽洋芋），也没有答应。我看他拄着拐杖，喘着粗气，眼皮耷拉下来，转过身，缓慢地走了。我的心像被蜜蜂蜇了一下，忙根本不是理由，而是怕别人说我又在讨好爷爷，想从他那里得到好处。再说前面有婆婆、婶婶、姐姐、嫂子，即使洗也轮不到我。我第二次穿过幺爸家的房子，进到爷爷房间的时候，是大年初一的早晨，爷爷死了，他蜷缩在床上，紧闭着双眼，床头的油灯泛着昏暗的光，一碗面条上面卧着一块煎豆腐，一碗稀饭上面横着一根酸豇豆。两碗饭都没有动一下筷子。我咬着嘴唇，悄悄退出房间，泪水悄然落下，远处的鞭炮声此起彼伏，饭菜的香味弥漫而来，凛冽的风刮过脸庞，像钝刀一样切割着我的每一寸肌肤，每一个细胞，每一根神经。

逃吧！是时候了。一年又一年，老牛似乎完成了它的使命，行动更加迟缓，更是拖不动一犁半耙了。公公叫来牛贩子，以两千元的价格成交。绳子交到牛贩子手里那一刻，老牛也许知道自己的大限到了，两颗豆大的泪珠顺着脸颊流了下来，我怕看它忧伤的眼睛，连忙别过脸去。爷爷无助的眼睛，老牛忧郁的眼睛，两双眼睛时时交替出现在脑海中。后来，我买了书，专心学习，拿了文凭，考了教师资格证，走出村庄，追寻自己的生活去了。

日子缓缓流淌着，公公婆婆也已八十有余。我们也早已过了吃不饱穿不暖的年代，老一辈的生活方式、为人处事随时代的变迁早已云淡风轻。每到周末，我们都会回家探视一次，给他们配药，了解其身体状况。

那天，公公站在院子里，像一截灰色的树桩，许久都没有动一下，冬日的阳光把影子拉在他身后，看他的儿孙们在池塘边钓鱼、玩耍。

"你们过年都要回来，给你们每人准备了一个大红包。"这声音有些含混，落在冬日的小院，瞬间放大蔓延，像极了爷爷的声音。我抬头循声望去，公公正对着我们，仿佛自言自语，又仿佛声嘶力竭。我看到他浑浊的眼睛，因为激动而放射的期待的光芒。这话应该不是针对我喊的，我和孩子们只要有空都会回去的，过年更是不得缺席。只是远方的人，不能年年赶回来。

公公性格懦弱，又极其善良，患有肺气肿。我刚嫁去他们家时，他逢人就说，这娃儿文化高，只是没有机会。这是我去婆家，听到的最暖心的一句话。他每天早出晚归，带着劁猪的号角，翻山越岭，走乡串户，回来悉数把钱交给婆婆。来不及歇口气，一步三喘地挑水煮饭，喂猪养羊。他竭尽全力帮助每一个儿女，特别是农忙时节，这家的活干完了，又去那家干活。整个人累得脱了人样，面色青黄。

记得有一次，正是春耕时节，堰塘放水整秧田，夕阳西下，我带着两个孩子回到家（当时我在一所乡村小学代课），邻居们已经割完了麦子，水正在哗啦啦地流向他们的田里，只有我的麦子，还在金色的光影里摇曳。公公婆婆正弯腰帮哥哥家收割，我放下孩子，来不及换下裙装，急忙奔赴麦田。不知天是怎么黑的，不知我是怎么回家的。朦朦胧胧中，公公忍着病痛，把我家的麦子全挑回来了。他像一只陀螺，不停地旋转，随着年岁的增长，这只老旧的陀螺越转越慢。最后只剩下冬日里的一截树桩，还有接不上的喘息，以及那双期待的眼睛。

我已分不出老牛、爷爷、公公的眼睛。他们都藏着一世的故事，都浑浊忧伤，孤独寂寞，时时敲打着我的心。

又是一年菊黄时

一直自我感觉，是一个活在套子里的人。

套子很厚像铠甲，包裹着一具一戳就会破的鲜红肉体，一个一染尘埃就会流泪的灵魂。我是怀疑万物的，听说这是缺乏安全感的具体表现，受伤多了就怀疑。

记得十多年前到某个学校学习，有个老师站在讲台上，大概四十岁，留着偏分头，开口就说："你们是来学习教育教学方法和理论的。我要是只随大流传达某些话，自己都感觉到脸红。"说完，他的脸真的就红了，像天边的晚霞，眼睛虽小，却是光芒万丈。整堂课我就被那句真话感动着，偌大的教室，弥漫着莫名的感动，连夏天散发出的热气和汗味也有了甜甜的味道。这个老师让人踏实，叫人心安。

跟孩子们相处，也是叫人心安的，他们随时跑过来，理直气壮地告一次小状，正儿八经地撒一次漏洞百出的小谎，无论怎样，也掩饰不住眼睛的清澈和明亮。我总是窃窃地笑着说，孩子们，老师是大人呢！你们坐在教室里，眼神飞到哪里了？老师知道你们心里在想什么，你们做作业，字迹开始潦草了，老师也知道你们在想什么。听着他们齐声喊到，雷老师，你终于来了哇（因为偶尔有事，会调课）。看着他们睁得大大的眼睛透出的干净和无邪，像极了窗外的大树，很真诚地告诉我们四季的到来，叶子发芽了是春天，茂盛了是夏天，变黄了是秋天，枝丫开始秃起是冬天。

这时，心上的浊流会慢慢沉淀，缓缓明净。

听菊花的吆喝，随朋友们去菊园。红的，黄的，白的，紫的，淡粉的，玫红的，大朵大朵地开放着，被人修剪出造型规矩地摆放着，抑或在塑料大棚里尽情舒展着。它们美得不可方物，仿佛不食人间烟火，我竟不敢高声喧哗，不敢大声呼吸，不敢碰触，整个身心仿佛被人提着，飘摇着，忽然有一种不能落地的恐惧感。再一看各位朋友镜头下的菊花，堪称倾国倾城，生怕一碰就会掉落地上，碎成一片一片，这般浓烈的美，小小心脏却是承受不起，及至于糊里糊涂在园里穿梭，像极了人世间听得最多的冠冕堂皇的话，是那般高高在上，那般振振有词，那般华丽得不可捉摸。到后来见到说谎话的人，条件反射似的脸红，礼貌性的笑容也极不自然，心里揣着一只小兔，"怦怦怦"一阵乱跳，仿佛把谎话装饰得富丽堂皇的是我。置身于浮华中，有时候掐一下自己，看是不是有痛感，真疑心自己也变成了一个精装修的假人。

一阵冷风微雨，走到一大片白色的小菊花前，它们置于广袤的天空下，吸收白天和黑夜的灵气，一串一串地生长着。此时，我的心才踏实了许多，它们带着水珠，还是花苞的样子，像星星缀满一树一树枝丫。几个六七十岁的嬢嬢正系着围裙，肩上斜挂竹篓，低着头仔细地摘着花苞。尽管来来往往赏菊的人很多，她们也不曾抬头看一眼。远山朦朦胧胧，带着几许寒意，我驻足，拿出手机，拍下嬢嬢们摘花的身影。她们像极了我的母亲，躬身在田间地头劳作。雨丝丝滑滑飘过天际，落入菊园，落在我的发梢上，一直悬空的脚步，此时才感觉踩在了泥土上。

"嬢嬢，您一天能摘多少斤？"

"手脚快的能摘二十多斤，慢的能摘十多斤。"几个嬢嬢头也不抬地回答我。

"摘一斤可以挣多少钱？"

"一块二一斤。"嬢嬢们依然没有停下手中的活。我挪不开步子，算算账，她们一天最多能挣三十块钱。我不再说话，站在路边默默地看着她们忙碌，雨丝轻轻飘落在眼睑上，透透的凉，一层乌云随风而去又随风而来。心里忽然涌起莫名的悲凉，还有小欢喜，这些白色的小花终于有了烟火味，裹着柴米油盐酱醋茶的日子，是嬢嬢们的希望。

我也曾见过母亲摘菊花的身影，农历八九月间，故乡的山坡上，田埂旁，到处是金黄的野菊花，开得极低调也极奢华。每到这时，母亲会背着背篓，去山坡上、田埂旁细细采摘。晾在屋檐下通风的地方。等待全干，母亲会自制一些小香囊，让我们戴在身上，说是清心明目。那年去宝坪教书，给母亲捎话说，我需要一个枕头。过了十多天，母亲亲自送来了一个鼓鼓囊囊的长方形枕芯，母亲用针线细细密密地缝了三个蓝色方格，仔细一闻，菊花的清香沁人心脾，原来方格里有干燥的菊花，再揉捏一下，枕芯里面有熟悉的响动，是米壳。米壳用作枕芯到底有什么用，母亲从没说过，我也懒得问。我给枕芯套上枕套，置于床头，菊花的香气溢满房间。如果内心的千军万马太多，我会在夜里把头深埋于枕头，耳边仿佛有母亲无尽的叮嘱，然后枕着母亲的温暖沉沉睡去。有时也会平躺在枕头上，看着天花板，清空体内所有的庸俗不堪，让缓缓的呼吸和菊花的香气对接，缠绕，心会静得听不到流动。故乡早已没有模样，想必那些一片一片的野菊花也已被高大的杂树和灌木丛包围，母亲也多年没摘过野菊花了。那菊花枕伴随我从宝坪到新城，舍不得扔掉，丝丝缕缕都是芳香，是母亲温热的气息。那些白色的黄色的细小菊花，根植于大地，和土地一样厚重，母亲穿梭在白色和黄色的菊花之间，是那么敦厚绵长，叫人踏实温暖。

一只竹篮

我的目光穿过灰暗的冬天，落在一只竹篮上。它和更多的手工艺品一起出现在全民终生学习的活动现场，静静地端立在两江广场上，驱散冬日的凛冽，带着大山的温润和质朴，惊艳了所有人的目光。

我的眼睛里也瞬间有了日月星辰，像滤镜一样滤掉了其他手工艺品，光芒留在那只竹篮上。

我俯身提起这只竹篮，爱不释手地摩挲着。竹篮呈椭圆形，小巧玲珑，秀气十足，薄薄的青篾均匀地回环交织，方格镂空花纹精美绝伦。农坝的山水呀，养育了怎样的能工巧匠，又让多少农坝的学生有了工匠精神！

流连在各种各样的竹编工艺品中，记忆倏忽而来，连绵起伏的群山出现了，山腰的村落出现了，环绕村落的青青翠竹出现了，山连雾海，雾海绕竹。淳朴的乡民没有"宁可食无肉，不可居无竹"的雅趣，但每家每户都会在屋后种上竹子。春天来了，屋后空地上插一节，不多久便能从节节处抽出枝来，再过一年，竹笋就渐次冒出地面，几年时间就成竹林了。我们常常赤着脚在竹林里穿梭，踩在厚厚的竹叶上，绵软舒适，但也得极度小心，千万别踩到竹子褪的壳上，壳的外面覆盖一层厚厚的深棕色的小毛刺，要是碰上了，毛刺会立即刺进皮肤，疼得你哭爹叫娘，还不易除掉。尽管这样，也阻挡不了我们把竹林当成乐园。

我常常顺着竹竿仰望到细细的竹梢，它们低垂着，互相交织，互相问候。叶子落了但不见枯黄，一直想不明白它会落叶却一年四季都是青翠的。新竹破土，老竹遮天，生生不息。

冬天是农闲的时候，匠人会拿着篾刀，走进自家的竹林，这根摸摸，那根看看，根据需要决定砍老竹还是新竹。小小四合院整个冬天都是忙碌的，匠人把竹子拖回家，去枝除叶，砍去竹梢，然后锯成等长的竹竿，整个院坝竹篾飞舞，背篼、簸箕、团窝、篢箕、扁背、箩筐、篓子、碗篼、红苕筐、筛子、竹篮……这些可不是手工艺品，而是生产和生活的必需品。当然，这些工具要担当重任，以牢固为主，所以竹篾就打理得厚实，匠人也特别用力，往往一只农用工具编完，他们的手上也满是口子。这些工具像大山的汉子，粗犷豪爽，野性纯朴。

竹席是山民们床上的必需品，出嫁姑娘的嫁妆之一。选择上好的竹子，技艺精湛的匠人，酒足饭饱后，匠人便开始了工作。匠人把竹子加工成极薄的青篾，再整体布局，大概一天工夫，一张极精致的竹席就编好了，细细密密，没有一点儿空隙，有方格纹、米字纹、回纹、波纹、菱形纹等，质朴、清新、淡雅，像清丽的待嫁姑娘，娇羞隐隐，又令人神往。匠人或偶尔兴起，或拗不过我们的纠缠，剩下的竹篾经过他们的手，不大工夫，一只只活泼可爱的小动物就诞生了，羊呀、猪呀、猫呀、狗呀、蜻蜓呀……院子瞬间成了动物的乐园。

原野里、山坡上、溪涧边，到处都是竹器的身影，母亲肩上斜挎两个竹篼，一边装豌豆种子，一边装干灰粪，她两手同时熟练地抓起种子和干灰粪，很准地丢在父亲挖下的窝子里；奶奶臂挎竹篮，去菜园拾掇青菜，不一会儿，竹篮里就整整齐齐地放满萝卜白菜、青葱蒜苗，有时候还采一束野花，插在竹篮边上；那即将淘洗的红苕旁，也立着一只大箩筐。厨房的炊具更是少不了竹器，如锅盖、蒸笼、刷子等，它们在各自的岗位上恪尽职守，为农村的生产生活带来了极大的便利。

夏天的中午，奶奶总是把换下的衣服整齐地码放在竹篮里，然后挽着竹篮去村旁的小溪。小溪两边的竹林郁郁葱葱，洗完衣服，奶奶会坐在溪边的大石头上，抽一袋旱烟，看竹影在溪水里摇曳。这时的溪水也是我们的天地，打水仗，摸虾捉螃蟹，捡起刚刚掉下的竹叶，折一只小船，看小船慢悠悠地漂向远方，山那边是什么呢？

那只从两江广场带回的竹篮，静静地摆放在我的书桌上。编竹篮的孩子，把希望和梦想盛放在竹篮里。竹篮是如此轻盈精致，我竟舍不得盛放一点点东西，又怕它空空地立于书桌而落寞。待到山花烂漫时，带去田野，采一篮野花，让技艺与自然交织，让文化和梦想腾飞，以成就竹篮别样的美丽。

阳台时光

阳台不大，就两个多平方米，左右两边放着几盆植物，中间留一空隙，仅能安放一把躺椅，不过从未放过。

忙碌了、悠闲了、忧伤了、高兴了，都会带着小凳去阳台坐坐，发发呆，什么也不想，抑或倚栏远眺。

有时候是阴雨天，微雨的潮湿触手可及，阳台也湿漉漉的，鸽子低低地飞过，天空灰蒙蒙的，压着对面的房顶，又仿佛深不可测。远山轻雾，缥缈朦胧，应该还有袅袅炊烟，我仿佛能听到西面半山腰的村子里，篱笆墙下灶膛的火噼啪作响，那烟飘过黛瓦青砖，飘向远方，飘向白云深处。

右边高高的磐石城在烟雾缭绕中俯瞰静谧又喧哗的小城，斑驳的垛口，日夜诉说着小城金戈铁马的历史。

阳台下的马路上车辆往来鸣笛声处，是前方有一抹灯火的温暖，还是流浪远方的落寞？行道树一年四季都是墨绿色的，它们忘了季节，多好，随心随性生长，不悲不喜，从容淡泊，为什么一定要学着桃树杏树的样子，春天开花，夏天长叶，秋天结果呢？花红柳绿，千山暮雪，万里层云，细雨空阶，风过寒塘，霜染枫林，雁过林梢，都是一种风景。

有时候是艳阳天，太阳刚冒出山头，阳光就涌进阳台，斜斜地铺在植被上，光影流动，庸常的阳台瞬间明亮，继而辉煌，连飞舞的尘埃也圣洁起来。傍晚时分，夕阳落在对面的玻璃窗上，反射出夺目的余晖，阳台在颤动的光晕里，微醺摇摆，一脸绯红，满满的，有欢喜，亦有羞涩，堆起半边锦绣，阴影里的灰暗，被锦绣点燃，谨慎内敛地悄然抿嘴，一笑倾城。

右边是盆景，那年幺爸退休搬去重庆，我们去他家楼上移来很多草木花卉，侍弄不当，一年一年慢慢死了。独剩好养的盆景，却不知为何物，虬枝错节，造型独特，想必幺爸也是倾尽了很多心血，才长得如此古朴、安宁、温润。细细的叶子长于枝端，仿佛从来没有凋零过，陪伴我走过许多阴霾时光。那些年，我常常去幺爸家撒娇诉苦，肆无忌惮。

2007 年，在重庆开会的幺爸打来电话，欣喜地告诉我快准备考试，并帮我借来了《教育学》和《心理学》两本考试用书。后来，我上岗了，他常常告诫我，要尊重领导，要努力工作，要滴水之恩当涌泉相报。他担心我性格刚烈，担心我与先生两地分居，担心我不能胜任工作，直到我每年拿着学生的期末成绩单让他过目，他才彻底放下心来。

今年暑假，重庆小雨，我和先生去探望幺爸。见我们到来，幺爸一如既往地高兴。见幺爸精神状态、身体状况都好，我们也很欣慰。只是我不再撒娇诉苦，不再让他觉得我是他最大的包袱。那天幺爸聊兴很浓，聊起了书法和写作，夸赞贺江鹏老师是难得的才子，书法诗歌都挺不错的，说起贺老师受伤的手，他心疼不已，惜才爱怜欣赏之情溢于言表。也聊起了他自己，书法和写作是他的爱好，在没有文章可仿可抄的年代，他常常在深夜伏案疾书，写不同的发言稿，大到文章铺排布局，小到一个标点的运用，都是极其严谨的。烟和风油精成了他最好的陪伴。他伸出右手让我看，中指握笔处，还留有厚厚一层老茧，一抹虔诚的感动和敬仰涌上心头。这么多年，我从没耐心地听他讲过这些，只是去无休止地索取，索取那份慈爱和温暖。

怀念幽幽穿过，有落叶静静地躺在阳台上，瑟缩着，黯然着，轻寒褪去了它的明艳和光华。我轻轻拾起，拈着叶柄轻轻转动，细细端详，叶的两边向中间屈曲着，黑色的点遍布叶片，它仿佛又在我的指尖鲜活灵动起来，我不敢用力，怕一不小心碎在我的两指间，碎成细片。我又将它轻轻放下，瞬间又安静了，不动声色地接受阳光雨露的侵蚀，但依然静美着。

沏一杯清茶，看慢慢腾起的轻烟，左边那一盆文竹已泛黄，是唐光桢老师退休时留给我的，当时也是用三轮车装了很多花卉回来，现在却只剩这盆文竹了。刚来附小时，我和她教一个班，初到陌生的环境，是她给了我无尽的照顾和鼓励。她严谨认真，一丝不苟的精神感染着我。前行路上，长辈们给了我无数的关怀，无数的教导，在时光里闪烁。那些被岁月馈赠的恩惠，如盛秋的枫叶绚烂缤纷，繁华了我有些荒芜的流年。

白色花盆里，本来栽的"厚脸皮"。几年前不知从哪里飘来的种子，长出的叶子厚厚的、绿绿的，像极了木耳菜。既然愿意在阳台安家落户，我也不忍舍去，任它恣意生长，偶尔掐一把，是餐桌上极美的绿色环保菜品。深秋时节，会在枝上长出一簇一簇的红色小颗粒，像一粒粒小小的玛瑙，颜色随时间慢慢变黑，想必是它的种子吧！种子又想落去哪家阳台呢？随风随雨随阳光一起，想去哪儿就去哪儿吧！蒲公英也会凑热闹，冷不丁也会从盆里长出几株来，带给我不少的欣喜。"厚脸皮"立在一旁不争不抢，像极了一位睿智淡泊的老人。薄荷强势，总是挨挨挤挤探出盆外，接受更多的阳光雨露。

它们强的强，弱的弱，共生一处，倒也相安无事。

几尺见方的阳台，自由地生长着家养的、野生的植物。时时让我的思绪近及眉眼，远及天涯，也带给我无限的绿意和温暖。

槐花次第开

撑着一柄细花洋伞拾级而上，阶前躺着些许细细的白色小花，似曾相识，却又遥远而模糊，淡淡的清香在炎热的空气里飘散开来。漠然而匆匆的人们忽略了这般景致，心不由得疼惜起来。

抬头一看，槐花！我惊呼，那一串串白色的小花在绿色的树叶间时隐时现，在五月的阳光下舞动，花瓣重叠悬垂着，一嘟噜一嘟噜地蓬勃着，婆娑的光影摇曳在墙壁上，像极了舞池里舞者曼妙的舞姿。我悄然驻足，屏息，思绪在记忆深处游荡。

遥远的山脚下，有一个老旧的四合院，东南西北住着十几户人家，我家住在西边，吊脚楼下的地坎边，站着一排长满刺的槐树。

山村的五月，太阳很亮，刺得人睁不开眼，鸡躲在墙角打盹儿，狗趴在通风口，吐着长长的舌头。此时南风带来槐花的清香飘满小院，奶奶穿上长衣长裤，胸前挂一个小竹筐，绕过尖尖的刺，小心翼翼地爬上树，轻轻地摘下一串一串的槐花，放在门前的石臼里漂洗，淘净，挤干。我们嬉闹着，围着洗槐花的奶奶打水仗。

“梅，刨洋芋。”奶奶吩咐我。

“哼，才不干。”我噘着嘴巴，扭过头，狠狠瞪奶奶一眼，继续嬉闹着。

灶里的火亮堂堂的，奶奶小心地把挤干了水的槐花放在土豆、玉米面的上面，盖上那个又重又黑的木头锅盖。我们围着灶台，一会儿踮着脚尖凑上去闻闻，一会儿学着奶奶的样子侧耳倾听，听锅里还有水没。我们不懂什么声音是还有水，什么声音是没有水了，只知道不停催促着："奶奶，火烧旺些。""奶奶，没水了。""奶奶，熟没？"

"一群小冤家。"奶奶嗔怒道。

锅盖揭开，雾气腾腾，我们踮起脚尖，看着白色的小花失了先前的灵性，也许很美味吧，馋虫蠢蠢欲动，迫不及待地伸过手去，放进嘴里，没滋没味，只有腻，连忙吐掉，原来这般难吃！

大中午，太阳直直地烤着小小的院坝。晒在院坝一角的绿豆荚噼啪噼啪作响。奶奶裸着上身，坐在东屋和西屋瓦檐下的交界处，南来的风正好穿巷而过，我们围着奶奶，睡在土黄色的油布上。奶奶轻摇羽扇，为我们驱赶蚊虫。我使劲闭着眼睛，偶尔睁眼看一眼奶奶，看她垂着的像两块麦面块的乳房，看她层层叠叠松垮的肚皮，看坝里晒着的金色的玉米，看玉米在烈日下腾腾的水汽。

多想学大人，赤着脚去玉米堆上蹦一蹦，不行，每一个玉米堆都有不同的主人，万一混到一起了，不挨妈妈的打才怪，只能想想罢了。翻个身，见奶奶低垂的头没动静，我们互相使个眼色，悄悄爬起来，蹑手蹑脚地拿出放在门后的长竹竿。那是我们平时网蜻蜓用的。小哥最高，他拿着长竹竿来到槐树底下，我看到长满刺的槐树，不敢上去。小哥和其他几个伙伴绕开小刺往上爬，不一会儿他们就站在槐树的枝杈间，我连忙递上竹竿，他们一阵猛摇猛拽，大喊大叫，白色的花瓣纷纷扬扬，在一群顽童的嬉闹声中无辜飘落。也许是听到喊叫声，奶奶醒了，她睁大眼睛，远远地看着我们。

奶奶做饭再也没花了！顽童累了，便摘下一片片槐叶，对折，放嘴边，使劲吹起来。瞬间，似有无数只小鸟在尽情歌唱！

庄户人家的青壮年没有午休的习惯。太阳正当头，晒得山村的一切冒着青烟，晒得树叶低着头，晒得稻田里的水吐着泡，晒得茅草急着赶往冬天，早点儿当柴火。大叔大婶们不怕晒，戴一顶破旧的草帽，穿上长衫，卷起裤管，下田薅秧。

他们倒背着双手，低着头，赤脚在秧苗周围溜几遍，杂草就没了。碰到狡猾的稗子，得弯下腰去连根拔起，以绝后患。杂草没了，秧苗在风中茁壮生长。太阳很毒，叔叔婶婶们身上、额头上时不时会长几个小疮。

这时候，奶奶家可热闹了。奶奶把摘下的槐花捣碎，再去箱子的角落，拿出一个玻璃瓶，瓶里有白色的粉末，不知是什么，只知道是县城医院当外科主任的姑父给的。奶奶将一勺粉末和捣碎了的槐花混合，用手搓一搓，敷在叔叔婶婶还没溃烂的脓疮上，不到几天，那疮自然就消散了。

小孩子怎么睡得着呢，瞅着空当，邀上伙伴，顶着烈日，爬坡上坎，找藏在绿色地瓜蔓下的地瓜。掰开一颗大的，哟，母地瓜，不能吃，吆喝着转移战场。待我们的布袋鼓鼓的了，便笑闹着下山，热毒疮也跟着来了。小孩子学着奶奶的样子，把槐花捣碎，偷一点儿粉末，一起敷在疮上，一股凉意透遍全身，大人还没发觉，疮就已经好了。

婆家的猪圈旁也有一棵槐树，我只是忙着插秧割麦，它什么时候长叶开花，什么时候凋谢，已无暇也不愿顾及。

那天，我换下长裙准备去打猪草，先生突然出现在门口（他一直在娘家那边做事），用淡淡的语气告诉我，你奶奶死了，已经埋了。我一愣，不敢相信这眼前的山是山，镰刀是镰刀，背篓是背篓。

怎么就没人告诉我呢？我木然地转身回屋里，站在镜子前，换上青色长裙，拿出久违的胭脂盒，在倾盆的泪雨中描眉画眼。

奶奶说，梳一个飞机样的发型，一丝不乱。奶奶说，衣服要有腰线。奶奶说，无论生活怎样，女人一定要美美的。我抬头看着槐树，槐花在东边的枝丫上开了，倏地凋零了，忽又窜到西边的枝丫，忽又窜到长满刺的树根上，忽又像雪花一样落在我有泪有胭脂的脸上。

母亲的糍粑

无论我走到哪里，只要看见软糯香甜、入口顺滑、沁人心脾的糍粑，故乡悠远的记忆就会在炊烟里袅袅升起。

临近中秋，太阳还是明晃晃的。田野里，一大片一大片金色的稻子在阳光下熠熠生辉。翡翠色的蚱蜢在田间蹦来跳去，肥硕的青蛙偶尔会呱呱地叫两声。田埂上一丝风也没有。

母亲戴着一顶有些破损的草帽，穿一件缀了补丁的泛白的长袖的确良衣服，来到一方小小的田边，弯下腰看了看稻子，自言自语："熟了，可以割了。"这方小田是我家每年种糯稻的田，可以收七八十斤糯稻。庄户人家是不敢大片种糯稻的，因为产量低，种多了一家人都得饿肚子。每年的收割季节，母亲会先收割糯稻，要赶在中秋那天打糍粑（糍粑就是把糯米蒸熟捣碎后做成的食物，是爷爷奶奶的最爱）。趁着太阳光还强烈，母亲不停地跑去田间翻晒已收割下来的稻子，大概三天，就可以收回家扬稻子了。扬好的稻子分两袋装起来，一袋中秋用，一袋过年用。

月亮快圆了，我和妹妹兴奋得几夜未眠。昏黄的油灯下，父亲和母亲正在称糯稻，长长的影子印在土墙上，再延伸到房顶上。

"这袋有三十五斤，那袋有五十二斤。"母亲轻声说。

"今年中秋去碾五十多斤的那袋，陈奶奶家和高奶奶家没栽糯稻。"母亲接着又说。

"嗯。"父亲轻轻嗯了一声，便把一袋稻子提到角落，然后用毛巾擦擦头上的汗珠。山村一片寂静，偶尔有小虫在窃窃私语。母亲拿过背篓，父亲把五十多斤的稻子横放在背篓口上，用绳子捆好。明天一早，母亲会将稻子背去山梁那边的院子给糯稻去壳，因为我们院子没有打米机。

从山梁那边回来后，母亲拿来筛子、簸箕，佝偻着腰，一会儿筛，一会儿团，扬糠去壳，拣出没被去壳的稻子，神情十分专注。每每这时，我和妹妹特别高兴，小手在白花花的米上搓、撒、堆砌、挖坑，玩得不亦乐乎！

母亲拿出一年没用的大木甑，放进水里泡着，细细地刷甑底子、甑壁、甑沿，纱布也洗得干干净净。我和妹妹每天晚上抬头看月亮，圆了，圆了，终于圆了！月亮像玉盘，从山梁那边升起，挂在树梢，清冽的月光洒满大地，整个山村笼罩在轻纱之中，若隐若现，我们在院坝又喊又叫。

母亲不停地忙碌，微弱的月光从窗户透进来，两个大盆摆放在桌子上，她先把米淘干净，然后用清水泡着，雪白的米晶莹剔透。母亲说，泡一晚上明早就可以蒸了。母亲在厨房忙忙碌碌，又从堂屋的柜子里拿出一包早已弄得十分干净的芝麻倒进锅里，母亲熟练地翻炒几下，不一会儿，就满室飘香，香气穿过门缝，飘向寂静的大山。月亮仿佛也停在我家门前的树梢上，不走了。

鸡叫两遍的时候，整个山村月华如水，空旷静谧。月光透过木质窗户，静静地洒在床前。月影下，母亲起床了，尽管她脚步很轻，还是惊醒了我们。我和妹妹揉揉惺忪的眼睛，也悄悄地跟着母亲来到厨房。

父亲生火添柴，母亲小心地拿着木甑，把洁白的纱布铺在甑底上，然后放在锅里蒸了一会儿，水蒸气弥漫的时候，母亲便把泡好的米沥干放进木甑，用筷子插几个小洞，然后盖上干净的毛巾，再盖上盖子。我们目不转睛地看着母亲忙碌，不说一句话。

"多添柴，火要旺，要一股莽气上来才行。"母亲轻声吩咐父亲。

天快亮了，月亮也下山了，大地一片朦胧。母亲把蒸熟的糯米倒进敞口大瓦盆，拿出昨天早已准备好的芦竹竿，吩咐道："快点儿快点儿！趁热，使劲舂。"

"妈妈，放对窝（石臼）舂快些。"我们大声喊着。

"用芦竹竿虽然费力点儿，慢点儿，但舂出的糍粑更香。"母亲头也不抬地回答。

父亲和母亲不停地舂着，两根翠绿色的芦竹竿不停地在我们眼前晃动，糯米越碎，父亲母亲越是吃力，不一会儿，细细密密的汗珠就从他们的额头沁出来了。我们觉得好玩，吵着闹着要舂，母亲便让给我。但我无论怎样用力，竿子就是拿不出来，更舂不动。母亲笑笑，我做个鬼脸，急忙让开。渐渐地，糯米变成了糍粑，软软地卧在瓦盆里。

"趁热，趁热，冷了不好吃的。"母亲边说边从碗栏里拿出几个大土碗，一字摆开，先给爷爷奶奶一人盛一碗，撒上白糖和芝麻，端到他们床边。然后拿出一些糍粑做成饼，又撒上白糖和芝麻，母亲小声嘀咕着："陈奶奶家七口人，十四个。高奶奶家五口人，十个。"

"梅，这碗端给陈奶奶家，兵，这碗端给高奶奶家。"母亲叮嘱道。

我们乐得跑腿。回来的时候，一群早起的小伙伴也蹦蹦跳跳跟来了。母亲安排他们坐下，一人一个小碗，这会儿母亲就不做成饼了，直接揪一坨放在他们碗里，撒上白糖和芝麻。伙伴们吃得欢天喜地，母亲微笑着看着我们，欢笑声荡漾在小屋。

糍粑是不能在晚上看月亮时吃的，母亲说晚上吃了会不消化。母亲还会把剩下的做成一大张薄饼，等到薄饼半干，便切成薄薄的小片，再晾晒。晒干后的糍粑片，可清蒸，可油炸，别有一番风味。

又是一年中秋，月圆年年相似，只是故乡已是一个模糊的背影，那些一起捉蜻蜓、捉蚂蚱，一起玩游戏、吃糍粑的小伙伴们也已人到中年，如今天各一方。奶奶已故多年，母亲也老了，常常安静地坐在僻静处，看时光流淌。

母亲做的糍粑的味道永远在我心上弥漫。

父亲与女儿

下午3点了,冬天的下午3点,有些萧索,有些昏暗,有些死寂。父亲站起身说,我走了。我头也不抬地嗯了一声,拿起遥控器漫无目的地转换着电视频道。他走到门口,穿好鞋子,忽然又转过身来说,人老了没得用,大石板那坡半天爬不上来,下去时脚一横打了个趔趄。"嗯。"我依然没有抬头。

门咣当一声,我仿佛受到惊吓似的站起来,径直走进卧室,拿出那本早已泛黄的日记本,看那些被泪水浸过的笔迹,那个自己取名叫"越男"的女孩渐渐从日记本里走了出来,逐渐清晰明朗。忽然又猛然惊醒,这个时间点,还有到双坝的班车吗?待追下楼去,父亲早已去了车站。

一

父亲七岁时,告别繁华的生活,跟着爷爷奶奶下乡。他们一家人虽然生活在农村,但血液中总有些与祖祖辈辈生活在农村的人不一样的地方。爷爷总是戴着老花镜,捧一本书,手上把玩着一枚黄石印章。父亲总是长年不在家,经常要去公社的学习班学习,说是父亲走私什么的,要接受贫下中农再教育,要割资本主义尾巴。学习班学习一次一般是七天,父亲总是早上去,傍晚回来。早上什么时候去,我不知道,只是傍晚回来是有记忆的，他会乐呵呵地和田间地头的每一个人打招呼，乡亲们一边低头锄地割草一边热情地询问着。回到家的父亲会嘴上嚼着一根细草，坐在凳子上自言自语。尽管这样，父亲还是偷偷摸摸出门，过段时间，再偷偷摸摸回来。父亲回来就是乡亲们的希望，他们会在天黑的时候举着火把来我家，挤在大大小小的板凳上，眼睛在昏黄的煤油灯下放着光。

"我借30块，冬天母猪下了崽，卖了还。"

"我借20块，差点儿肥料钱，年底割梭草卖了还。"

……

父亲总是乐呵呵地一一满足他们。父亲回来也是我们的希望，他会先去看望爷爷奶奶，拿着他们最喜欢的糖果和烟叶，然后会拿出为我们买的新衣服。现在还记得粉红色绣花衣，酱色灯芯绒双排扣上衣。穿上新衣的我急忙去找小伙伴们玩耍，像公主一样接受他们艳羡的目光，心儿荡漾得要飞上天了。但母亲总是说你老汉这次出门又没赚到钱。那时，我们两姐妹（后来才有另外两个妹妹）总是高兴的，父亲会坐在灶膛前，我们坐在他的膝盖上，看他用火钳在明晃晃的灶膛里掏，一会儿是一颗水果糖，一会儿是一块红糖，灶膛里仿佛有掏不尽的吃的，我们试着拿过火钳，笨拙地在火膛里乱舞，却什么也没有，此时，父亲便会哈哈大笑。

有时候，我们偎在父亲怀里，听他讲他小时候的故事，比如捉条蛇放到老师的讲台上，老师吓得尖叫；趁爷爷奶奶开会的当儿，去地里偷豌豆，他们家地坑里还藏着一只鼎罐，回来摸黑把豆子煮熟了，爷爷奶奶开完会回来就能吃到喷香的豆子了；有一次去偷红苕，远远看到几棵梧桐树上仿佛有人在荡秋千，他吓得不敢过去，但又饿得不行，壮着胆走近一看，原来是干枯的红苕藤，从此他便不相信有鬼了，他说心里没鬼，人间便不会有鬼。父亲和姑姑一同考上云中，家里只有一个女儿，四个儿子，爷爷奶奶便让姑姑上学，父亲回家挣工分。不安分的父亲悄悄爬进大货车去新疆，中途被司机发现，赶回家了。他又想去当兵，大队干部又不放人。不安分的父亲终究逃不过宿命，在双坝乡的一个小山村过了大半生，随着房子的拆迁复垦，父亲才搬出了半山腰的家。

小时候，我和妹妹在昏暗的煤油灯下，抑或坐在院坝的月光下，听故事，听得我们脊背发凉，惊悚悚的，使劲往父亲怀里钻。家里有一张暗红色的小八仙桌，是父亲用杏树做的，父亲的木工活也挺好的，年轻时在宜昌做木工，那家具厂的厂长看上了父亲，硬要把女儿嫁给他，父亲逃回家，后来父亲看上了母亲。这张八仙桌既用来吃饭，也是我们做作业的地方，父亲常常陪我们写作业到深夜。记得有一次，夜已经很深了，母亲带着妹妹早已进入了梦乡，四周一片寂静，我在昏暗的煤油灯下写那永远也写不完的作业，写着写着，手一伸，便打翻了煤油灯，父亲什么话也没说，他弯腰捡起空瓶，重新倒了小半瓶煤油，整理好灯芯点上，放回桌上，嘴里说不急不急，慢慢写。我写了一会儿，又不小心把煤油灯推到了地上，如此反复几次，父亲也居然没有发火，耐性是极好的。他常常说，扬梅将来和五姑母（父亲的堂姐）一样，就是个教书的。现在看来，真是应了他的话。

二

我九岁那年，家里又添了老三，又是个女儿。我常常听到母亲唉声叹气，要是老二是个儿子就好了，父亲说可以离开双坝搬到县城去住了。说到县城，那是个让我神往的地方，有白花花的馒头，香喷喷的包面，有电影院，有五颜六色的毛线、布匹……为什么是女儿就不可以去县城呢？小小的我不懂也不问，父亲在家的日子依旧不多，只要在家，也一反常态，常常是阴沉着脸，家里的欢声笑语也少了，我也不敢去父亲面前撒娇了，仿佛一下子也长大了。

玩还是小孩子的天性，我喜欢跟母亲去后山的地里干活，翻松的泥土里会有像玉一样洁白的糯米石，我沉闷的心里顿时有小雀儿在翻飞，多美呀！趁母亲不注意，捡起来放进裤兜，等到母亲把一块地翻完，我的两个裤兜也鼓鼓囊囊的，想想明天又可以去同学们面前炫耀一番，在她们羡慕的目光中，来到操场平坦的地方，倒出石子，秀一番抓石子的功夫，几十颗石头抛向空中，又稳稳地落在手背，然后再抛向空中，反手稳稳地抓进手心，一颗不漏，表演完毕，再和同学们一起玩。我美滋滋地跟在母亲后面，完全忘了暮色四起，鸡鸭已归笼，牛羊已回圈。

母亲放下背篼锄头，去邻居奶奶家接过三妹背在背上，急忙刷锅煮饭，煮饭的空当，她又拿着手电筒去挑水了。山村的夜空旷寂静，煤油灯泛着微弱的光，偶尔有山歌从堂爷爷家飞出来，他们一家四口住在不到二十平方米的土房里，冬天床上没有棉被，四个人挤在一张床上，几件露棉花的烂袄子，席子溜光。堂爷爷声音洪亮，歌声常常能飘到几座山外，村里人叫他"喜乐神"，我听不懂他唱什么，大概是"王家二姑娘，坐在绣楼上，茶不想来饭也不想……"，还有什么"怀胎正月正，奴家不知情……"我也瞅着这空当，哗啦啦倒出石头，拣出那些不规则不漂亮的，去地坝边上的石头上打磨。

夏天的中午，太阳毒辣辣的，趁父母午睡，我悄悄溜出来，去隔壁陈奶奶家，她家堂屋凉快，有穿堂风，我一屁股坐在堂屋地上，倒出心爱的石子，一个人也享受一番。

"起来！不好好读书，把你养到十八九岁，像玉娃子一样嫁出去。"我惊出一身冷汗，石子从半空中哗啦啦落在地上，抬头一看，父亲不知什么时候已站在门口，恶狠狠地盯着我，这话像从牙缝里蹦出来的。

玉娃子是沟那边的人，属于普安。我们属于龙角的双坝，两个院子的人大声说话，互相都能听见，玉娃子没读过书，两条黑黑的辫子垂在腰际，她十八岁时嫁给了我们院子的黑子，他们是亲亲的表兄妹。刚嫁过来时挺漂亮挺害羞，没过多久，就常常看到她和所有的农村女人一样，整天唠唠叨叨，偶尔还不梳头不洗脸，还会扯着嗓子喊"黑子，死哪儿去了，吃饭！""黑子，你个背时的，弄娃儿！""黑子，你个砍脑壳的，回来，一天只晓得摆经日白的。"我极度恐惧，脑海里一片空白，机械地捡着石子。我把它们藏进了柜子底下，从此再没有拿出来玩过。那天，我郑重地在日记本上写道，我要改名叫"越男"。

三

父亲喜欢读书人，他常常教育我们：万般皆下品，唯有读书高。四乡八邻有人考起了学，他会到处宣扬。要是有人考起了学，因为身体原因不能上学时，他会急得团团转，不远几十公里山路，带着学生去姑父那求情（姑父当时是县医院的总检）。看到学生上了心仪的学校，他仿佛完成了一件天大的事，显得特别轻松和愉快。我读完小学，也背着书包、粮食去远方求学。爬上山顶回望，连绵起伏的群山看不到尽头，天和山相连。一团团乳白色的雾浮在山中，静止在时光里，金色的阳光像利剑穿透白雾，是那般轻灵、辽阔而美好，我呼吸着这极度自由的空气，像一只展翅的小鸟奔向广阔的蓝天。

每个月末，我会背着小背篼回家拿钱拿粮，常常不见父亲，母亲会说，你老汉出门又没挣到钱。然后，她会去院子里借个三块两块的，我连声说够了够了，可眼前总出现父亲穿着黑色呢子大衣，戴着鸭舌帽，油亮的皮鞋因为钉了掌，走路踢踢踏踏响声不断，威风堂堂的样子。每学期末，他会问期末考试班上第几名，我总是冷冷地回答第三第四抑或第五，我们便不再多话。父亲有时会送钱送粮到学校，我没有半点儿惊喜，要是成绩不好，他会送吗？

我上初三那年腊月，万物萧瑟，母亲又生下四妹。接生婆说又是个女儿，我站在母亲身边，偷偷看了父亲一眼，他站在隔门边，脸瞬间沉了下去，一句话也没有说。母亲不停地说，检查时医生说是个男孩的，什么双腿夹的角度超过了 125 度。我听不懂她说的话，黯然退了出去，站在地坝边上，看覆了雪的山头，看对面山上袅袅升起的炊烟，都在准备过年了，院子里有磨黄豆和糯米的声音，有零零星星的鞭炮声，有炸酥肉的香味。有几位爷爷正在用五颜六色的纸糊着踩龙船，叼着烟管的嘴笑得合不拢。兴起时还取下烟管，忍不住唱两句：踩龙船儿那么哟哟，过新年那么哟哟……四妹的到来，让父亲和母亲的心从天堂跌落到了地狱，家里也仿佛有一层厚厚的雾霾。

曾经母亲和父亲的对话又萦绕耳边，父亲说："女儿家抬不起，挑不动，将来要嫁出去，养不得老，要么再生一个，要么扶持一下老大（大伯）家的两个儿子，将来老了要指望他们的。"

母亲回道："管他是儿是女，还是亲生的好。"

"把钱拿出来，支持老大家。"

"钱不多，娃儿们要上学，要开销。现在三月了，小猪儿都还没买，过年又没得猪杀，娃儿们又望到别个吃。"

"先支持了再说，老大家的大儿子去学做生意，差本钱。"母亲无话，想必是拗不过父亲，也想努力生个儿子，解父亲的心结，才有了老四。

我们四姐妹成绩优异，没给父亲找一点儿麻烦，他也乐得逢人便夸我们是多么多么有出息。四个女儿的优秀似乎慢慢解开了他心中的结，他如坚冰一样沉郁的心开始融化，流淌。他爱炫耀，四合院里，待大家都出来吃饭的当儿，他会眉飞色舞地吹嘘，城里的姑姑家有电视、电冰箱、留声机、电话……乡亲们听着是一脸艳羡，有人冷不丁地说，等你几个女儿长大了，也学她姑姑嫁到城里去。父亲马上话锋一转，她们呀，如果不继续努力学习，赶她姑脚趾头都不行。不知道这话是鼓励还是讽刺？听到这话，我会狠狠地瞪父亲一眼，然后悄悄离开。

我开始上课睡觉，开始不完成作业，开始不听老师的话，去河边听水声，去山坡上看夕阳，怎么好玩怎么玩。我想看到父亲面对我糟糕的成绩时那种痛心又痛苦的表情，在人面前再没有炫耀的资本时的那种落寞。叛逆的我没有活出人样，自己嫁人自己生活，多苦多累也不惊动父亲。只是父亲会经常挑着肉和米来看望我，看望在田间劳作憔悴不堪的我，他常常会无奈地叹口气，会对我说，日子会慢慢好的，全然没有什么不好好读书之类的责备的话。日子就这样不动声色地流淌着。父亲在他六十岁时，又做出了一个惊人的决定，要离婚的三妹带回外孙，他养。

家里硝烟弥漫。

"你年岁渐长，又没退休金，拿什么养？"

"三妹没固定工作，怎么带孩子？"

"孩子父亲那边条件那么好，你把孩子养在乡下，你能给孩子什么？"

父亲固执己见，骂我们管闲事，他说他有能力养。父亲历尽千辛万苦，还把孩子的姓给改了，随他姓。

"如果是个女儿，你养不？"

"不养！"父亲回答得很干脆，完全不顾及我们的感受。融化了很久的坚冰又从四面八方汇聚拢来，这些冰块相互撞击，相互厮杀，最后成了一块牢不可破的大冰块。我们不再作声，你就养吧！

四

父亲在渐渐老去，他带着外孙租住在学校里。他的热心肠一点儿没改变，帮老师们买土鸡土鸭，杀鸡宰鹅，对老师们的要求是有求必应。我们也常常告诫他要学会拒绝，这么大年纪，有些活也干不动了。他总是乐呵呵地说，学校的领导和老师对他好，这点儿活不算莫子。因为他生性乐观开朗，为人正直善良，做事尽心尽责，并且能力超强，深得学校领导信任，被学校一直聘用，外孙也在一天天长大。可每每听到父亲说老了的时候，我的心总是凉凉的，居然还冒出幸灾乐祸的感觉，原来你也会老呀，孩子还没长大，你还不能老。

去年小妹结婚，老二开车，父亲坐副驾，我坐在父亲的后面，他要开窗。车行驶在去重庆的路上，尽管是五月，吹来的风还是有些凉意的，我不禁一阵哆嗦，大喊冷。父亲赶紧摇起玻璃，留了两指宽一条缝。父亲举起右胳膊，一直挡在缝隙处，那粗糙的双手碰触了我心底最柔软的角落，瞬间泪湿眼眶，那难解的心结也在泪水中慢慢松散，飘荡。在那个特殊的年代，故乡的山坡上，挑草头的，担粪的，犁田的，打谷的，哪里不是男人的身影呢？

千疮百孔的爱

羔羊跪乳，乌鸦反哺。打开手机，满屏滚动的是写给母亲的赞歌，天下儿女在母亲节这一天，孝心蜂拥而至。母亲的伟大，无私，伴着五月的小雨，催开窗前的蔷薇，催开儿女们灿烂的朋友圈。

我的母亲，一位白发苍苍，个子不高，皮肤白皙，目不识丁，总也闲不住的农村老太婆。

记忆深处，母亲是远近闻名的美人，又黑又粗的辫子垂在腰际以下，瓜子脸上嵌着一双小眼睛，这并不影响她的美。她会在阴雨绵绵的天气里不停地干家务活，不停地絮絮叨叨，外公外婆重男轻女，她哭着去读了八天书，被外公从学校强拽回家，她每天吆喝着一大群羊赶往河坝，有一次被羊绳缠住，后脑勺在石头上磕出一条大口，多少年了，疤还在呢！

"奶奶顾了大伯、幺爸，而唯独不爱父亲。""奶奶又把好吃的留给大伯家的哥哥了。""奶奶不会喜欢你们的，你们是女孩"……不过，唠叨归唠叨，家里有好吃的，母亲总会盛上一碗，叫我们给奶奶送去，嘴里依然不停地嘀咕着。这时父亲总会说，你妈嘴碎，心肠好。

"梅，刨洋芋！"母亲阴沉着脸，大声吼道，刚刚挨了打的我只得擦干眼泪，一边抽噎，一边拿着竹子做的小箢，怯怯地来到楼梯口，心惊胆战地走下楼梯（洋芋在木楼下面不见光的屋子里，我们平时住楼上），蹲在长了芽子的洋芋旁，泪水吧嗒吧嗒地掉在洋芋上。母亲怎么这么凶呢？

"切洋芋！"幼小的我没有灶台高，端来凳子小心翼翼地站上去，这洋芋今天怎么吃呢？母亲喜欢吃洋芋片，特薄的那种，可我又不会切，怎么办呢？木质菜板特别重，那明晃晃的刀倒是轻巧，我总是担心刀会掉下去，砸在脚上，于是紧紧攥着刀把，只觉得浑身燥热，菜板上的洋芋被切成坨坨块块，母亲走过来一看，立时两手叉腰，怒目圆睁，厉声吼："你这么不能干，将来会嫁不出去的！"

吃饭时，得离母亲远点儿，她会不停地找碴儿，夹一片土豆放嘴里，大声说咸了，再睁大眼睛仔细看汤，发现了油珠子，马上会把筷子使劲往碗边一敲，油放多了，大手大脚的，将来谁敢要你……你看谁谁谁，粮食出来了吃得撑起，没有了就到处借。说到激愤处，筷子就伸过来猛击我的额头，泪水在眼眶打转，还得硬着头皮吃饭，心里念叨着：下次一定要少放油，家里那点儿油是要管一年的。

记得有一年腊月二十九，父亲还没回家，天上飘着小雪，家家户户年味十足，尤其是晚上炸酥肉，是我们这些小孩子最喜欢的。我家冷冷清清，什么也没准备。白天，母亲在家拆洗被子，大概有六套，她先用热水涮一遍被子，然后叫十三岁的我背到溪沟去清洗，天又冷，手上又长满冻疮，被子又多，一百个不愿意，母亲跑过来，揪着我的耳朵，辱骂声不绝于耳，我双手护着耳朵，哭得撕心裂肺，耳垂下面被撕裂了，母亲也哭了。我也记不清耳朵是什么时候愈合的，只是恍惚记得时间很久。母亲严厉的管教，让我们不敢任性，不敢偷懒。总是认真做好每一件事，以博得母亲的一点儿欢心。

父亲长年在外，偷偷贩卖物品，20 世纪 70 年代，在那个闭塞的小山村，我们家的经济条件应该算是上等的了。只是母亲一个人带着我和二妹，很是辛苦，虽然那时还没三妹四妹。她每天凌晨两三点钟起床，点着煤油灯，在厨房忙碌，大概5点钟光景，猪食和饭都已做好了，然后穿过堂屋，冬天会把冰冷的棉袄拿去火上烤一烤，迅速拿回来，提起熟睡中的我们。照顾我们吃完饭，生一堆火，嘱咐我们别乱跑，她自己拿起锄头，背起背篼干活去了。到了傍晚，母亲收工回来，来不及喘口气，总会带着体弱的我翻过几座山去一家私人医生处看病，娘儿俩疾步走在无人的山路上，母亲依然一路絮絮叨叨，骂骂咧咧，望着黑黝黝的大山，恐惧感无边蔓延。她有时也会自言自语，要是老二是个儿子就好了，听得我一脸茫然。

五岁时，多病不长个的我吵着要去上学，母亲望着两座高不可攀的大山，她毅然把我送去山外的中心校，而不选择就近的村校。每天天不亮，母亲会带上锄头，送我到山梁，一路上千叮咛万嘱咐，别走崖边。哪里路不好走，她会在下山的路上仔细修复道路。下雨天，她会披着蓑衣戴着斗笠，带一把锄头，早早地到学校接我。下山的路上是一边提着我，一边一锄一锄地修着山路。我裹着雨衣，站在母亲的旁边，看雨水顺着蓑衣滴在母亲的裤管上，看她粘在额头的头发，听她呼哧呼哧地喘着粗气。看铺天盖地的雨帘，看道路两旁被大雨冲刷的蓑草、茅草、柴火堆，看无处躲藏的小鸟。暮色起了，我们一路下山，母亲又免不了絮絮叨叨。

我背着不多的一点儿米去远方求学，发誓一定要超过男孩子，看到哭得稀里哗啦想家的同学，我觉得不可思议，是不是太矫情了。小小年纪独自在外，心在飞扬，知识在增长，忽然觉得天空是那么高远辽阔。繁重的学业，跟不上的营养，天生虚弱的体质，一下子击碎了我所有的梦想和希望。中考高考都遇到疾病发作，天空是黑色的，七月的太阳是黑色的，鲜花是黑色的，父母的叹息是黑色的。我看到他们厚重的希望轰然倒塌下来。我不敢说我生病了，那又得给父母增加多大的负担呀。我的神经痛到了麻木，终日翻拣着一箱一箱的复习资料，不言不语。这时的母亲总是小心翼翼地跟我说话，总是时时跟在我身边。

我拖着病体，一无所有地选择嫁人，为的是不想给父母添麻烦。他们还要养三个年幼的妹妹呢！

父母在一天天老去，母亲也没有年轻时的泼辣，脾气温和了许多，话也少了很多。我过着不是日子的日子。每一次回家，母亲会佝偻着腰，收拾很多东西，一小包一小包的，咸菜呀，肉呀，芝麻呀，恨不得把家里所有好吃的东西都让我带上。她一边收拾一边告诉我，要隐忍，要能干，要孝敬公婆，别跟他们计较，生活谁个不苦呢！听到这些话，无名火噌噌往上蹿，只是不想告诉她，因为您的教育，我一年受婆家人多少欺凌。您为什么不教女儿反抗、保护自己？有一天，我当着丈夫的面问父亲，我少不更事不识人，您走南闯北也不识人呀！父亲说，因为你体弱多病，自身条件也不好。那意思是有个人要就不错了。我一时语塞，悲凉扑面而来。面对父母，只有幽怨而没有疼惜，母亲多说一句，我会不耐烦地顶撞回去，看到母亲愈加矮小的身躯，那变形的指关节，那委屈又落寞的眼神，后悔、自责、心疼又悄然升起。她又有什么错呢？生养我们四姐妹够苦的了。她吃尽了没有文化的苦头，所以竭尽全力送我们读书。她虽然唯唯诺诺，父亲说什么就是什么，但关于读书这件事，她是态度坚决，因为母亲的坚持，我们四姐妹得以走出大山。父亲六十岁时，不顾我们的反对，收养三妹的儿子。我想母亲也应该是极不情愿的。

父亲母亲到我家来了就来了，回了就回了。不嫌弃，也不特别亲热，他们身体硬朗，也不差钱用。心情好时会买一点儿他们喜欢吃的糕点，日子就这样不疾不徐地过去了。母亲的爱呀，让我身心俱疲，千疮百孔。

母亲患了眼疾，她一直不说，直到有一天发现父亲给她买眼药水，我才细细询问。原来他们自行买药已经几年了。我也忍不住暴脾气，大声吼道，眼药水是随便能用的呀！带母亲去检查，已错过了最佳治疗时期，左眼视力无法恢复了。我咬着牙，抿紧嘴唇，泪水在眼眶里打转，后悔这么多年忙于自己的生活和工作，忽略了从不给我们提要求的母亲。母亲看了看我，轻声说，没事。我的娘亲呀，你什么时候为自己考虑过！

随着年岁的增长，阅历的增加，也渐渐理解了母亲。时光渐渐抚平了那千疮百孔的爱。只要有时间，我们会回去看望母亲，她总是安安静静地坐在角落里，布满皱纹的脸依然美丽。看到我们到来，她会满脸欣喜，急忙张罗，只是不爱说话了。她知道我们不喜欢她唠叨。

刺泡儿落了

　　五月的原野是妙不可言的。来不及收割的豌豆荚、胡豆荚饱满地悬垂在枯萎的藤蔓上，在阳光的挑逗下，噼啪噼啪地落下翠绿的豆子。收割的油菜一捆一捆，散发出淡淡的清香，该熟的熟了。平整的黄土地下是还没长出的种子，该种的种了。玉米苗一行行，有半米高，翠绿的叶子在正午的阳光下摇曳。绿油油的土豆开出了白色的花，鸡冠子虫在土豆叶上飞来飞去，农民们撒上草木灰，那虫竟不敢吃叶子了。翻耕过的稻田蓄满了水，田沿的耙锄印痕像雕刻家精雕细琢过似的。草木灰厚厚一层，浮在水面上，水从缝隙处吐着气泡。妞儿在东边的树林里玩耍，红色的小喇叭裙，两个羊角小辫儿，像一只红蝴蝶在林间飞来飞去。

　　几只灰色的鸟拖着长长的尾巴，从妞儿的头上慢悠悠地飞过。妞儿仰着头喊道："清儿，那鸟儿在喊快点儿，快点儿。"山谷里传来清脆的鸟鸣，妞儿又喊："那鸟儿在唱豌豆苞谷，豌豆苞谷。"已经爬上野樱桃树的清儿回头咧嘴纠正："那是布谷鸟。"布谷鸟长什么样呢？妞儿没见过。她在林间追赶白色的蝴蝶和嗡嗡的小飞虫。突然，妞儿停下来，侧耳倾听，噘着嘴："清儿，这是什么鸟，叫得好可怜哦！好像在说，狗哇，狗哇。"清儿听了一会儿，跳下树，把野樱桃放到妞儿的手上。

　　"妞儿，听故事不？"

　　"听！"妞儿眨着大眼睛，他们并排坐在树下。

"从前，有一户有钱人家，养了一个小媳妇，那婆婆可厉害了，长着一双三角眼，鹰钩鼻，大嘴巴，豁牙口，对小媳妇儿可凶了。"清儿边讲还边扮鬼脸，妞儿扭过头去，不看。"有一天，小媳妇在厨房煮肉，她刚把肉放到案板上，不知从哪儿蹿出来一条大黄狗，飞快地叼走了案板上的肉，小媳妇吓得脸煞白煞白的，急忙追出去，哪儿还有狗的影子。"清儿故意拖着嗓子吓唬妞儿。

"婆婆回家没看到肉，一口咬定是小媳妇偷吃了，她拿出一根木棒，一顿乱棒。"

清儿故意把手举得高高的，嘴里叭叭地大叫。妞儿吓得浑身发抖，清儿又说："不怕不怕，讲故事呢。后来小媳妇的哀求声越来越弱了，那天半夜小媳妇死了，婆婆怕被人发现，把小媳妇装进一个罐子里。有一天，婆婆趁村子里没人，悄悄把罐子弄到山上，当她打开罐子的时候，一只鸟从罐子里飞出来，在婆婆头上盘旋，凄厉地叫着狗哇，狗哇。"妞儿流下了眼泪，吸一下鼻涕，然后把鼻涕向两边脸颊上背了背，清儿撇撇嘴，拉着妞儿去溪沟边。

山雀呀叫喳喳，
林间呀开满花，
野果呀树上挂，
溪水呀哗啦啦。
妞儿妞儿伤心啦。

清儿蹲在溪沟边，边洗着妞儿脏脏的脸，脏脏的小手，边随口编着歌哄着妞儿。

五岁的妞儿不长个，村子里的人说妞儿还没断奶就吵着要上学。学校离村子远，在大山的那一面，得走两个小时。妞儿娘要挣工分，只好把她交给隔壁家的清儿。清儿的娘千叮咛万嘱咐，带好妞儿，上学放学别走悬崖边，靠地边走。清儿九岁了，白皙的脸，是个懂事又安静的男孩子，读小学二年级。

接到娘的任务，清儿俨然一个大哥哥，每天上学放学都带着妞儿。星星在头顶眨着眼睛，清儿和妞儿走在上学的山路上。

"走不动了，歇歇。"

"不歇，歇了更不想走，会迟到的，我拉着你。"清儿背着两个书包，书包扣上挂着的两个蒸饭用的搪瓷盅子，发出叮叮当当的响声，伴着两个小小的人儿慢慢地向山顶延伸。

"清儿，你中午带的啥，土豆，苞谷面，还是米？"

"清儿，你带的什么菜？"妞儿最喜欢吃清儿带的榨菜，清儿的娘把榨菜切细，用菜籽油炒了装一个小玻璃瓶里。到了吃午饭的时间，清儿会把菜分给妞儿。学校太远，同学们都是家里带粮食去学校食堂蒸，解决午饭问题。

"清儿，昨天班上的小豆子欺负我了。"妞儿一边气喘吁吁爬山路，一边不停地叽叽喳喳。清儿每到下课的时间都要去妞儿教室门口看看，看有没有人欺负妞儿，看妞儿有没有笔，提醒妞儿上厕所，带妞儿去操场玩玩。

夕阳染红了半边天，走在回家路上的清儿和妞儿蹦蹦跳跳，牛儿摇着铃铛，小山羊在山坡上咩咩地叫着。

"清儿，这个可以吃吗？"忽然，妞儿蹲下身，指着路边红得晶莹的小果子问。

"不可以吃，是蛇泡儿，有毒的。"清儿边说边拉起妞儿，"你看，那边悬崖上长在刺上的果子叫刺泡儿的才可以吃。"

妞儿定睛一看，几丛刺长在悬崖边，红红的果子密密匝匝地布满了长长的刺。

"我们过去看看。"

"危险。"

"就看看嘛。"

清儿拉着妞儿来到悬崖边，看看妞儿，又偏过身子去看看刺泡儿。他试着探下身子，一手拉着悬崖旁边的小树，一手小心翼翼地去摘刺泡儿。好不容易摘到两颗放进妞儿的嘴里。妞儿连声大叫："好吃好吃，还要吃还要吃。"

清儿站起来，转动着大眼睛，观察了一下，索性趴在悬崖边，伸长双手，使劲地去够那些红艳艳的刺泡儿。妞儿还在旁边吧唧着嘴，只听咚的一声，清儿不小心掉下去了。

清儿看上去没有什么伤，躺在他娘的怀里，眼睛紧紧地闭着，小脸变得惨白，只是耳朵、嘴里流血了。清儿的娘说，他去医院了。妞儿的娘说，他去医院了。村子里的人说，他去医院了，很快就会好的。

妞儿一边上学，一边等清儿，一年又一年，布谷鸟又来了，豌豆荚又黄了，苞谷苗又长高了，悬崖边的刺泡儿熟透了，落了，清儿还没有回来。

兰 花

2019年的春天来得特别早，大年初四，小草就拼命探出脑袋，桃花绽开了花苞，海棠花红艳艳地开在枝头，温暖的阳光打在绿油油的白菜上，镯儿想起了慈禧宠爱的翡翠白菜，绿得透亮，白得晶莹。

公路旁刘伯家新建的楼房里笑声不断，大红灯笼高高地挂在大门上方，对联透着过年的喜庆。镯儿探头一看，堂屋里可热闹了！穿红着绿的人们坐在椅子上，高声喧哗，放声大笑。刘妈也笑得眼睛眯成一条缝，端着糖果，挨个去塞。忽然，镯儿眼前一亮，那不是兰花吗？好多年不见了，她穿着一件红色的特大号羽绒服，微卷的头发松松地扎在脑后，脸上的肉垮到脖颈，叠成一个肥厚的双下巴，随着笑声颤悠悠的。一个三四岁的小男孩在她身上爬上爬下。

兰花抬眼看到镯儿，怔了一下，随即惊喜得说不出话，放下孩子，跨出门来和镯儿紧紧相拥。大黄狗摇着尾巴远远地看着她们……

镯儿和兰花是同一年嫁到大坪村的，镯儿是1992年年初嫁人的。她家里穷，兄弟姊妹众多。念书时，父母就告诉这些孩子们："万般皆下品，唯有读书高，你们只管念书，嫁妆是没有的。"

镯儿六姐妹一个小弟，书都念得不少。没有嫁妆，镯儿也没要婆家给的三千元彩礼钱，她心底细细盘算了一下，三千元彩礼钱置办不了多少嫁妆，娘家还有六个兄妹要念书，根本陪不起，更不能风风光光嫁个女儿出去，太寒碜了，婆家人会轻视的。镯儿就冒着被人瞧不起的风险自己跑去了婆家。

那年腊月，隔壁刘伯家要娶媳妇了。镯儿记得夏天时，刘伯家请来了裁缝，红的缎子，绿的绸衫，蓝的旗袍，涤丝、的确良、涤纶、锦纶，冬天十二套，夏天十二套，还有春衫和秋衫，看得镯儿眼花缭乱，好生羡慕。刘伯刘婶笑意盈盈，即将做新郎的刘哥还在东莞的一个家具厂做油漆工，听说收入颇丰。做衣服期间，新娘兰花也得以在刘伯家小住，听裁缝调遣，一会儿量量腰，一会儿量量裤长的。

兰花个子不高，两个麻花辫搭在肩头，一件红花衬衫扣得严严实实，袖子比手还长，羞羞怯怯的样子。看着围坐在裁缝周围的乡亲们摇着蒲扇，摆着龙门阵，兰花坐在角落，偶尔会微笑着抬头看一眼，不说一句话，只是静静地聆听。

兰花结婚那天，鹅毛般的大雪纷纷扬扬地下着。全村人都在刘伯家帮忙，做饭的，迎客的，借被子的，安排人事的，保管财物的，记账的，贴对联的，放鞭炮的，比过年还热闹。雪落在屋檐上，落在烟囱上，落在红红的灯笼上，瞬间就没了影儿。

迎亲的队伍浩浩荡荡，背背篼的，挑箩筐的，拿绳的，拿扁担的，一路高歌猛喊，跟着唢呐声走出了村口。

下午3点，雪停了，迎亲的队伍到了村口，道路两旁一溜儿的乡亲们，睁大眼睛，仔细数着，大喊着，双数，双数，什么都是双的，十二床被子，六口箱子，两口衣柜，橱柜，电冰箱，洗衣机，功放机，音箱，影碟机，锅碗瓢盆……

数不过来了！

这娘家殷实，舍得。新娘着一身红装，脸像天边的晚霞。娘家人听着路边的一片赞扬，乐在心间，喜在眉梢。镯儿也在看热闹的队伍中。嫁妆多，肯定不会受婆家人欺负的。镯儿和兰花成了好朋友，镯儿的老公老实、憨厚，逢场的时候在场镇上摆个小摊，卖点儿日常生活用品。一年到头，依然入不敷出。兰花的老公收入颇丰的，收提留款的来了，家里需要用钱又没有的时候，镯儿总会去找兰花，兰花也总是慷慨救急。两个女人一同去打柴，打猪草，一起植桑，一起养蚕，一起说悄悄话。

"镯儿，你婆婆到处说你是傻子。"

"哦，为什么？"

"她说她们无论说什么你都不答应，当宽面吃了。"

"这样呀！"镯儿把桑叶放进背篼，看了看手上的桑叶浆。

"是个病秧子，脸总是土黄色，早上也不早起煮猪食，懒得很，你婆婆说。"

"她还说你娘家穷得很，你贱，自己就跑过来，结婚这么久了，也不要个娃儿。"镯儿抿了一下嘴唇，下意识地摸了一下自己的脸，心底有夏天旺盛得像锯齿一样的丝毛草来回划着。但她不吱声，抬头看了看搁在山头的夕阳，还有远处袅袅的炊烟。

"今晚的桑叶够蚕吃了，兰花，我们回去吧！"两个女人一人一背篼桑叶，一步一挪，呼哧呼哧地往家走。

大坪村坐落在山沟里，夏天一点儿风也透不过来，热得够呛！大半夜了，蝉还在树上高声鸣叫，跟随月光涌进小屋，月亮仿佛也热得流油，烦躁不安。

一阵轻微的敲门声响起，兰花来了，镯儿翻身下床，迅速披上衣服溜了出来，轻轻掩上房门，两人深一脚浅一脚向一口堰塘奔去。路过一片坟场，婆婆说过，这座坟是个二十几岁的年轻人，淹死的。那座坟是个产妇，生孩子大出血死了的。再看看月光下的山呀，树呀，仿佛魔鬼正向她们奔来，镯儿吓得腿发软，心突突地跳。

"兰花，我们回吧，怕得很！"

"不怕，你走前，我走后。"

"走前面也怕呀！"看着兰花微微隆起的肚子，镯儿有些担忧地说，"怀孕的人晚上是不能乱跑的，怕碰到脏东西。"镯儿发现自己的声音不知是从哪儿冒出来的。

不远处的稻田里，青蛙使劲地叫着，像在开一场盛大的演唱会。"不怕，我头上抹了桐油的，脏东西不敢来！"镯儿紧紧抓住兰花的手，手心全是汗。两个女人高一脚低一脚来到堰塘边，兰花艰难地弯下腰，摸索着抽开水闸，水哗哗地顺着堰沟流向兰花家的稻田。

"坐会儿吧！"兰花拉着镯儿坐在她前面，望着黑黝黝的田野，黑黝黝的山，你想象它们是什么怪物妖魔，它们就一定是，并排着向她俩走来，镯儿浑身筛糠似的抖起来！

"不怕，不怕，这么大的水，要不了多久，田就灌满了，你家下面的田也应该有水了！

"唉，每天白天放一个小时，张伯、蒲伯、李伯家的稻田水都灌满了，水从我们两家田过路，也不让留一点儿水，田快裂了，要是今晚不灌水，明天再晒一天，田就灌不住水了。

"唉，真难，过几年去你刘哥那里，互相有个照应。"兰花像是自言自语，又像是说给镯儿听。

镯儿熬着恐惧的夜，什么也听不进去。月光无声地照在她俩身上……

"你个背时砍脑壳的！"刘刚的奶奶边找棍子边骂道，"你在学校嗯个不听话嘛！天天惹是生非的，你娘在你三岁时就交给我，四年都没回来了，年年说挤挤，买不到票，这下好了，我管不住，老师也管不住了！"

棍子抽在刘刚身上，这孩子倔强地看着奶奶，没有一滴眼泪！镯儿赶紧过去挡住奶奶，奶奶放下手中的棍子，声泪俱下。

"你看这孩子，上课时悄悄跑出去，到汪家商店偷东西，被汪家媳妇发现了，送到学校，老师给送回来了，丢人呀，家里啥都不缺，他爸妈什么都给他买的有！上周跟同学打架，那家长也找来的，天天给我惹事。"奶奶放下棍子，扯过刘刚的书包，翻给镯儿看，里面哪里是装的书，活脱脱一个垃圾袋，没有一本完整的书，没有一个完整的作业本，作业本上没有一个完整的字。镯儿倒吸一口冷气，不知说什么好。

四年前，兰花去东莞时，镯儿挽留过，孩子需要父母陪伴的。记得那天早上，天还没亮，兰花起床惊醒了孩子，孩子一脸惊恐地拉着兰花，仿佛预感到什么似的，撕心裂肺地哭。

"不哭，妈妈不走，不哭，妈妈不走！"孩子在兰花怀中抽抽噎噎睡着了。大巴载着兰花绝尘而去。

镯儿叹了口气，轻轻摸了摸孩子的头。告诉他要听老师的话，要听奶奶的话。孩子低头看着地上，脚踢着一颗颗小石子，不时偷眼瞄着正在远处趾高气扬的红公鸡。

镯儿守着清贫的日子，守着孩子，拿了大学文凭，在一次公招中，考取了公务员，离开了大坪村。

2007年春节，镯儿和兰花见过一面。孩子勉强在就近的中学混着日子，只有兰花回来的那几天，那孩子眼里是有光的，穿的衣服也比平时干净很多。母亲一走，他又变得茫然而玩世不恭，打架、吸烟喝酒、炫车技（孩子爸妈给小小的他买了一辆摩托车）、夜不归宿是家常便饭。

兰花烫着大波浪，一条碎花连衣裙裹着微微发福的身体，脸上春风荡漾。细数她和丈夫刘哥在东莞的收入，再干几年，就可以回来盖楼给儿子娶媳妇了。镯儿看看孩子，再看看兰花，她知道怎么劝也没有用的。

日子缓缓流淌着，四季不疾不徐，桑叶随季节生长，花随季节开放，秧苗随季节插下，碾盘里的石磙子随季节响起。镯儿每年回家都会打探兰花一家的消息。婆婆也会絮絮叨叨地告诉镯儿，刘刚初中毕业就跟他爸妈去东莞了，到了东莞死活不肯跟爸妈在家具厂干活，要么东游一天西荡一天的，要么整天躲在家里玩游戏。镯儿听得心里一颤一颤的。

2014年8月，镯儿有事回婆家一趟，顺便提着婆婆爱吃的水果。刚到村口，远远看到坟场多了一座新坟。几个花圈零零星星地依附在坟头。村里那么多老人，离去也是正常的事，镯儿没多想。金色的稻子站在阳光下羞涩地低着头，丝瓜花安静地爬满篱笆墙。空气中弥漫着桂花的味道，稻花的味道，青草的味道，夏蚕的味道，阳光的味道，泥土的味道。

"镯儿，你回来了，看到坟场的新坟没？"婆婆问。

"看到了，是哪个老人？"

"才不是，是刘刚。"婆婆惋惜道。

啊？！镯儿惊得手上的水果掉在地上，她瞪大眼睛，看着婆婆。

"唉，这孩子，从小奶奶带，管不下来，跟兰花去打工，也不听话，听说有天晚上，你刘哥下班晚，又累又饿，回到出租屋，看到刘刚还躺在床上玩游戏，吃的零食、方便面到处都是。看到刘刚二十多岁了，从没认真干过一天活，盛怒之下，你刘哥拿着棍子打了刘刚两下。那天晚上，听说刘刚喝了很多酒，然后骑着摩托车出去荡，刚到马路上，被一辆大货车给撞没了，唉，这孩子命苦。"婆婆一边说一边抹眼泪。

镯儿半晌不说话，心里堵得慌。她找个凳子坐了下来，低头弯腰抱住自己的腿，鸭子在圈里嘎嘎地扯长了嗓子叫。

　　"兰花抱着刘刚的骨灰盒,几天不放。她神情呆滞,眼神空洞,天天跑到刘刚的坟头一会儿哭一会儿唱的。你刘哥把她送进精神病医院治疗了一段时间。回来人是安静了,吃了激素药,整个人都变形了。惨啊!"婆婆又幽幽地说。

　　镯儿感到心里一阵钝痛,她长长地出了一口气,一个人来到曾经和兰花摘桑叶的地方。夏蚕刚刚结茧,桑树的枝丫还秃着,她找了一块石头,坐了很久很久……

　　屋里又一阵笑声传来,远处的鞭炮声噼里啪啦。刘妈端出糖果,热情地招呼镯儿,兰花和镯儿松开拥抱的双手。

　　镯儿看看蹦蹦跳跳唱着儿歌的孩子,小心翼翼地问:"怎么打算?"

　　"不出门了,钱也挣不完,就在家带孩子,你刘哥就在新县城找点儿事做,他会做家具,会喷漆,应该好找工作。"

　　"这样很好!"镯儿不敢说出这样可以照顾孩子,陪伴孩子之类的话。

　　她抬起头来,金色的阳光正打在兰花家的楼房上,打在兰花早已经变形的苍老的脸上。那只大黄狗也摇着尾巴跑过来,卧在正在玩耍的孩子旁边。

敲三下

　　她倒尽酒瓶的最后一滴酒，仰起头，酒杯瞬间底朝天。重重帘幕隔断了城市的喧嚣，橘黄色的灯光拉长她的影子，脸微微泛红，迷离的眼睛有泪光闪烁。盼盼乖乖地卧在她的脚边，时而抬头看看主人。

　　时钟嘀嗒嘀嗒地指向了 12 点，不知过了多久，咚咚咚，敲门声响起，她在迷迷糊糊中醒了过来，瞬间心惊肉跳。

　　他又来了！她望望脚边的盼盼，哀怨地嘀咕，都是你惹的祸。

　　黄昏，她吃完饭，习惯凭栏远眺。江风带着热气，拂过她微醺的脸庞，晚霞染红半边天空，金色的水袖轻拂山头，缥缥缈缈，若隐若现。夕阳落进江心，粼粼波光碎成一匹匹锦缎，醉了一湖水。

　　她整了整头发，牵着那只可爱的泰迪狗下楼，卷卷的毛，黑黑的眼睛，看到主人就会撒欢，特别可爱，她给它取名盼盼。盼盼跟在她后边，蹦蹦跳跳，一人一狗向公园走去。夕阳的余晖还在枝间摇曳，倦鸟呼朋唤友，忙着归巢。她寻一处凉椅坐下，静静地看着三三两两散步的人们。

　　"这狗谁家的？怎么没有主人？"不远处一个磁性的男声传来。她一惊，急忙四处看，急急地寻找。盼盼呢？不见踪影，她循着声音跑过去，只见一名高高的男士，他穿一件白色衬衫，一条蓝色西裤，干净利落，白皙的脸上架着一副黑框眼镜，优雅从容。男人牵着一只白色的比熊，盼盼紧跟着比熊不放，抓它，挠它，嗅它，比熊四处躲避。

"盼盼，回来！"她大叫。好甜的声音，他一惊，抬起头，眼前的女人，高挑的个子着一件淡灰色棉麻宽松的连衣裙，一头大卷发随意地披在肩上，精致的脸上有一些憔悴。他眼里闪过一丝异样，微笑了一下。

她也尴尬地笑了一下，打趣道："狗狗也寂寞了。"她带着盼盼，迅速地回了家。

第二天黄昏，他们又在公园不期而遇，两只狗像见了老朋友似的，比熊不再躲闪，任由盼盼扑上去抓，舔，咬。他们相视笑了一下，停下脚步，任由两只小狗撒欢，嬉闹。余晖洒在小径上，静静的，碎碎的。于是，每天黄昏，无论是刮风下雨，他们都会在公园相遇。他，她，两只小狗。

今天，她特地换上那件黑色的长裙，略施淡妆，穿上红色的高跟鞋，在镜子前试着走了几步，然后带着盼盼出了门。

他早已牵着雪白的比熊到了他们经常相遇的地方，仿佛不经意似的。天刚下过雨，枝叶上的水珠晶莹剔透，空气潮湿，但也凉爽了不少。

"坐一会儿吧！"他边说边掏出纸巾擦拭凉椅上的水珠。

两只狗在主人的眼前依然亲昵地缠在一起。

"比熊叫雪儿，她被单位派到美国学习半年，家里只剩雪儿陪着我，它很乖，懂人心思，有了雪儿不寂寞。"他眼里闪着幽光，像是自言自语，又像是对她说。

她坐在凉椅上，微笑着看着盼盼和雪儿，它们已经如胶似漆。她仿佛什么也没有听到。

咚咚咚，他用手指敲了凉椅三下。她浑身一颤，有潮水涌上脸颊，心怦怦直跳。她读过琼瑶的《敲三下我爱你》，她慌乱地抬起头，碰到他渴望的目光，急忙低下头，匆匆地说："不早了，我该走了。"她带着盼盼，逃也似的离开了。

　　她靠在床头，守着摇曳的烛光，等待和丈夫通话的时间，丈夫远在沙特阿拉伯援建，很忙。时间也相差五个小时，常常是她睡觉了，他还在上班；他下班了，她又在上班。夜幕下的小城依然灯火闪耀！咚，她一惊，下意识地抓紧被子；咚，她咬住嘴唇，眼睛看着天花板；咚，三声响起，她瞬间泪流满面，捂住耳朵，用被子紧紧地裹住自己。

　　敲三下，我爱你！她不再去遛狗，敲门声响了几个晚上，最后沉寂了。过年的时候，丈夫回来了，她忙前忙后，夜深人静时，她想，这一年丈夫孤身在外，有没有去敲过别人的门，有没有人陪伴他度过无数个寂寞的长夜？她甚至想，如果有，还得感谢人家呢！笺无墨，风过无痕，敲三下，已远去。

二

新事灼灼

回娘家

"说起回娘家，脚板像扬叉"，这句俗语把嫁出去的姑娘回娘家时的心情表现得淋漓尽致。

心头才有回娘家的念想，脚底的每个慵懒的、闲散的、睡觉的细胞立马精神抖擞，以百米冲刺的姿势准备踏上回娘家的路。

可不，天蓝水清，提着鸡鸭，一路春风，那欢喜劲儿自不必说了。回娘家，可以和母亲说说悄悄话，可以和兄妹叙叙手足情，可以去左邻右舍家坐坐，听听长辈们的教诲。

新媳妇第二天要回娘家，我们这叫回门，一对新人带着新婚的幸福回到娘家，表达对父母养育之恩的感谢。再一次聆听父母的教诲，比如要勤奋，要孝敬公婆，夫妻要和睦之类的。我那时稀里糊涂成了别人家的媳妇，稀里糊涂也没什么仪式，稀里糊涂开始了烟熏火燎的日子。在那个放了犁头就是背篓、交通不便、通讯不发达、肩头担不起一个家的时代，回娘家就成了一种奢望。

《常回家看看》这首曲子满山飘的时候，我正在一所山村小学代课，山村的活力和温情就在这首歌里流淌，发酵。这首歌在每一个冬天的早晨响起，乡亲们的瓦棱上结着厚厚的霜，一缕一缕的炊烟从瓦缝里冒出来，从烟囱里冒出来，各家的炊烟慢慢升腾，交织，缠绕，然后袅袅升空，逃离视线。鸡鸭出笼，咯咯咯、嘎嘎嘎地欢唱着。鸡一路扑腾着，尽情拍打着翅膀。鸭呼朋唤友，摇摇摆摆扑向冬水田。大人的呵斥声，小孩的打闹声，猫叫声，狗吠声，山村经过一夜的休眠后沸腾起来。学校对门有户黄姓人家，响彻山村的歌曲就是从他们家的录音机里传出来的。我提前闻到了年的味道，寒风窜过来，裹住脚步，把歌生生地塞进我耳朵，瓦楞上的霜被炊烟融化，生生地从我的双眼流出，倾泻而下。孩子们正在热气腾腾地早读，我抬头望着天花板，努力睁大眼睛，还是无济于事，怕孩子们看见，急忙跨出教室，躲在教室后面的白菜地里，任眼泪尽情奔涌。

我有多久没有回娘家了？现实生活加了幻想，就会一塌糊涂。每天打柴养猪，担粪插禾，用尽全力也只是可以勉强糊口。望不到远方的路，家长里短的困境像鞭子一样抽打着我。在不能谋生的时候，突然发现，诗情画意只可以养人，不能养家。那些所有看似合理的事物在贫穷面前是那么活生生地遥远着、缥缈着，包括回娘家。

那条通往娘家的土公路尘土飞扬，它近在咫尺却又远在天涯，每天一趟从万州出发的班车，到达院庄时，也已经是人满为患。即使这样，每每看到车从眼前绝尘而去，酸楚从鼻尖冲到头顶，又从头顶漫过全身，最后从眼睛里流出来。

即使能赶上班车，父母住在山脚，车到站了，还要沿着大山走到山脚，不歇一晚，断不可能回家。一晚两天，孩子怎么办？鸡鸭怎么办？还有异常暴躁完全自我的先生怎么办？尽管回娘家有诸多不可能，但我永远不能释怀的是没有见到爷爷奶奶外公外婆的最后一面，送行的晚辈中也少了我这个孙女。

父母心疼我的处境，没有告诉我他们离世的消息，却不知这份内疚会永远伴随我。尤其是奶奶的酒，我还没来得及还给她。

小时候每天放学回家，第一件事就是翻箱倒柜找吃的，奶奶的烂红苕酒用糖水瓶子盛着，静静地躺在衣柜中间层的角落，有一天不小心被我这个小饿王找到了，于是每天我就会悄悄地打开瓶塞，悄悄地喝几口。直到奶奶发现瓶空了，问家人，大家都一脸茫然，只有我低头不语，才知道这酒是我喝的。奶奶没有责怪我，只是心疼地摸摸我的脑袋，长叹一声。她知道我饿，那时一家大小八口人，一年收入五六百斤稻子，没有零花钱了，还要去卖米。母亲做了一个精致的竹筒放在米柜里，每次带米回学校，母亲都要监督我，只能舀一竹筒米放进书包，不知有多少，反正不够吃。如果被她发现多舀了，便是一顿好打。到了五六年级的时候，索性没米带了，每天刨几个洋芋，抓一点儿老盐菜，又是一顿午饭。

一直以为爷爷奶奶会永远活下去，有的是时间为他们买烟买酒买糖。太阳下山了，明天有新的太阳；草木枯萎了，春天有新的嫩芽；燕子离去了，明年还会再回来。只有那些曾给予我无尽关爱的长辈，离开就永远不会回来了。爷爷最喜欢的烟酒，奶奶最喜欢的糖果，我是永远也送不出去了。父亲母亲在一天天老去，他们终日守着大山，日出而作，日落而息，腿是越来越不灵活了，爬坡上坎也是越来越力不从心。

家里没油盐酱醋茶了，得爬到大石板去买，父母年轻时来回三个小时就行，年迈了来回得要一天。尽管这样，只要我们回家，父母总是欢喜的，他们会提前好多天开始忙碌，打豆腐、蒸白糕、买瓜子花生糖果。父母家的狗，"黑嘴"和"麻嘴"也是摇头摆尾的，无论什么时候回来，"黑嘴"和"麻嘴"总是早早守候在村头的小梁上，我刚刚冒出头，它们就一路飞奔，围着我蹿上跳下，嗅嗅衣边，嗅嗅裤腿，然后直接撒欢似的引领我向娘家奔去。青瓦缝里的炊烟也是浓烈的，猪牛羊也在圈栏里齐齐撒欢。父母拿出平时舍不得吃的食材，精心烹制，热腾腾地摆一大桌，馋得小麻猫喵喵直叫，还趁人不备，往桌上跳，往菜碗里扑。这么欢腾地回娘家一年也就那么两三次，村子里的人们渐渐搬离了大山，年轻人外出务工，老人带小孩租住在双坝小学四周。村子里的烟火渐渐矮下去，荒凉迫不及待地往上蹿。父母那三间土砖房在退耕还林的政策下，彻底成了大山翁郁的一部分，成了鸟兽栖居的地方。

父母搬离了大山，一门心思跟着外孙走（他们从小养大的三妹的儿子），外孙在哪里读书，他们就租房子住在哪里，仿佛流离失所的难民。没有固定居所的父母终日还是惶恐不安，没有了秋收冬藏的四季，没有了脚踩泥土的踏实感，虽是圆了没有养过儿子的梦，日子也是轻飘飘地过着，父亲倔强，我们也无法干预他的选择。这可苦了母亲，总是担心生病了被房东赶，整日里提心吊胆，她知道心安之所，才是归宿。为房子的事，母亲不知哭了多少场，父亲一意孤行，总是说走一步看一步。

我们回娘家，又成了一种奢侈。尽管路修好了，交通工具也方便，但租住的房子似乎总是少了些什么。父亲一会儿说要去重庆住，三妹幺妹住在那里，一会儿要去申请廉租房，大热天陪着他去社区，去房管局，那些人都客客气气地说，先等着吧。这样等了几年，又去民政局打听，办事的工作人员说父亲的养老保险高了一点儿，不符合政策。父亲像泄了气的皮球，坐在沙发上，拿出一张黄色的纸，那上面有曾经退耕还林时的一些优惠政策，其中有几个醒目的字，响应退耕还林政策又把户口迁进城的农户，优先享受廉租房。

我说您那时一门心思带小外孙，不想来城里，这政策水都过了几秋，还是放弃吧！我们姐妹知道他们哪里都住不习惯，陪着他们折腾来折腾去。今年终是在双坝场镇上买了一套房，乡镇房价便宜，老板亏血本，父母几万块钱就安个家。我们心下一阵欢喜，叶落还得归根，双坝梁上视野开阔，还是避暑的好地方，我们也终归是有娘家可以回了。

周末，冬日暖阳。驱车去父母新家，一路上白云流淌，天空湛蓝，停在电线上的小鸟也在享受着冬日里的晴好，静静的一动不动。七层小楼，父母买在第二层，站在阳台上，冬天的原野尽收眼底，炊烟袅袅的农家院落卧在田坝中央，碧绿的菜畦，一层层的梯田，麦苗返着青绿的光，正在努力生长着。近处的萝卜地里，一个弯腰拔萝卜的老人，一个两三岁、穿得厚厚的玩着萝卜的小孩，一个倒放的竹篾背篼，一条在地里跑去跑来的小麻狗。鱼在池塘里悠闲地游着，鸡卧在村头的草垛上晒太阳，宁静和美好倏然蹿向云霄，一切浮华和喧嚣渐渐沉入心底，素净和简朴随阳光弥漫。心被安宁和幸福包裹着，暖意融融。

信步沿公路往老家的方向走走，天地辽阔，群山绵延。曾经多少个清晨，每每爬上山顶回首，浓雾翻滚，一轮朝阳从雾海里升起，万道霞光射向四面八方，那美妙绝伦的瞬间早已成了故乡的水墨画，永远镌刻于心间。

冬天的阳光绵软敦厚，两位耄耋老人坐在公路边，一人一把椅子、一根拐杖，其中一位老人说：你都九十几了，还能活几年哦，三顿饭要吃。另一位老人长叹一声，低头看看脚下，又抬头看看远山，阳光打在他们刀刻般的脸上，浑浊漠然的眼睛眯缝着，两颊凹陷，土黄色的皱皮包裹着整张脸，沟壑纵横，像包着一张揉皱了的土黄色草纸，身体也应该没有了水分，如一张大的草纸包裹着一具骨架。我不由得放慢脚步，这么大年纪了，究竟遇到了什么伤心事呢？是听到了死神的脚步声而不由自主地恐惧还是思念长年没有在身边的儿孙？我无从知晓答案，回答我的是一阵山风，一群扑棱棱飞过的小鸟。沿着岔道向更高处走去，惊奇地发现曾经荒芜的土地转眼间一畦畦、一片片，种满了萝卜、洋芋、冬青菜，多年寂静的村庄也沸腾起来。

一只身白头黑的山羊拦住了去路，它抬头温和地看着我，真疑心是天上掉下来的一朵白云，然后在草坡上打几个滚就变成了眼前的模样。它见我挡住了去路，便走向旁边的青菜地，吃起地坎上枯黄的草来，完全当我是空气。我尖着嗓子，学着小羊叫两声，它抬头侧耳倾听，四处张望了一下，又低头吃草。我又粗着嗓子，学母羊公羊叫几声，它依旧抬头看了看，继续吃草。阳光打在它光洁顺滑的毛上，真想走上去摸一摸，抱一抱，它仿佛原野中的小精灵，镶嵌在绿莹莹的菜地里，灵动温柔，十分可爱。大自然的笔，粗粗勾勒，就是一幅美丽的油画。

这时，它的主人，一个四十多岁的中年妇女，穿着一件大红的羽绒服，趿着一双灰色的棉拖鞋，从梁上的小道下来，直直地朝小羊走去。她走过我身边，然后我和她又同时回头，愣了一下，似曾相识，又猛地异口同声惊叫道"淑华""扬梅"。她眼里满是惊喜，略带羞涩，黝黑泛红的脸上起了一些白色的"小壳"，像头皮屑一样，也许是霜风吹了的缘故，嘴唇干裂，仿佛渗着血水，眼睛依然明亮清澈，像此时天空的蓝。像松树皮一样的手下意识地在红羽绒服上搓了搓，我连忙拉起她的手，几十年不见，两个儿时的伙伴，也是小学的同学，便面对夕阳的方向，找一块石头坐了下来。岁月真是一把刀，她那灰白的短发像此时田边地角枯萎的草，沧桑的脸，让我一时半会儿真不敢相认。

淑华记性真好，忆起小时候有一次放学，硬拖着我去她家歇息，我死活不去，最后急得哭了，才放了我。我说我肯定想去呀，你家离学校那么近，可以不爬大山上学，可我不敢呀，爸妈厉害着呢，晚上不回家，肯定挨一顿好打。又忆起我们吵架，一起跳橡皮筋，一起爬校门口的柳树，说我永远胆小，每次都是看着她们爬，一起吃完午饭去水井湾洗蒸饭的盅子，一起坐在操场上晒太阳，互相在头上找虱子，一起吃几颗某某买的一小汤勺盐瓜子，校门外卖盐瓜子的张老汉放很多盐，咸得张不开口，我们还是吃得津津有味。那些童年的记忆倏忽而至，像阳光一样流淌着。她能忆起很多同学的生日（包括我的），也知道很多同学的去处。当她说出我的生日的时候，被人置于心上的久违的温暖漫上心头。除了父母，谁会记得我的生日呢？三百六十五个风刀霜剑严相逼的日子，早已没有了节气，没有了仪式感，像行尸走肉般地活着。不知不觉，夕阳已吻上远山。她回过头来看看我，说，你真年轻，我们长年在外打工奔波，我们和你比不得。说完轻轻咧嘴一笑，又马上合拢，怕血从裂口处流出来，显出痛苦状，不过这笑容还是那般纯真，只是加了一点儿岁月的盐，深深浅浅的皱纹像细丝虫趁机爬上面颊、眉眼。我说，也许心比你沧桑，岁月加的盐你看不见。

两个人坐在石头上，在天地间显得那么渺小，可于我们，流淌的是温情，是纯白的低语，是清风明月、春日花开，是丰盈，是全部的故事。

我说今年农村变化大，到处都有了烟火气，农田、土地都种了粮食蔬菜的，往年到处是荒草连天。她说自前些年回来后，村子里很多人就都没再出门了，孩子放在家里，老人惯坏了的多，出去担心这担心那的。再说外面很多厂也垮了，工作不好找，干脆就不出去了，拿起锄头镰刀这些老八兜（农具），种庄稼也是一样，还能一家团聚，互相照顾。而且现在农村政策也好，各种扶持补贴又多，在家里发展，也安心很多，没有漂泊无依感。

一阵山风吹来，夕阳落下山头，山色迷蒙起来。我们站起身，她牵着小羊，为了送我，又一起走了一段公路。她指着公路边正在建的一处工地对我说："这是我的养猪场，明年专门喂几条粮食猪，你过年的时候回来杀一条嘛。"我连忙说要得要得。我们在夜色中，各自向家的方向走去。她的养猪场已初具规模，只是这选址应该是有问题的，公路边那么嘈杂，人来人往，车来车往，要是不小心有患传染病的猪经过，那岂不是白辛苦呀。刚刚看淑华信心十足地规划着前景，这些话也不好问出口。心下正纳闷着，不知不觉已到了家门。母亲早已做好了饭菜等着我，有母亲的地方不一定就是娘家，能让母亲心安的地方才是娘家。

这条回娘家的路是越来越近了，宽阔了，也毫无牵绊了。

大　姐

　　风打着旋儿，尖厉地冲向云端，然后又呼啸着落进江水，江水往后趔趄，裹挟着寒冰、枯枝败叶回旋。风又回到岸边抽打老树，夺去它最后一片叶子，老树突起的筋脉偾张，任凭风的肆意践踏；风抽打青苗，它们成片成片地东倒西歪，喘着粗气，叶子像被蒸汽蒸过一样；风抽打浣纱的女子，夺走她裹紧的余温，一滴泪挂在眼角，在寒风中成霜。天边一抹镶着黑边的晚霞驮着倦鸟，在风中、在枯枝间、在没有方向的茫茫苍穹上悲伤地抽泣。

　　只有这时，我才会想起那位大姐来。当我在风中蜷缩，顺着梯道搜寻，那角落摆摊的大姐，有多久没来了？

　　去年？今年？昨天？今天？

　　人哪，真是一种善于遗忘的动物。

　　抱着一颗冰冷的心，幻想她的火炉还在，幻想火炉上的水壶还冒着热气，幻想她五颜六色的小物件前围满了孩子，幻想她每天给我的微笑，纯真、善良，没有一丝杂念，幻想她看到我，老远就喊，雷老师，校门还没开，过来烤会儿火。她留着妹妹头，大概五十岁，黑黄的脸上，不大的眼睛眯起来像弯弯的月牙。总是穿着酒红色的长款羽绒服，紧身弹力裤，一双大红棉鞋，和她永不消失的笑脸相得益彰。

　　不知道她是什么时候来校园门前摆摊的，我总是匆匆地来，匆匆地离开。有时候勉强礼貌性地微笑一下，那是一种完全不走心的笑，可她总是回以热烈的笑，波光闪烁的笑，还伴随着语言，雷老师真好，一点儿不欺穷。这话让我很惶恐，那么一个漂浮在水面的微笑，就得到如此奖励？

想起几年前一个杏熟的季节，早上去超市买菜，超市门前一个大概五十岁的大姐，蹲在大门左侧，旁边一杆秤，一个背篓。反正超市还没开门，我顺便走过去问了价钱，决定称两斤杏子。背篓里的杏子大的大，小的小，青的青，黄的黄。一问才知是昨夜雨疏风骤，吹落的。我用右手的食指和拇指轻轻地一个一个拈起，感觉还可以的，放左手上的袋子里，感觉太青的，轻轻地放在另一边。当我称好杏子付完钱准备离开时，大姐忽然抓着我提的袋子，硬是又捧了一捧放进去，我连声说不要，吃不完扔了怪可惜。那大姐边放杏子边说，你们城里人素质好，拣杏子不乱翻乱甩。听到这话，脸上一阵发热，我不是什么城里人，至今还带着庄稼人的气息。

记得小时候，家里会种一些蔬菜，到了赶场天，父母会收拾一些，叫我们跟着院子里其他赶场的大人去普马鞍山集市上卖。

我那时十一二岁，背着小背篓，里面有时是几个萝卜，有时是几个包心白菜，有时是又大又红的番茄。尤其是番茄，得要积攒许多时日才有小半背篓，看着地里的番茄红了一些，急忙小心翼翼地摘回来，不然会被小鸟啄食，把它们一个挨一个地铺在桌子上养着，看着它们由淡红变成深红，像一颗颗硕大的玛瑙，散发着诱人的香气。这时的番茄可以背去赶场了，母亲会小心地放进背篓，千叮咛万嘱咐，背起莫跑莫跳哦，番茄熟透了会碰烂的。我牢牢记住母亲的话，背着背篓，还反过双手抓住背篓底部，一路跟着赶场的大军，心惊胆战地下着每一步梯子，因为我们去普安马鞍山赶场全是下坡路。

待到集市上，卖东西的、买东西的，人来人往。我找个空隙处歇下，背篓口朝街道，露出红灿灿的番茄，然后才擦一把汗水，巴巴地等待着。经过一番讨价还价，他们开始蹲下身子挑拣，不满意的，咚的一声扔回去，有时候还提起背篓颠来颠去挑拣。我急得眼泪直流，连声央求，别这样，一个一个轻轻拿。他们哪管一个孩子的眼泪，提着满意的番茄扬长而去。再看剩下的番茄，有些碰坏了，有些脱皮了流着汁水。怎么办呢？还有这么多，背回去吧，一路是上坡，要累个半死，扔了吧，又实在舍不得。

这时一个在某单位做饭的大姐，给了极低的五毛钱，买走了剩下的番茄。如果不坏，还可以卖四到五元钱吧！卖番茄的钱不多，也舍不得买点儿零食，帮母亲买完针头麻线，饿着肚子往家赶。

我哪里是什么城里人呢？我和你们一样，带着泥土的味道，带着青草的味道，带着一颗如尘埃的心。

我如此怀念校园门口的大姐。

我走不出农村人的单纯和善良，也融入不了小城人的钩心斗角、唯利是图、谎言欺瞒。我常常在晚饭后，一个人把公园里的一段路走成一条长长的孤独线，往返回复，没有尽头。伴着花香走，陪着月亮走，提着星星走，披着风雪走，四季的愁绪像丝绒一样紧紧裹着我，有些事，终究是想不明白。也许，我终究是一个长不大的大人！

校园门口的大姐，不知什么时候就陪在我身边，我也懒得跟她说话，她能懂什么呢？反倒嫌弃她跟着我，烦，又不好发作。静夜里只听到脚步声和我们微微的喘息声。

"雷老师，回去吧！这么晚了，不安全。"

"嗯，你先走吧，我还等会儿。"路灯拖着两个长长的影子，拖着我满腹的心事。远方的车辆越来越稀疏，夜空越来越安静，连最爱聒噪的虫子也归于沉寂。

大姐没有问我究竟遇到了什么事，我也不会跟她讲什么。这种默默地陪伴不知过了多少时日。

一个风刀霜剑严相逼的日子。大姐开始讲她的故事。她说她来自江口里面的一座大山，年轻时，丈夫在外东奔西跑，她独自一人带着两个孩子。丈夫每年回来，不但没挣到一分钱，还总是带着欠账。有啥办法呢？日子还得过吧，孩子还得养吧。三十六岁那年，她丈夫终于跑不动了，患了肝硬化。她一边干农活一边带孩子，还要安慰丈夫。患病的人情绪低落，脾气暴躁。她漫山遍野找治疗肝硬化的小妙方，人家说什么好她就找什么。

大姐语速轻缓，不疾不徐，仿佛在诉说别人的故事！

听说贝壳肉吃了好，她挑着箩筐去周边村庄的池塘找。贝壳肉炖汤，贝壳肉煮面，汤白灿灿的，不放盐。她说，那些年她丈夫吃的贝壳肉，可以装几卡车。如今她的丈夫依然健在，不知是贝壳肉起了作用，还是大姐细心的呵护起了作用。

前两年，她三十多岁的儿子又患了肝硬化，儿媳妇嫌弃，离家出走，一个孙子刚刚上一年级。我一直以为喜欢微笑的大姐衣食无忧，日子风平浪静，一直以为喜欢打扮的大姐幸福甜蜜。大姐说，人这一辈子会经历很多，没有什么比生命和健康重要，看到你一天天黄皮寡瘦，萎靡不振，真是心疼呢！

大姐没读过书，不会说人这一生，除了生死，其他的都是小事，更不会说人生就是一场虚无，唯有死亡才是真实的。只会说，雷老师真好，不欺穷。我本穷人，有什么值得骄傲的？

这纯朴的好感，让她倾尽全力帮助我。

回首三代，有几个不是农民？不是穷人？我们一层一层地仰望，有些人有幸站在了高处，什么时候能俯下身，回归本色，给低处的人一些安慰呢？就如我敷衍的微笑，却是得到了这么热烈的回应。

　　我们回去吧，大姐！明天，太阳是新的，我也是新的。誓言还在耳边回响，我终究是饮食男女，终究是人在江湖，身不由己。我的冬天又来了，看着那空空的梯道，去哪里寻找那曾经照亮我的光呢？

插秧时节

2021 年 5 月 22 日，周末，微雨。逢凤鸣镇举办第一届插秧节。

插秧，是一项特别辛苦的农活。它需要体力、智慧、耐心、毅力、勇气。千百年来，无数文人墨客为这项繁忙又紧张的农活写下了很多脍炙人口的诗篇。当把"插秧"这个动词变成名词"插秧节"的时候，质感和仪式感像金色的稻浪，沉甸甸地缀满田野。

随车行至里市花千谷，红色拱形门带来满山川的喜庆。车队、人群络绎不绝，人们身着节日的盛装，脸上洋溢着幸福的微笑。交警在路边维持着秩序，原打算把车开下去，瞧这架势，不妥，怕堵车，遂停在上面，然后走下去。同行的姐妹一路絮叨，上中学的女儿不知道米是从哪里来的，以为是树上长的。现在的孩子，没接触过农田，大人忙于浮世穿梭，也无法静下心来告诉孩子米是怎么来的。

到了一处开阔平地，人们在临时搭建的舞台上载歌载舞。红瓦屋的水田，远远望去，像一幅幅镶着边框的水墨画，泛着银白色的光。田埂上，各色秧旗，在初夏葱茏的原野里，像色彩艳丽的花朵。人们蜂拥着涌向水田，霎时，机耕道、水田两头站满了老人、小孩、学生等。四组选手早早脱了鞋，挽起裤腿，个个磨刀霍霍。随着裁判一声令下，下田的下田，挑秧头的挑秧头，锣鼓声、加油声响彻云霄。选手们弓腰低头，分秧插秧，真个是"手把青秧插满田，退步原来是向前"。轻雾落进水田，笑声落进水田，天空落进水田，布谷声落进水田。它们齐聚在水田里荡漾，蔓延。

田坝上面有一间农舍，一位八十老翁坐地坝边上，刚刚好可以观赏插秧全场面。与老人同坐，喧嚣中有一种宁静和祥和，幸福感油然而生。老人说，他们那时候插秧，有钱的人家得准备很久，过完年就开始了，积攒鸡蛋，腌咸鸭蛋，杀完年猪，要留下腰子、心子、舌子、肚子、猪蹄、后腿等。插秧前几天就开始打豆腐、炸酥肉，前后要忙好久。晚上扯夜秧，要打腰占（夜宵）。第二天栽秧，中途也要打腰占，那是个力气活。老人须发皆白，精神矍铄，一口气说了这么多。

插秧第一天，称为"开秧门"。

殷实人家早就备好了饭菜酒肉，供家人和帮工者聚餐。餐间，每人要吃一个红色鸡蛋，讨个好彩头。蹲下去插秧时，要先用绑秧苗的稻草在秧田上面横扫几下，防止"发秧疯"。

老人絮絮地沉浸在回忆中，我也种过田，但从没这么隆重地准备过。穷人家插秧，请不起帮工。只是插秧那几天，给当家的做几顿白花花的米饭，就算是犒劳了。

插秧结束，称为"关秧门"。

讲究的户主会绕田走一圈，拔一把秧苗带回家，扔在门墙边，说是"秧苗认得家门，丰收由此进门"。插秧看似简单，实际上是一个技术活，其中有不少门道。不能插得太深，不然秧苗生长不快；也不能插得太浅，否则秧苗不入土里就会浮出水面而不能成活。插秧又是一个体力活，最累的是腰。看起来不用多少力气，开始干时只觉得好玩，并不怎么累，可当你一天天起早贪黑，不停地弯着腰插秧，从田的这头到田的那头，来回做着一样的动作，就不再新奇了。新鲜感之后是枯燥无味，留下的只有腰酸腿疼。不常干体力活的人，几天下来，甚至连腰都直不起来了。

插秧还是一个危险活。一般的水田都有蚂蟥，那个时候，从来不打农药、不施化肥，特别是冬水田，蚂蟥尤其多。有句俗话讲"蚂蟥听不得水响"，只要人们一下到田里，它们就爬上腿来，令人毛骨悚然。老人不再说话，眯缝着眼看着原野，仿佛上帝在审视着人间的一切，老人褪了浮华后的简单宁静，恍如一道温暖的光包围着我，我也跟着静默了。田坝中央依然热火朝天，表面看不出老人说的累和危险。插秧时间短，体验生活的孩子们也体会不到，但我有切肤的体验。

沉默之中习惯性地摸出手机。11点13分，惊悉袁隆平爷爷离世，忽然脑海一片空白。急忙再看，11点21分，辟谣，说是假消息，长舒一口气，不知咋的，也没了出发时的欢喜心，可能时时担心这消息变成真的吧，毕竟袁爷爷九十多岁了。看完比赛，去农家吃饭，吃完最后一粒饭，又打开手机。下午1点07分，袁隆平在湘雅医院逝世，我再一次睁大眼睛，这是权威媒体的消息，肯定是真的了，泪水顿时夺眶而出。

"袁隆平爷爷离世了。"我轻声说道。桌上的人顿时无语，默默吃完碗里的最后一口饭，同桌有人喊老板娘打包，连汤带水，不留一点儿，这大概是对袁爷爷最好的送别吧！坐上先生的车，我们都抑制不住泪水长流。只能把车靠在路边做短暂休息。我是从小在饥饿中长大的孩子，到现在都有后遗症，到点不吃饭，会马上心慌手抖，口吐白沫。

记忆没有空白。自留稻种的年代，亩产两三百斤，一家大小只有团年那天，才能见到白花花的米饭。平时来客人，红苕或者洋芋上面的那点儿白米饭，只能客人享用。我们吃着红苕或者洋芋，舔着上面的几粒米，还要在嘴里慢慢咀嚼品尝它的香味，舍不得吞下。

不知是哪一年，父亲种植了杂交水稻。亩产一年比一年高，家里的柜子和扁缸，再也盛不下金灿灿的稻谷了。母亲请来匠人，用竹篾编织了三个大缸，里外敷上水泥。三个大缸像三个碉堡，赫然矗立在堂屋正中，里面装满了金灿灿的稻谷。稻子丰收了，村庄儿女再也不愁吃了上顿没下顿。殷实点儿的人家一天一顿白米饭，差点儿的人家几天也会有一顿白米饭。母亲极度节俭，我家吃白米饭的日子很少，能熬点儿粥就很好了。节约下来的稻谷，父亲会挑去场上换肥料，换家里的一切开销。那些年，父亲的生意也不景气，只能卖稻谷了。我和先生都不说话，任由回忆无边漫去。

我念书的时候，家里姊妹多，但父母又极度重视对我们的培养，却又忽略我们成长的身体。家里姊妹能带去学校的米都很少。寝室的同学下晚自习后，还用保温瓶盖子舀上满满一盖子米换两个油粑或者两个包子。而我是万万舍不得的，只能躺在床上，忍着饥肠辘辘，默默地背诵课文，背英语单词，每晚都是这样恍恍惚惚进入梦乡。

那种彻骨的饥饿伴随我的整个学生时代。

记得高二那年，父亲卖了两百多斤米，才凑齐我的学费。我每个月带的米更少了。学校规定四个人蒸一盆饭，轮到我蒸饭时，由于米少，其他三个女生吃不饱。一天吃过晚饭，她们在寝室商量着不跟我一起蒸。恰好被刚刚洗饭盆回来的我听到，顿时急得傻眼了，学校又不允许单独蒸饭，怎么办？情急之下，我扔了饭盆，走过去和其中一个女生扭打在一起。同桌——现在是我的先生——知道了我的窘境，从家里拿了铝饭盒，蒸的饭足够两个人吃。他们家不限制他的米，一周四元的菜钱，相当于我一个月的。从此，我的饭菜全由他提供。往事，已成追忆、回忆，五味俱全！我泣不成声，先生紧紧握住我的手，泪水潸然。插秧时节，漠漠轻烟，杜鹃啼血，又添国殇，留下稻菽，迎风千浪。也记不清是什么时候，随着水稻的不断改良，我们也可以天天吃白米饭了。在漫长的记忆里，我们忘不了来时的路。袁爷爷是上帝派来的天使，拯救十四亿人于饥饿之中，现在，他完成了使命，回归天上，变成了最亮的那颗星，永远和稻田交相辉映。

伞下晴空

丽莎有一双大眼睛，厚嘴唇，噘起来时十分俏皮可爱，高高的马尾因为孩子不好动，也懒得甩起来。一个偶然的机会，她家成了我结对帮扶的贫困户。在接下来的帮扶过程中，我与她家发生的故事，是值得一生珍藏的记忆。

那是一个下雨天，上完一天的课，来不及喘口气，我便挽起裤管打着雨伞，去超市买了一些油和鸡蛋以及小孩子爱吃的零食，一路打听，来到了潘丽莎住在四楼的家。

门吱呀一声，一个大约三十岁的女人探出头来，接着，丽莎和弟弟也跟着跑了过来。

"你是……找谁？"

"妈妈，这是雷老师。"丽莎有些腼腆地轻声告诉妈妈。"哦，雷老师呀！快进来坐，快进来坐。"丽莎妈妈双手放在衣服上搓了搓，闪身让开，边找鞋套边招呼着。

丽莎连忙递过来一杯水，又腼腆地笑了笑。落座后得知，他们一家四口人，老家在江口农村，祖祖辈辈生活在大山深处，每天日出而作，日落而息，吃尽了没有文化的苦头。为了孩子读书，父亲一咬牙，搬到县城来了，一套两居室的房子虽不大，但也干净整洁，可见这位妈妈的勤劳能干。细细交谈得知，爸爸在建筑工地上打工，妈妈在家全职带孩子，一家人的生活全压在爸爸一个人肩上。今年建筑行业萧条，爸爸已经半年没发工资了。娘仨生活很紧张，妈妈想出去做点儿事，又怕照顾不了孩子。两个孩子很懂事，我和丽莎妈妈交流时，姐弟俩轻轻掩上书房的门，悄无声息地做作业。哎呀，只顾拉家常，差点儿忘了包里还有建卡贫困生的生活补贴，急忙拿出扶持金额七百五十元，交到孩子妈妈手中。她急忙站起来，双手颤抖着接过钱，眼里闪着晶莹的泪花，嘴唇嗫嚅着，想说什么却说不出口。如果不是太困难，以丽莎妈妈的性格，是不会要这钱的。

　　屋外的雨依然下得很大，丽莎家的情况我基本清楚了。不知不觉，天已经全黑了。小区里饭菜的香味扑面而来。我起身告别，婉拒了丽莎妈妈的再三挽留，不想让她为了招待我而苦恼。走出她家门，小城已经万家灯火，急忙撑开伞，一路寻思着，一点点物质帮助，解决不了什么问题，更何况我也只是一个普通的老师，这样帮下去也没有意义。

　　雨越下越大，不知不觉回到了家，天已经全黑了，随便吃了点儿东西，丽莎家的窘境萦绕于心，一宿未眠。

　　抱着试试的心态，我决定给他们来个教育扶贫。根据他们家的情况，首要的问题是解决两个孩子学习的后顾之忧。我打算先跟潘丽莎弟弟的帮扶老师联系，讨论一下怎样在学习上帮助两个孩子，最好能每天放学后，在学校辅导两个孩子的学习，让孩子的妈妈白天可以安心上班，解决他们眼下的生活难题。于是，我拿起电话，拨通了丽莎弟弟帮扶老师的电话，关于两姐弟的帮扶问题，我说出了我的想法。电话那头支支吾吾的，显得很为难。我放下电话陷入了沉思。第二天一大早，我又去找丽莎弟弟的帮扶老师。

　　"我不是不想帮，而是我自己有实际困难，我女儿上高三，孩子她爸在乡镇上班，一周才回来一次。你昨天在电话里说的方法，那时间正是我给孩子做饭送饭的时间。""嗯，这也是实际困难。你看这样行不，你一周辅导一次，叫孩子在学校解决晚饭。剩下的时间，由我辅导。""那辛苦你了哦，这样可以。"和丽莎弟弟的帮扶老师沟通好后，我便跑去丽莎的家，把我的帮扶计划详细地告诉了丽莎妈妈，谁知道她显得局促不安，说是孩子爸肯定不会同意。

我吃惊地看着她："怎么可能不会同意？又不收费，还能帮忙照看孩子。"

"孩子爸希望我在家带好孩子，说我去上班，孩子缺陪伴是不行的，各方面的管理也会差些。"

听到这里，我略一沉吟，叫丽莎妈妈拨通了孩子爸的电话，电话那头传来了犹豫且期盼的声音："老师，我们没文化，在外找不到好工作，现在把希望寄托在孩子身上，孩子妈去上班，孩子缺监管怎么行？"

"可是，你这么久都没寄钱回家，娘仁的生活都成了问题呀！"

过了许久，电话那头传来一声叹息说，总会有办法的。我在电话里把我的帮扶计划详细告之，并请他放心，孩子妈妈打工的同时也能带孩子。听到我这么说，孩子的父亲打消了疑虑。我和另一个帮扶老师也达成一致：晚上放学，两个孩子在学校完成功课，辅导时按我和另一个帮扶老师协商好的办法执行。丽莎妈妈下班到学校门口接孩子，虽然我每天少了一些休息的时间，但看到帮扶落到了实处，心里也挺高兴。丽莎妈妈一连几天没找到工作，有点儿灰心丧气，我也积极委托朋友帮忙留意招工信息。通过多方努力，丽莎妈妈在超市找了一份工作，赚钱带娃两不误，她对我们的所作所为感激不尽，我们常常交谈甚欢，气氛十分融洽。

从那以后，我经常主动和丽莎以及丽莎妈妈联系。从生活、工作上关心，到思想引导、教育援助。

　　逐渐地，我明显感觉到，丽莎比以前开朗多了，她看到我了就会微微一笑，头上高高的马尾也甩了起来，下课也能和同学们一起嬉戏打闹了，课堂上积极发言，学习劲头十足。每逢周末，我就会带上丽莎去亲子班听课，有好朋友开玩笑，说你什么时候生的女儿呀？听到这，我和丽莎都笑得合不拢嘴。有时候带丽莎去参加朗诵活动，不厌其烦地教她发声练习、气息练习、重点词句的朗读。有时候带她去爬山，欣赏沿途的风景，感受家乡的美丽。丽莎的学习成绩突飞猛进。我偶尔还会买一些丽莎喜欢吃的菜，去她家厨房忙碌，丽莎剥蒜，我洗菜，丽莎妈妈炒菜！欢声笑语在整个房间回荡。

　　中秋节前夕，我带上月饼，又去丽莎家看看，丽莎妈拿出一大捆碧绿新鲜的蔬菜，让我带回家。我死活不要。她说："这是从老家带回来的，没打农药，老师你就收下吧！你对孩子付出这么多，如不要，我心里怎么过意得去？"我收下蔬菜，心里顿时感到非常不安，别人都是给贫困户买东西，咋到我这里就变成贫困户给我送东西了？不过这种不安很快就消失了，随之而来的是感动和喜悦，一种莫名其妙的成就感早已涌上心头，虽然是深秋，我们仍觉得有春天般的温暖。说实话，我不算太吝啬，但在这次结对帮扶贫困户工作中，我着实当了一回"铁公鸡"。除了给孩子带去了一些辅助性教材和课外书，过节进行看望，送点儿节日食品之类外，我没有为这孩子花过一分钱。但是我认为自己的扶贫工作做得比较成功，因为在我的帮助和鼓励下，孩子的妈妈放下了思想包袱，找了一份工作补贴家用。孩子健康活泼，学习劲头十足。家里再也不会为柴米油盐担心了。一把小伞，为孩子带来朗朗晴空，也为我带来无限阳光。

庄稼地

每天吃完晚饭，尽管疲累至极，就是一挨沙发就能入梦的状态，也要强打精神，换衣服出门跳舞去。只要走上广场，随着音乐的旋律升起，我舒展开四肢，疲累感瞬间烟消云散。

这当儿是最美的时候，因为能听到身上多余的肉啪啪啪往下掉，脸上的皱纹也慢慢展开，在灯光的美颜下，脸好像刚剥了蛋壳的鸡蛋般光滑洁白。随着脚尖的踮起、旋转，真疑心自己就变成了一片树叶，一朵春花，一池青荷，一只小燕子，抑或自己的白月光。更奇妙的是能听到骨头拉长的声音，个子在黑夜里疯长，如果此时有人来选模特儿，肯定一眼看中的就是我。头上一茬茬的白发在飞旋中呼哧呼哧变成青丝。变美的感觉其实就是天下所有的好事一股脑儿地涌过来，和我一起跳呀，唱呀，说呀，打情骂俏呀！

第二天精神抖擞走进课堂，在同学们的一句句"老师好漂亮呀"的赞美声中开始一天的新课。孩子们在美美的享受中和我互动，那课堂真是妙趣横生，我仿佛听到庄稼拔节的声音，吮吸甘露的声音。虽然岁月无情地把我引向衰老，引向风霜。但我要努力挽留时光，轻轻擦拭，让心永远青春焕发，不然，怎么侍弄那一块块的庄稼地？

记得初到某学校时，也就三十多岁。有一天翻看孩子们的日记，赫然写道："我们班来了两个老婆婆。"我心下一惊，搭档快退休了，说是老婆婆还情有可原，而我呢？在孩子眼中就成老婆婆了，几岁的孩子，每天面对两个老婆婆，感觉天下的一切都是皱皱巴巴的，他们还怎么听讲？怎么跟老师一起做游戏？怎么亲其师？怎么信其道？这样推论下去，我不觉汗涔涔了，仿佛看到一大片幼苗逐渐枯萎的样子。急忙回家照照镜子，头发蓬松泛白，脸色蜡黄，双眼无神，活脱脱一副被生活无情鞭打的样子，精气神更是不见踪影！不行，得让血液涌起来，眼神光亮起来，背挺起来，脚步轻快起来！

忽然想起一个幼儿园的孩子，上了一天学，第二天死活不去学校。妈妈再三询问，孩子委屈巴巴地说，昨天给我喂饭的老师，跟我奶奶一样老。妈妈忍不住笑，可孩子是认真的，在他们幼小的心灵中，老师应该是像仙女一样的。作家池莉说过，漂亮误终身，什么因为漂亮，不好好学习呀，因为漂亮，不好好工作呀什么什么的。说到底，漂亮并不是什么好事。她说因为漂亮并不等于美。漂亮只是一个外壳，有时候，漂亮甚至令人觉得很丑。美才是最重要的。美是一种光芒，它可以由人的心灵透射到外表，使你一派大方和自然。所以，她最终想说的话是：女人最好别去管自己漂亮不漂亮，因为漂亮也是一种身外之物。母亲也从小这么教导我们，心地善良，有本事就是美。

当我自认为有能力带好孩子们，然后一脸憔悴地站在讲台上时，小孩子们可不干了。他们哪有能力透过你不修边幅的外表去发现你光芒四射的内心？得向作家严歌苓学习，即使面对先生，也要略施粉黛，活色生香；得向宋美龄学习，即使活过百岁，也要穿上优雅的旗袍，足蹬细高跟。得像广场周围那一棵棵树，橘黄的灯光由树杈间散发出来，每片叶子都通透光亮，衬着不染尘埃的夜空，繁华中的静谧让人顿生喜悦之感。我们走向讲台，面带微笑，亭亭玉立，柳眉淡烟，轻启朱唇，再加上丰富的专业知识，驾驭课堂的能力，那便是一场阳光雨露，何愁在愉悦中的孩子们不认真听讲？不认真完成作业？所有的美，都是令人赏心悦目的。

跳舞间隙，偶遇一位大姐，大概六十岁。因为带孙子，来城里十多年了，说起曾经的庄稼地，那眼神亮堂了许多。

她讲种庄稼，别人田里种稻子，地里种玉米，黄豆是黄豆，洋芋是洋芋，规矩中透出一些死板。她不同，寻思着间种，比如田里是稻子，田埂上种一排玉米，田背上是黄豆，什么都长得好。比如地里是土豆，她留两窝种玉米，玉米熟了又种萝卜，地周围种上几窝麻菜，她说别人侍弄完地里还要到处找猪草，她干完活直接拔萝卜或者砍一窝麻菜回家。她不知道植物之间的相生相克，只是在不断地干活不断地尝试。

想想当年的大地主，或者富甲一方的那些人，是不是也如这位大姐，同样的一块土地，因为喜欢思考，就是比别人收获多呢？大姐还说她第一次种小苗秧，其他人都不相信，依然用自己的稻种，老办法栽种。那一年，她家稻子喜获丰收。说起种庄稼，这大姐一套一套的。眼里的庄稼一茬一茬地冒出来，庄稼地一块一块地在夜幕下葱茏。仔细想想，种庄稼和教书似乎有相通之处。知各种庄稼的品性，让它们从发芽到成熟都带着喜悦感。

教书同理，孩子们每天看到阳光的、美美的老师，心情愉悦，哪有不健康成长的道理？这大姐又说到带孙子，脸庞和眼睛都随着月光一起晃动。大孙子已去重庆读大学，二孙子在云中读高中，小孙子在杏家湾小学。我竖起大拇指，直夸她孩子也带得好。大姐喜形于色说，不惯不宠，一是一二是二的，自己的事情自己做。啧啧，这大姐做啥都能出类拔萃。

不由得想起曾经遇到的一个女人，身形像男人，宽肩，大脸，塌鼻子，小眼睛，翻嘴唇。嫁了个标准的型男，且老公对她很好。只见她偶尔从街上走过，高跟鞋，红唇，红风衣，脸上带笑，走路带风。自信的女人真的很美，经营好自己，何愁经营不好自己的婚姻。

　　每个人都有一块自己的庄稼地，当你活起来，庄稼自然会活起来。

父母的爱情

母亲说，叫你老汉打电话过来。因为她的手机这段时间可能是设置的问题，只能接电话，不能打电话。这点我也搞不懂。我故意问，干吗，有啥子事。

母亲说，我有事情给他说。我拨通了父亲的电话，告诉他母亲找他。

母亲倔强，怎么也不接电话，非要父亲拨她的电话号码。

父亲真打过来，她又把头扭到一边，不接电话了。

见这情形，我想笑又不好意思笑出声。

父母分开的这段时间，这样的情形不知发生了多少次，母亲每时每刻都想给父亲打电话。用我的电话打，她又不肯。她每天吵着闹着要回去，一会儿说重庆太热，云阳好些，熟人多，出门就是公园，或者宝坪也行，凉快；一会儿说给我们添麻烦了；一会儿又把父亲骂得体无完肤。这给我和小妹增添了很多调侃他们的话。

"欠老汉就直说，莫一天作！"

"被老汉惯得像公主，叫关个窗子就说关不动！"

"离了老汉走不了路！"

"老汉没在身边，做事都没得轻重！"

"哈哈哈哈！"我和小妹常常当着母亲的面在电话里调侃。

母亲嘟着嘴，瞪着眼睛，想反驳又找不到词语，半晌才气呼呼地说，我扯他哟，欠他！他是多不得了哦！然后历数罪状，什么不顾家啦，不干活啦，不心疼人啦，等等，箩筐都快装满了。母亲平时唠叨的也是父亲的各种不是。

不由得想起多年前看到的一句话：老公爱老婆最直接的表现是逢人就说老婆的好，老婆爱老公最直接的表现是逢人就说老公的坏话。可不是吗？小妹反馈消息说父亲天天念叨母亲的好，而我这边的母亲天天唠叨父亲的坏。

周末小妹带父亲过来吃饭，母亲一言不发，只管往父亲碗里夹菜。小妹喊，莫给老汉夹多了，他血脂高。母亲阴沉着脸，极不高兴。吃完饭了，父亲坐在靠椅里，我们又不由自主地说起父亲重男轻女的事，灯光下的父亲一言不发。待小妹和父亲走后，母亲唠叨开了，你老汉瘦得一张皮了。我说没有嘛！母亲说还没有哇，黑孔孔的，剩两个眼睛在转。莫子血脂高不高的，这么大岁数了，想吃就吃。然后又说小妹的婆婆不买菜，冰箱里就几坨腊肉，你老汉啷个拖得嘛！听她絮叨，我懒得答话，她大概也不知道血脂高意味着什么。你几个看到老汉就要说老汉的不是，过都过了，有莫子说头。看你老汉脸上挂不住了，还在说。

"你也是天天说老汉的不是呀！"我故意逗她一句。她又把头扭向一边，脸上乌云密布。

我们记事起，父亲就在外面跑，十天半月回来一次。母亲常常边干活边时不时地看看父亲回家时必经的山梁。要是超过了半个月，母亲会整晚整晚睡不着觉，常常自言自语，你老汉怎么还不回，听说路上棒老二也多，挣个钱真是艰难。有时候一本正经地问我们，你老汉几时回来？我们也会随口说明天或者后天，听到这话，母亲的眼里会漾起一丝惊喜。因为她深信，小孩子的话是非常可信的。母亲说，外面做生意也不容易，熬更守夜的，赚钱折本都说不准。

你老汉只要从梁上下来，我就晓得这次是赚了还是折了，折本了，他走路是慢吞吞的，赚钱了是连跑带跳的。反正生意有赚有折，回来一阵安慰，你老汉也就落心了。

只要父亲回来，我们都是高兴的。家里比过年还热闹，母亲这天不下地干活，拿出平时舍不得吃的蛋呀，米呀，肉的。一会儿吩咐我们掐葱，一会儿吩咐我们添柴。她边在灶头忙碌边和坐在旁边的父亲唠嗑！炊烟升起的温暖驱散了父亲多日漂泊的疲倦以及折本带来的不快。

我们常常问父亲，你在那个年代算是能干有见识的，怎么没有发财？你看你的那些朋友，全都发财了。父亲说，机会有的是，那时候还是集体，修港务站那坡梯子，罗明东叫我去承包，因为担心你妈，她有晕病，走个十多天就担心得不得了，哪里敢长期在外包工！

母亲常常是夜里两三点钟开始唠叨，具体唠叨些啥，隔壁睡的我们也不清楚，反正只要我们醒来，她都在唠叨。天快亮了，她依然在唠叨。我们从没听到父亲反驳一句，回答一句。长大了回忆起那时的情景，特佩服父亲的忍耐力和包容心。

父母一辈子，吵吵闹闹，相互扶持，分开的时间，最多一次也不过十几天。这次几乎两个月了，母亲就心烦意乱。这不，又要我给父亲打电话。父亲说，叫你妈莫着急，明天去大坪医院复查眼睛，查完了就回去。母亲听到这话，瞬间又安静了。我又故意逗他们，老汉你回宝坪，妈留在我那里。父亲说你妈不习惯，三句话不对劲就要哭，你们将就不了，还是把她带回去。

岁月已远，彼此还在，有你，纵是风雨，也是温馨。文化人的爱情是，你是我正当年华里遇到的正当年华的人；还会是，君生我未生，我生君已老；抑或是日日思君不见君，共饮长江水。我看没文化的父母爱情，就是母亲的闹和作，父亲的笑和包容。

吃茶去

说起茶，我想到的是吃茶。

小时候住在乡村四合院里。吃过晚饭，爸爸总会牵着我去远房伯父家聊天拉家常。伯父总会热情地从一个生锈的铁罐里取出几片茶叶，黑色带点儿绿，放入一个大白瓷缸中冲泡。在那个缺衣少食的年代，至今弄不明白伯父的茶叶是哪里来的。

大人们聊天，我坐在一旁看茶叶在瓷缸中翻滚舒展，茶汤由白色渐渐变成琥珀色，袅袅茶雾缭绕，没等茶叶沉下去，伯父便开始享用了。因为烫，他喝水的声音很大，尽管喝之前，对着茶叶吹了又吹，但茶叶还是被吸进嘴里，伯父眯缝着眼抿一下又吐进缸里。爸爸则把茶叶含在嘴里，用两颗门牙轻轻地品着，嚼着，很享受的样子。他们共同享用一缸子茶水，说不定爸爸嚼的正是伯父吐进瓷缸的茶叶，我看着很不舒服。外面已暮色四合，小伙伴们都应该吃过晚饭出来了，便飞也似的逃离，找玩伴去了。从此对茶没什么感觉。

读老舍先生的《茶馆》，茶只是一个幌子，一味调和剂，常常冷冷地置于桌上。倒是被市井各色人物跌宕起伏的命运吸引，对茶依然没什么感觉。一如马路边的茶馆，闹哄哄的一屋子人，以玩牌为主，喝茶更是一个借口，都只是借茶之名，行其他之事。

一个偶然的机会以一种特殊的方式接触到茶，从此家里便常备茶了，但不常喝，只是在拉肚子时，打针吃药吊瓶都不管用，才抓一把茶叶，放一把白糖，一杯喝下去，立即止泻，百试百有效。茶叶泡白糖能止泻，还是少年时，遇到的一位老者告诉我的。

20世纪90年代初，随着改革开放的大门打开，内地人像潮水一样涌向南方。那时的我刚刚高中毕业，平时虽也挑灯夜战，但依然从那个黑色的七月败下阵来。十几岁的姑娘，身体被学习的战场折磨得千疮百孔、弱不禁风，万般沮丧之际，也加入打工一族，随人潮滚滚南下。客轮沿江穿三峡，秀丽山川，令船上的南下打工者赞不绝口。

站在船边，领略这般瑰丽雄奇、惊心动魄的山水，高考的失利烟消云散，真是面朝山水，春暖花开，挤不过高考这座独木桥，也许远方的风景更美。

船舱里挤满了人，他们拿出随身带的薄毯薄被，在甲板上的空隙处铺开。江风呼啸，浪涛声声，大自然的鬼斧神工和远方绮丽的梦裹着每一个瑟瑟发抖的身躯。正在美景中憧憬着美好的前景，忽觉肚子一阵绞痛，惊慌失措之际，便在这船上，拥挤的人群中，不停地扒开每一个身躯，每一双脚，寻找落脚处，痛苦而艰难地穿梭在床铺与厕所之间。"姑娘，我看你跑七八次了，去找茶叶和白糖，尽量泡浓些，喝一杯，试试看！"我循声望去，船舱的角落处，正半倚着一位六十岁左右的老大爷，头上裹着一条白色的长帕子，帕子上还插着一根旱烟管。他正关切地望着我，像极了爷爷的目光。

我连忙跑到床铺处，从包里抖抖索索地拿出茶叶——临走时父亲专门去大伯家拿的茶叶，他用塑料袋包好，放在旅行包的右下角。为此，我还和父亲顶了嘴，又不喝茶，带茶干啥？父亲毕竟是出门做生意之人，他说路上备点儿茶叶很有用的。又从包的隔层处拿出临走时母亲硬塞的一小包白糖。

一杯白糖浓茶喝下，还真止住了泻。我又安然地站在船边，听浪涛撞击船头的声音，欣赏两岸的风景，及至平原，两岸少了山的嶙峋和妩媚，却多了一份大气从容。江面舒缓开阔，水天一色，浩瀚辽远，顿觉人如蝼蚁，渺小至极。回过头去感谢那位陌生的爷爷，他轻微的鼾声已传来，不忍打搅，默默感恩，凝望许久，悄然退下。

难怪茶叶被西方人称为"东方的神奇树叶"。丝绸之路横贯亚、非、欧，是自古以来重要的贸易商道，其核心交易物品中就有茶，郑和七次下西洋，前后到访过亚非三十多个国家，但船员没有一个患当时流行的坏血病，事后调查发现，船员们经常饮用茶叶，茶叶也远销世界各地。中国是茶的故乡也是茶文化的发源地，是中华民族的举国之饮，发于神农，兴于唐朝，盛于宋代，中国茶文化还糅合了佛、儒、道诸派思想，是中国文化中的一朵奇葩。

前年三月，去三峡文物园诗诵青春，老默用云阳方言说了一段"不如吃茶去"，把茶的静，茶的禅，茶的闲，茶的博大精深演绎得淋漓尽致，一瞬间，整个大厅听者入迷，茶香四起，此情此景，我这个不懂茶的粗人仿佛也成了被茶浸染的雅人了。

基于此，便经常约上三五好友，去龙脊岭上，磐石城下的膳铭阁茶室小聚，听古琴绕梁，品读墙上字画，文人自有其妙解，熊汇长（"四业汇"公众号的管理人，称为"汇长"）说，这幅字挂在饮酒处，曰：千杯少；挂在品茶处，曰：少杯子。千杯少是泛指酒逢知己，少杯子是寓意茗茶引来众多仰慕之人，煮茶之水虽多，但主人的杯子似乎少了。这般调侃也不失雅趣。文人无邪，侃完字画侃名字，众人借茶兴，熊汇长析名，张猛的"猛"字，左边部首能武，右边"孟"字能文，文武双全。张猛说，左边反犬旁是狗，代表忠诚，右边还是有点儿文人气。刘院长接过话，忠诚又有才可以当汇长。坊间丝竹萦绕，谈笑有鸿儒，锦鲤戏假山，端起白玉瓷茶杯，轻呷一口，韵味悠长。

众人抑或静坐，看茶艺师小霞精湛的茶艺展示，这个灵动而飘逸的女孩，因为热爱茶艺，从南川而来，经过自己的实践摸索，以云南潽耳生茶中的散茶为原材料，独创新茶——烤茶。

小霞着一袭唐装，体态端庄优雅，青丝披肩，眉如轻烟，被茶浸染的女孩自有一股轻灵之气。她十指纤纤，烤茶、沏茶娴熟流转。她口唇微闭，声如静夜的水滴，禅意悠远。云南虽是茶源地、但古时制茶的技艺并不精进，且器具有限，云南人便发明了独特的"陶罐烤茶"代代相传、保留至今，烤茶是云南人的"力量之源"也是"每日必饮"。

在云南饮茶会选用如生普之类简单初制的茶，而此类茶具有一定的寒性，不利于胃肠弱的人或空腹时饮用，但在高温陶罐烤过后的茶，去除了茶的寒性，保存了原有的口感，还增加了茶的口感厚度和茶的香味。烤后的生普，茶性温和、口感浓郁刚烈、香高，且有清心、明目、利尿、解乏、去疲劳、驱寒暖身、助消化、解油腻等功效。在云南众多少数民族心里，茶是小病、大痛时的良药，如简单的小感冒，无须药品，直接来一碗简单粗暴的烤茶，且一碗即可。小霞把这种烤茶技艺带到膳茗阁，并加以改进，入口更甘醇。先是清茶，入口微苦后香甜，回甘持久；然后加上糯米，糯米和茶叶还在黑色的陶罐中，空气中袅袅的茶香便弥散开来，深吸一口，如梦似幻；最后是酒制烤茶，清而醇，苦而沁。

抬头远青山，低眉抚琵琶，月色绕茶香，倩影有幽兰，相视有知己，品茗同心圆。庭台点墨染，水袖盈暗香，禅心水云来，启唇诗韵起。朋友们品到兴致起，或歌或吟，或诵或舞，不夜不归。及至小院，雕栏画栋，古瓷素琴，翠竹环绕，醉其间，不知几时？

小城依山傍水，风景如画。物质生活充裕的同时，人们的精神生活也越来越丰富。闲暇时慕名去膳茗阁的人越来越多，或携家人享亲子时光，或携知己留一段茶香的岁月，或携师长品流年的醇厚。大人小孩也总忘不了亲自学习烤一次茶，沏一杯香茗享受时光的静美。

茶的温馨漫过流年绵延至今，永远记得气势雄伟的三峡风光，记得沧桑岁月里所有的温暖。

冬天的馈赠

只想去看江阔水深山尖雾轻，看一滴一滴的水珠汇聚成一湖不可言说的浩渺，看碧蓝的水舔着岸堤，一如暗夜里舔着自己的伤口，温柔有力，安静内敛。

我把唐诗宋词、凡尘俗事抛向空中，她们在阳光下起舞，纷纷扬扬落进点点白帆，然后悠悠落入江中，惊醒浅渚沙鸥，迎杜甫归来。夕阳带一抹闲愁，和粼粼水波心心相印，深情拥吻。

天空一如既往的灰暗，在头顶上无边无际地展开，空阔，高远，静寂，庄严，没有一丝缝隙，试着为天空打开一个缺口，看日月星辰陨石滚滚，看宇宙携着尘埃汹涌而来，看滔滔银河倾泻，哪怕泥沙俱下，山崩地裂，也是一种快意的宣泄，酣畅淋漓。它似乎越来越高远，越来越安静，没有云彩，没有声音，甚至连一只鸟儿也不曾飞过。

缓缓的呼吸触摸到围栏，在江面上蔓延，伸展，那温热的气息，慢慢飘荡，停泊在哪里？是否随江水东流？又能在哪里重逢那一抹熟悉的粉色的回忆？夕阳的余晖穿过江面，斜斜地打在规则又斑驳的石壁上。

我的冷色调的目光和余晖交会，眉目瞬间有了一丝酡红，随光影流转散射、折射，一同落进石壁，落在石壁上稀稀疏疏的爬山虎上，它们看似恣意散漫地附着在斑驳的石壁上，其实规则有序，经霜的叶子依着干枯的藤蔓，在夕阳下绚烂绯红。夕阳为它而来，还是它为夕阳而生，才这般华丽生香？不知是谁个妙手寥寥几笔，便勾勒出这般简洁，这般安静，这般无争，又这般浓烈的爬山虎？

下岩寺的禅音丝丝缕缕穿壁而来，听古寺的钟声，透过香雾带着一地金黄抒写六世轮回。铮铮藤蔓在严冬里轻轻颤颤，勾画线条骨尚存，音符亦似绝俗尘。禅心可解冰魂意，应是佛前听梵音？躲在城市的一隅随江潮起落。没有打伞背包的游客，没有长焦短距的咔嚓声。匆匆行人，满目的秀色是湖水烟波，在水一方，月光草坪，十里长廊，千峰叠嶂。谁肯驻足听一曲生命的梵音？谁肯驻足流连爬山虎遒劲的风骨？被忽略的爬山虎自弹自唱，自斟自饮，自沐风霜，看云卷云舒，落霞孤鹜，凋零生长都是生命绝美的风景。

千山红叶，万种风情不及你。你摇曳在江风里，带给我无限的惊喜，生命的力量蓬蓬勃勃。即使干枯，也紧紧地吸附着石壁，不离不弃，即使干枯，也要让洗尽铅华的叶子呈现出生命尽头的绚烂。你和天空一样广博而静美，我想伸手抚摸你，又怕玷污你圣洁又高贵的灵魂，你是否会对我莞尔一笑，轻轻拭去红尘俗女心上的尘埃？

忆起前几日，宅在家里也感受到冬的萧条和冷寂，多想做一条冬眠的蛇，让每一个细胞都沉睡。精神如此颓丧，季节也会无限期地颓丧。趁周末打起十二分精神，去花卉市场抱得两盆花回来，它们娇艳欲滴，肥厚丰盈。疑心是假花，两指掐着叶子试探一下，生命的气息扑面而来，肥大的叶子流淌着绿色的血液，从叶子边沿轻轻滴落。红色透亮的花朵撑着黄色的花蕊，静静地开在绿叶之间。我们细心呵护，花懂人语，不惧严寒，尽情绽放。

拉上帘幕，绿蚁新醅，红泥火炉，不问天欲雪能饮一杯无，也自在安闲，春天带着醇香的酒洋溢着整个房间。心有春天，何时不是春天？

花虽无骨，但有华丽张扬的柔美，追随者众多，是冬天赏心悦目的礼物。冬天的爬山虎苍劲睿智又极尽婉丽，那种被岁月沉淀过的，安静的力量又何尝不是冬天的馈赠？

生命的两头

随着一声啼哭，助产士打开门，笑盈盈地对围在产房外的爷爷奶奶、姥爷姥姥、七大姑八大姨说："恭喜恭喜，大胖小子。"粉嘟嘟的小脸着实可爱，亲人们仿佛看到了春天鹅黄的嫩芽，在微风中颤颤的。雪花落在窗外也是温柔的。

生命初始的欢喜弥漫着产房内外的每一寸地方。是太阳，是光，是希望，是暖。

新年伊始，贾玉琴主任带孩子们去城乡敬老院慰问老人们。绚丽的舞台下，我看到了生命的另一端，老人们一排一排地坐在舞台下面，雪鬓霜鬟，暮景残章。他们满是褶皱的脸上毫无表情，眼神空洞地看着台上穿红着绿的热心演员们，看着舞台上方五彩斑斓的气球，看着冬日暖阳斜斜地穿过气球，落在舞台中央留下的斑驳影子。

那个打盹儿的老奶奶，紧闭双眼，神态安详，依稀可见年轻时也是谁家的俊闺女、俏媳妇。风拂庭院，弦过帘栊旧梦回。脖子上的紫色的围巾也曾经舞动过繁华。如今这条围巾，密密麻麻写满了岁月的故事。看到孩子们，老人的眼里满是欣喜和感动。孩子们仔细为这些爷爷奶奶捶背，分享他们带来的糖果，倾听爷爷奶奶们一遍又一遍的诉说。

那个卧床的奶奶，听说患有老年痴呆症，形容枯槁，眼窝深陷，看到孩子们，没有光彩的眼神顿时变得热切又急切。她紧紧抓住孩子们的手，一遍又一遍地问：你们是我孙子不？你们是我孙子不？孩子们不厌其烦，一遍又一遍地俯身回答，我们是云师附小的学生，我们是云师附小的学生。老人摩挲着孩子的脸，久久不舍放下。孩子们剥着香蕉，喂给老人，他们稚嫩的脸上满是心疼，满是爱。我泪眼蒙眬，急忙看向窗外，那一排排不知名的大树上，挂着些许欲离不离的枯黄叶子。

那个坐在轮椅上的爷爷，也曾是云师附小的学生，当他得知孩子们也来自云师附小时，瞬间泪流满面。他紧紧抓住孩子们的手，嘘寒问暖。那些久违的青春的校园记忆重新浮上爷爷心头，那些年，那些人，那些事渐渐明朗起来。

身边放着一根拐杖的老爷爷，坐在微寒的坝子中间，眼睛也紧紧地闭着，不知是打瞌睡，还是觉得了无生趣，仿佛一切的庆祝活动与他无关。孩子们把糖果小心地放进他的衣兜，老爷爷也不曾睁眼瞧瞧。我无端地想起我的爷爷，想起他老照片上打球的身影，高大帅气，头发一丝不苟；想起他在吊脚楼下的绿荫处，戴着眼镜怀抱一本书，任凭奶奶大声呼喊也不抬头；想起他讲的他那些曾经的辉煌故事；想起他总把玩着刘孟杭为他雕刻的黄色石头章；想起他不动声色地走向暮年，乱吃乱跑乱拉，在那个还不知道老年痴呆症为何物的年代，他像一个无辜的孩子受尽了家人的责骂。

想起了婆家的爷爷，大年初一离开这个世界，床头一碗面上放一块豆干，一碗粥上放一块咸菜，爷爷像风中的枯竹无声地躺在幺爸家漆黑的床上。我的泪水无声地流下来了。眼前的老爷爷，他的一生也许是跌宕起伏的，也许是风光无限的，人生的最后却是这般瘦弱，这般无力，这般萧瑟。谁也无法抗拒生命的衰老直至死亡，只愿暮年时分的他们在不缺少衣食的今天，少一些孤独和落寞。

夕阳回首，恋着午时的风景。老人们依依不舍，恋着孩子们。生命的一头是欢喜，另一头呢？另一头呢？

云阳的冬天

　　看看台历，居然冬天了！只是觉得水有了一点儿凉凉的感觉，街道两旁的行道树依然墨绿，间或蒙上一层淡淡的烟雾，似一抹不合时宜的轻愁！云阳的冬天，婉约，淡雅，眉目含情，冬也含春！云阳女人是街上靓丽的风景，大衣、羽绒服、长靴、短靴、丝巾、围巾、长裙、短裙，五颜六色，随便一搭，再配上烈烈的红唇，走在街上，娉娉婷婷，袅袅娜娜，真是回眸一笑百媚生，六宫粉黛无颜色，是冬天最浓墨重彩的一笔。太阳像刚过门的媳妇，总在新房磨磨蹭蹭，不到中午不会起床梳妆。

　　下午，行人三三两两，坐在月光草坪上，沐着暖暖的阳光，打个盹儿，拉拉家常，勤快的还拿着线团，织着围巾、毛衣，一针一线在暖冬里洋溢着温暖！旁边不知名的花一团团，一簇簇，红的、紫的、粉的，各种颜色轻轻流淌！只是少了蜂儿蝶儿的嬉戏。不远处，一架白色的钢琴卧在绿草坪上，阳春白雪倾泻而下，在草地上蔓延。凝神静听，是春天的脚步到了吗？汽笛声声，天涯倦客把乡愁系在归帆里，逆流而上，顺流而下。一池江水如一块硕大的碧玉，微风过处，粼粼波光，轻浪拂堤，恬静安然，温柔中蕴含着巨大的力量。冬泳的人们裸露着健壮的臂膀，从远处看，似一颗颗橘黄的宝石镶嵌在碧玉上。江边有钓鱼的，浣衣的；梯道上有卖柑橘的，玩耍嬉戏的，到处是活力，到处是生机！

　　植物被洒上一些水，大小水珠在阳光下熠熠生辉，它们也不分春夏秋冬，一年四季绿意盎然，猫卧在旁边，慵懒地眯着双眼，那悠闲的样子仿佛天底下最幸福的人儿！

这样的冬天不温不火已很多年了，还是有些遗憾的。总盼着下点儿雪，雪覆在梅花上，才是真正的冬天，才有诗人笔下的梅须逊雪三分白，雪却输梅一段香，白雪却嫌春色晚，故穿庭树作飞花。烟霏霏，雪霏霏，雪向梅花枝上堆。偶尔来一阵寒潮，大家奔走相告，要下雪了，要下雪了！母亲拥着孩子，大人小孩一起欢呼，明早起来堆雪人打雪仗，孩子进入甜甜的睡梦中，梦见和雪人一起欢乐嬉戏。期待明早拉开窗帘，看到雪花在窗前飞舞。

高山是下了雪的，辽远和空阔扑面而来。雪在枝头簌簌地落下来，田间地头白茫茫一片，我仿佛看到有老农双手塞进衣袖，看着窗外的雪花，乐呵呵地说："今年又是一个丰收年。"滑雪场上，人声鼎沸，人们穿红着绿，像雪山上盛开的鲜花，大人小孩在教练的指导下全副武装，雪飘飘，心颤颤，风呼啸而过，尖叫叠起，摔跤了，虽然疼痛，也禁不住滑雪的诱惑。还是离这刺激的运动远点儿吧，牵着爱人的手，裹紧大衣，在山水间踱步，在苍茫间白了头，也是一件幸福的事。

云阳的冬天，有雪或无雪，都是赏心悦目的。

父亲是个"炽耳朵"

我家是农村的，在我们那一块，父亲是出了名的"炽耳朵"。父亲和母亲两家屋上坎下的，父亲比母亲大两岁。小时候算是青梅竹马，长大后，母亲出落得像一朵山花，附近的年轻人找人说媒提亲的不少，但母亲义无反顾地嫁给了父亲。总有人问："你啷个要嫁他耶？"母亲说："我感觉他能一辈子对我好。"

在我的记忆中，父亲的身影是忙碌的，耕田犁地，担粪打柴，洗衣做饭，养猪带娃，家里家外，样样都做，样样会做。

"炽耳朵，胆子大点儿，玩几把甩二，再去做活路。"

"老炽，来，抽一支，不会上瘾。"

"炽老弟，喝两口，闻不到气气的。"

跟父亲同龄的人总是这样调侃他，诱惑他。每当这个时候，父亲总是嘿嘿一笑，露出厚嘴唇里微黄的牙齿，偷偷瞄一眼母亲。如果母亲的脸阴沉着，父亲便会大声说："你们先玩先聊，我干会儿家务活再来。"如果母亲喜在眉梢，主动还击："他耳朵哪里炽了，不信摸摸，硬着呢。去，剃他们几个光头回来。"父亲搓着双手朝母亲一笑，然后一溜烟地跑过去，一阵酣战。父亲不怎么恋战，几局牌打完，就会主动去煮饭、刷碗、扫地、喂猪——但烟和酒父亲是万万不会沾的。

有一次我好奇地问父亲："农村的男人不抽烟不喝酒的少咧，你忌得住？"父亲悄悄地告诉我："你妈有点儿支气管哮喘的毛病，一点儿都受不得烟味酒味的刺激。"

父亲的脑子比较活络，许多人还在农村守着那一亩三分地过日子的时候，父亲就已经会时不时地溜出大山做一些小生意，赚点儿小钱贴补家用。父亲出门时总会对我们几姊妹千叮咛万嘱咐："我不在家，你们要听妈妈的话，干点儿力所能及的活。让你妈轻松点儿。"每次从外面回来父亲除了给我们这些孩子带礼物外，还会给母亲带礼物，乐呵呵地对母亲讲述外面世界的奇闻趣事，从不言出门在外的艰辛。我们晓得，他是怕母亲牵挂。

记得一个冬天的晚上，父亲披着寒风从外面回来，不但为我们带了礼物，还带回来一个二十多岁的小伙子。小伙子穿着一件军绿色竖纹短袄，敞开着，浑身的油污在灯光下闪闪发光，头发长长的，有点儿乱，一双大手伸出来，也全是油污，好像刚从工作岗位下来，没来得及收拾。当晚这小伙子就住在我家。

冬天的夜晚显得特别漫长，整个山村像是被霜风凝固了一般，连夜色也浓稠得流不动。我早早地上床睡觉，不知什么时候，被一阵低低的对话声惊醒。

"这个小伙子才二十岁，家是双江街上的。他父亲是我朋友，母亲是一位小学教师。小伙子现在是一艘大货船的副舵手，人很诚实，也很能干！"

"附近未嫁的适婚姑娘，你看谁和小伙子最般配？永琼咋样？"父亲顿了顿，又说道。

"你涮坛子哟，永琼被她爸许给二毛了，还是我去说的媒，你让我哪个下台？"

"要不得，老婆耶，永琼跟二毛两个是表亲，开不得亲的。你看那些个开表亲的，生的娃儿不是呆就是哑。国家的婚姻法是明确禁止的耶。"

"往年子恁个多表兄妹开亲的，有几个呆几个哑？肥水不流外人田。"没念过书的母亲有点儿认死理。

"不行，坚决不行！我明天去给永琼她爸说道说道。永琼聪明又漂亮，还上完了初中，莫把别个害啦。"

"就你爱管闲事，别人家的女儿，嫁什么样的人，关你啥事。再说，当媒人这事，办不好会两头受埋怨。"母亲的声音略带不满。不知道父亲和母亲争执了多久，我在迷迷糊糊中又进入了梦乡。

这件事父亲没有让步，第一次在母亲面前表现得那么执拗和坚决。最后，永琼嫁给了那个开船的年轻人。

原来，父亲的"炝耳朵"也有"硬"的时候。

冬之声

  四婶还没有准备好，冬天就悄然而至。那么轻轻地、悄悄地，昨天还在地平线上，今天就到了眼前。秋色尽管占尽人间，一统天下繁华，但此时，也不得不慢慢褪去，从漫山遍野的金黄到有些雾气蒙蒙的浅黄。草木感知季节的能力比人强，它们懂得秋到了哪个层级，立秋的草木还带着夏天的葱绿，仲秋的草木就一点点变黄或者红了，而晚秋就慢慢萎了去。季节一点一点地渗透，一点一点地从高处往低处变幻着色彩。但季节交替又看不见，摸不着，没有明显界线，不知是哪一场雨，哪一阵风就带来了冬季。有些草木特立独行，比如那一排排银杏树，还在极尽渲染地黄着，黄得淋漓尽致，黄得铺天盖地。行道树还是一如既往地绿着，只是少了些明艳，多了一层凛气，仿佛只是每片树叶收紧了一些，蜷缩了一些。

  首先让四婶感知到冬天来临的是她的那双手，冰冰的、凉凉的，需要凑在嘴边哈口热气，才觉得暖和。

  哦，冬天来了，青瓦上的炊烟少了热烈之气，四婶正在灶台旁边的洗衣台前洗衣服。洗衣台是四婶和四叔自己背回水泥，弄几块石板砌成的。四婶浸在冷水里的手早已失去了知觉，她机械地搓着、洗着、刷着，不时捧起双手哈哈气，或者走到土灶前，伸出双手烤一会儿。手冒着热气，有暖流穿过，那暖流里仿佛有一根根细细密密的针尖，刺得冻透的双手疼痛不已。手背上，手指节上溃烂的冻疮在冷水的浸泡下，翻出白肉，放火上一烤，滋滋作响。被窝里暖和，晚上睡觉是冻疮结痂的好时候，也往往伴随像鸡啄食一样的疼痛。白天水一浸，又白肉翻翻。就这样反反复复经过一个冬天。春天来临之际，四婶手上的冻疮才有可能康复。

四婶和四叔是中学时的同学。记得四叔第一次带四婶回家时，他们正上高三。四婶高挑，齐眉刘海儿，齐肩学生头，腼腆羞涩，只是脸色不太好，蜡黄蜡黄的。乡亲们把四叔家的门口围得水泄不通。这个姑娘，怎么种庄稼，锄头就拿不动，这是乡亲们一致的看法。奶奶也眉头不展，但四叔看上的，她也不好当面说什么，只是背地里嘀咕：人是漂亮，漂亮有啥用呢？饭就不能多吃，能爬坡上坎？能种田担粪？病恹恹的样子，将来生个娃，也病恹恹的，唉！四婶仿佛听不到这些，她的眼睛里有一湖水，仿佛从来不起波纹，倒映出的蓝天白云、清风明月、鸟语花香也跟着幽深得不见底，变成一湖微醺，一湖微香，仿佛月夜下缥缈的歌声，歌声里飞出了翩翩彩蝶。

"四哥，你看！"四婶学小叔管四叔叫四哥。四婶伸出冻坏的手，四叔才不会看咧，他整天阴沉着脸，嘴里骂骂咧咧，仿佛对生活有着满腹的抱怨。四婶急忙缩回手，一种莫名的情绪从头顶直坠落到脚底，又从脚底下四下逃窜，像一粒粒沉重的石子，敲得泥土溅起尘埃。

其实生活也没那么糟，园子里的包心白菜、豌豆苗、莴笋、芹菜、胡萝卜、白萝卜、香葱、蒜苗，它们都在自己长条形的泥土上葱葱郁郁，碧绿可爱，决不越雷池半步。四婶的冬天的园子，就种这些菜。这边架着火，那边可以立马掐菜淘净下锅。鸡在矮檐下晒着太阳，大灰猫叼着一只大老鼠，在四婶面前晃一下，仿佛炫耀似的，转头去无人的地方享受美味，大白猪鼾声如雷，偶尔还哼哼两声，睡得四平八稳，优哉游哉。

四婶竭尽全力把皱巴巴的生活抚平。

"你看，四哥。"四婶来到大土灶前，揭开蒸锅，一股浓香随着蒸腾的水汽扑面而来，蒸锅上层并排放着两个搪瓷碗，一碗是白花花的米饭，一碗是四叔最喜欢吃的烧白，下层炖的排骨白萝卜汤。四婶蒸的烧白，肥而不腻，软软糯糯。四婶吹吹气，拿出一个盘子，扣在瓷碗上，快而猛地一翻，金黄色的皮起着折子，一顺溜朝上，整整齐齐摆放在盘子里了，撒上一点儿葱花，一盘色香味俱全的烧白令人垂涎欲滴。此时的四叔，便不会再阴沉着脸，更不会骂骂咧咧了。烧白是四叔的最爱，一口气就可以吃七八块。做烧白的盐菜，也是四婶自己腌制的。冬天，整个大地一片清冷，唯有村庄是鲜活的，炊烟、狗吠、鸡鸭的叫声、小孩的哭声、大人的吆喝声、青瓦土墙缝透出的炊烟，村庄周围碧绿的菜畦，各家各户的女主人忙着做盐菜、腊肉，一切都是闪亮的。四婶也学会了做盐菜。她们家菜园有白菜、萝卜、包包青菜。四婶说，白菜和萝卜叶子也可以做盐菜，但没有青菜做的盐菜香。我曾亲眼看到她从地里收回青菜，先去掉带黄的老叶子，再用刀在菜头上划个十字口，整整齐齐地晾晒在绳索上。这时候，院子里家家户户门前都有绳索，都晾晒着一长串白菜或青菜或萝卜叶子，成了家家屋檐下一道亮丽的风景。待到叶子半干，四婶就取下青菜，带上洗衣槌，到溪水里洗净淘净，拧干，背回来放进大木盆，按比例撒盐，白花花的盐倒进木盆，像一层白霜。四婶说，盐多不得也少不得，多了菜咸，少了菜酸。揉菜是个体力活，比洗衣服还累。不一会儿，四婶就气喘吁吁，汗水直往眼睛里钻。我急忙递过毛巾给四婶。菜揉好，四婶便用大木锅盖放在木盆上，腌四至五天。腌制时间到了，四婶揭开锅盖，取出腌制好的青菜，再一次晾晒，待七成干，取下来捆好，装坛。放了一年以上的盐菜会更香。四婶说，蒸烧白的肉，需要上好的五花肉，切段，放清水煮，大火烧开煮至三成熟，捞出。用生姜和红糖擦肉皮后，放油锅里炸，色泽金黄后捞出，放开水里泡一会儿，待肉皮起皱后捞出切片，放醪糟、豆瓣、红糖、生抽、姜、花椒、大蒜等，抓拌均匀，便可以上蒸锅了。四婶毕竟是个读书人，村里人常常说她脑壳灵光，干什么事都是一学就会，比如蒸烧白、蒸馒头、做馄饨等。

四叔家离镇上有一段土路，晴天尘土飞扬，雨天泥泞难行。四婶有时会背稻子去镇上碾成米，有时背麦子去换面条回来。四婶还会从镇上背肥料回来，那一袋子肥料是五十公斤，她戴着眼镜，我们都替她捏着一把汗。她常常摸着我的头说，没啥，人的潜力是无穷的，有时候，她自己都惊奇，居然可以干这么多这么累的农活。她又说，修一条柏油路就好了，可以到家门口。

冬天有太阳的时候，四婶有时会搬出一把木椅子，翻着一本厚厚的书。书里应该是有光的，四婶的眼睛里仿佛住进了月亮，月光让四婶的院子里蒙上一层柔柔的光。我喜欢趴在四婶的膝盖上，听四婶读书，听她讲故事。她有时候会停下来，摸摸自己粗糙且溃烂的手。四婶说，梅娃子，我给你讲个故事，天上飞的有种鸟，常常是边飞边叫"狗哇狗哇"，声音如泣如诉，你听到过吗？据说是一个童养媳变的。那个童养媳八岁来到婆家，婆婆可厉害啦。有一天，放在砧板上的腊肉被狗拖走了一块，婆婆坚决认为是童养媳偷吃的，抡起大棒就往童养媳身上乱打，可怜的童养媳被打死了。婆婆把她的尸体藏进一个坛子，封好口。有一天，婆婆打开坛子，一只鸟飞了出来，先在坛子口上站了站，哀怨地望了婆婆一眼，然后冲向云霄，嘴里发出凄厉的叫声——"狗哇狗哇……"如果半夜听到这鸟叫，会听得人毛骨悚然哀伤遍布。

我捂住耳朵，说，四婶你别讲了，好可怜的。

冬天的太阳斜斜地照进院子，一只猫卧在四婶脚边。她说，梅娃子，你看我这双手，难看的。从小到大，每年都会长冻疮。我说，四婶的手可好看啦，肉嘟嘟的，还有小酒窝呢！四婶微笑着，梅娃子可会说话，乖巧呢。你四叔也说好看。四婶说，我戴的第一双手套还是你四叔买的呢，阳明中学在凤凰山上，四面受风，冬天特别冷。那个冬天，我的冻疮烂得早，你四叔是我的同桌，有一天，上课铃声响了好一会儿，他才气喘吁吁地跑回教室，用他一个月的菜钱给我买了一双黑皮手套，圈口处有黄色的狐狸毛。花了三块七毛钱，你四叔一周的菜钱是一元，当然，我只有五毛，那时候一瓢菜汤五分钱。后来你四叔说，学校外面的商场没有手套，他跑到离学校大概三公里远的一个既卖药品又卖日用品的小店买的。你四叔吃了一个月的白米饭，后来这事被你奶奶知道了，你四叔的菜钱就从每月的四元降至两元。四婶说到这里，边捂嘴边偷笑。她的眼里泛着光，脸上泛着红晕，她坐在椅子上，在冬日的阳光里安静又美丽着。

四叔每天早出晚归，他一如既往会把一天的疲惫、一天的坏情绪全带给四婶。

至于因为什么，四叔自己也说不出个所以然。有时候会骂今天生意很差，有时候会说某某人品有问题，有时候会说今天对牛弹了会儿琴，有时候骂猪骂狗骂天气，甚至是有时候骂碍手碍脚的木凳子，读书时那点儿书生气也荡然无存。生活真像是一把大钢锯，拉扯得四叔面目全非，纷纷落下的粉末仿佛带着血丝。四叔更会挑剔、数落四婶，柴没弄回来，娃娃没穿干净，被子没叠整齐，猪在嗷嗷叫，牛没有吃饱……

"唉，我已经尽力了哦，从早忙到晚，感觉总做不完呢，多看我的优点嘛！放松点儿嘛，有什么好焦虑好抱怨的呢。焦虑是一天，快乐也是一天，何不快快乐乐过好每一天。生活本来就是这样，谁的生活是一帆风顺的呢？我们的日子才拿起来呢，还没有力量和精力去把玩、打磨，慢慢来呀，日子长着呢，只要有希望，日子就有盼头。"四婶声音柔柔的，绵软得像春天的风。

"行了，行了，大道理一箩筐。"四叔不耐烦地挥挥手。随即拿出毛巾，仔细擦拭那辆赖以生存的嘉陵摩托，那专注的样子像在呵护一件心爱的宝贝，整个人也显得柔和了许多，四婶急忙收住话。

四婶搓搓手，地坝边上的石槽里还泡着红薯，这些红薯是院子东头那块黄泥巴地里挖回来的。黄泥巴附在红薯上，不用刷子刷，是怎么也洗不掉的。四婶看看肿得像包子一样的手，每根手指亮堂堂的，冻疮蓄势待发，只等待一声令下，便破皮，它们就如春笋般长出来，溃烂着。今晚的红薯洗完，手也应该不是自己的了。四叔只是偶尔看一下四婶的手，目光极其复杂，却是不说一句我来洗红薯呀，保护好手呀之类的话。

日子仿佛是放在风口上的。那天的日子起了夏天的凉风，起了春天的杨柳风，柔柔地装满小院。四叔收工特别早，还带着一脸喜色。他说，老婆，今天碰到村支书红涛，他叫我买辆拉渣土的车，村子上面那堰塘要扩建整修，到镇上的路要修成柏油路，荒废了的农田要复垦，年轻人可以在家创业，养猪养牛养鱼，政府都有扶持政策。好呀，四婶笑着说，你看好日子不是来了吗？

村子上面那个堰塘，没有砌坎，远远看去，像卧着的一个大鹅蛋，周围杂草丛生，像蛋上长的绿毛。由于年久无人管理，塘里只有半塘死水，上面长满浮萍。早些年，到了冬天，村子里的人们会在村组长的带领下，清理塘底的淤泥，来年春雨一发，便可以多蓄水。辉煌的时候可以浇灌村子下面一坝田呢。那一坝田曾经是村里人的命根子，各家管各家，自己田埂上的草都是宝贝，外人是不能动一根的。种田时，田地相邻的两家，在田地的交界处得轻轻铲，力道要恰到好处，刚刚够铲下影响秧苗的草，如果带的泥土多了，位于上面田的主人就不乐意了。村子的庄稼能不能得到丰收，全靠这口大堰塘。只是近些年，年轻人外出务工，家里的老人无力管理，更无力种田，堰塘就一天天萎靡了。

村上的计划很好，话说起来也容易，可做起来就不是那么回事了。前几年，上届村支书就提出，把路修到家门口，国家有补贴，村民出力，出让土地就行。消息传出来，整村人都在议论，有的说我又不买车，有的说我们家孩子又不住这里，有的说我们家又不修房子，要修房子的人急得直跺脚，别人不肯出让修路的土地，修路这件事儿也不了了之。只是苦了盖新房子的人家，砂石、水泥、砖头等建筑材料全靠人工或骡子驮运，那运费远远高于用车拉。

这届村支书红涛又旧事重提，村民们对修堰塘这事是积极的，但修路这个事就难说了。

那天晚上，月黑风高，四叔四婶摸黑到了村支书红涛家里问情况，他们担心如果不修路只修堰塘，买了车没有活干。红涛说，放心，路是要修的，至于涉及梁上几家人的土地，我们也挨家挨户做了工作，愿意要土地的，我家的土地任由他们选；愿意要补偿的，按国家政策进行补偿。红涛的话让四叔四婶吃了一颗定心丸，他们也相信村民们吃够了不通路不通车的苦头渴望改变。红涛又说，老四，你们两口子也来了，梁上金琼家硬是要土地，你看，你们那自留地能不能拿出来跟她换。四叔毫不犹豫地答应了。

四叔说，买新车需要二十几万，红涛说可以用他的名义担保，贷款十万，但是，差的钱也是个大缺口。四叔刚刚明朗的脸又阴郁了。四婶说，钱还能难倒英雄好汉呀，办法总比困难多。建成伯伯家的国哥，在万州卖二手车嘛，要不，我们明天上万州去看看，说不定运气好有合适的呢。四叔同意了。

二手车行在万州郊区，大坝子里停放着各种样式、各种型号、各种颜色的车，经过老板的一番装饰翻新，每辆车都像新车一样。四叔看上了一辆二手渣土车重汽豪沃，380马力，7.8米货厢，可提档。国哥拿出当时车主的购车凭证，说这车才开一年多，原主人因为有更重要的投资，才卖了这辆车。没出过事吧？四婶有点儿担心地问。保证没有，还不相信哥哥我？国哥拍着胸口说。价格呢？四叔问。他预期的价格不能超过十万。兄弟，你来买，我就保本给你，五万块钱。四叔听了，一阵窃喜。这五万块钱也没麻烦红涛担保找银行借，四婶拿了两万私房钱，剩下的找娘家哥哥、舅爷借的。

村子里的年轻人，是一群候鸟。过年，是他们与家人一年团聚的日子，过完年又奔向四面八方，寻觅生活。那个冬天，红枫漫山遍野，村子里特别热闹，年轻人留下来了，抬石头，砌堡坎，修路，整个村庄热气腾腾。四叔和他的车更是忙得欢，一会儿要去镇上拉水泥，一会儿要把泥土拉到别处去，一会儿要拉沙和石子。修好堰塘，修好路，就是修好村子里人们的幸福生活。

有一天，四叔附在四婶耳边悄悄说，村支书说村上只有我们俩文化最高，堰塘修好了，让我们管理堰塘，下面养鱼，上面搭棚养鸭子。

火红的日子就在不远处招手，四叔紧皱的眉头越来越舒展。一个月到了，他从村办公室领回一沓人民币交给四婶，又从左边裤子里掏出一双黑皮手套。四婶看看四叔噗笑道，现在哪里还用得着戴手套，自从家里装了自来水，买了热水器，我洗衣洗菜都是用热水呢，早就不长冻疮啦！四婶伸出双手给四叔看，四叔眼睛一热，他自己都不知道，有多久没有看过四婶这双手了。

面条的温度

每当吃面的时候，会想起乡下温暖的四月，那真是每年的好日子。

梯田里，麦浪翻滚，阳光洒在金色的麦穗上，饱满的情绪让村里的每一个人脸上有了笑容，脚步也轻快了，就连说话的嗓门都大了。镰刀亮起来，连枷扬起来，风车转起来，石磨摇起来。一切都鲜活起来了。

记忆中，一年收两三百斤麦子，要上公粮，余下的也不多。母亲得精打细算，吃得最多的是麦面糊糊，偶尔做顿"牛滚水"，我们前前后后要高兴好几天。更让人兴奋的是，某一天母亲会忽然说，明天跟院子里的李嬢嬢一起去面坊。面坊离我们很远，马胡盐、深季坪、后湾、雷家院子，这几个点比较起来，去马胡盐，虽然要翻几座山，却是平路。但大人们是不同意的，说深季坪的面虽黑点儿，但好吃，要我们去那里。

一群孩子跟着一个十七八岁的大姑娘，天不亮就出发，每人驮着几斤或者十几斤麦子，一路上还不忘叽叽喳喳，把大人的嘱咐早都抛到了九霄云外，几个孩子一商量，去马胡盐。老远就听到机器的轰鸣声，面坊里一男一女眉毛上都是面粉。他们十分麻利地称麦子，磨面，和面，擀面皮，出面，然后架到外面的院坝里晾晒着。等面干了，往往到下午四五点钟了。最难熬的是中午，又饿又瞌睡，不过，想到晚上有面吃，瞬间又来了精神。记忆中的面坊遥远而清晰，温暖又回甘。

周末受邀去人和连年发面业有限公司，四千多平方米的厂房，现代化的设备，一体化的操作，两条万吨生产线，其中一条生产线挂面年产能一万吨以上，产值六千万左右！这规模和气势完全颠覆了我对面坊的认知。走过一条窄窄的巷道，机器的轰鸣声传来，这声音不同于旧时小作坊烧柴油的粗犷野性的声音，而是富有韵律，不急不躁。隔着玻璃，偌大一条流水线，仅有两名工人在来回巡视，和好的面粉从二楼口子处下来，进入搅拌工序，慢慢成面皮，再成面条，自动上架，升上二楼烘干房，六个小时后，又从另一个地方依次下来，像一队队排列有序的士兵，切面、成捆、包装，一气呵成，井然有序。老板冯小燕走路带风，做事干练，高高的发髻一丝不苟地盘在脑后，眉眼间掩饰不住的喜悦和自豪，只是说到那些年的艰辛时，目光才暗淡了一下。

小时候，小燕一家住在沙市镇的一个偏僻小山村，为了方便方圆十几里的乡邻们，爷爷开了个制作挂面的家庭小作坊。爷爷老了，父亲接过来。那时候家里穷，哥哥游手好闲，十五岁的小燕便离开学校，帮父亲经营小作坊。

那时候，沙市有人已经在其他地方开面坊，好强的小燕不甘示弱，带着仅有的五千块钱远赴湖北，开始了长达十几年背井离乡的生活，先后辗转湖北、陕西、青海、西藏等地工作。说起创业的艰辛，小燕唏嘘不已。2005年，小燕回到云阳，在体育场租了七个门市，由于设备落后，产量少人累，没有钱赚，也没有销售渠道，自己开着三轮车走乡串户。雨天一身泥，晴天一身汗。记得有一次转到了奉节的一座老山上，天黑了，又冷又饿，路边有一个苞谷摊，小燕夫妻俩买了一根苞谷，你一口我一口，度过了一个难忘的夜晚。付出终有回报，慢慢地小燕有了点儿积蓄，便寻思着更换设备，扩大生产规模。2007年更换设备，固定客户越来越多，生意完全走入了正轨，没想到一场灭顶之灾悄然来临。

　　某次，由于工作人员的疏忽，小燕在毫不知情的情况下，用发了芽的麦子做成面粉，面条发出去，顾客们纷纷退货，连睡觉的地方都是退的货。她戏谑道，云阳的吃货们太精了，哪里的面粉做的面都能吃出来。那一次亏了两百多万，一下子把小燕打回"解放前"。常言说，吃一堑长一智，只要不放弃，一定会东山再起。从那次起，小燕严格把关原材料，精选河北、山东、河南的优质麦子做面粉，做出的面条软滑，柔韧，筋道，真叫一个巴适。敢打敢拼的冯小燕，目光紧随市场，捕捉瞬息万变的消费需求。她抓住现代人喜欢原生态的绿色食品，在重庆市渝北区古路镇开辟了一个八百多亩的生态果蔬基地，采用自家的蔬菜、水果，制作成了无公害的绿色挂面：胡萝卜面、芹菜面、香菇面、南瓜面，等等。又前往湖北，开辟了一个几百亩的花卉园，不但带动了一方经济，还做出了云阳小面的特色——生态花色挂面。

　　如今的连年发面业有限公司，是万州地区最大的面业有限公司。产品远销山东、湖北等地，更是重庆周边县城的抢手货。精明的老板还准备把渝北的果蔬基地开发成研学基地，让前去参观的人们体验采摘—和面—出面的整个过程，感受劳动的快乐！

　　谁说女子不如男！连年发的老板冯小燕，历尽千辛万苦，开辟出了属于自己的天地，让面条恒久地滋养你、我、他！

守　山

人一辈子做一件事容易，但把一件事做到极致很难。

——题记

初识渝峰乌天麻公司董事长张成生，是在一家咖啡馆。一副金丝眼镜架在他的鼻梁上，个子不高，瘦瘦的，话不多，有些腼腆，总是温和地笑着，像极了文弱书生。但说起乌天麻，他的两眼便会发光，话也不自觉地多了起来。

渝峰乌天麻标准化科普立体培育示范基地坐落在中国乌天麻之乡——云阳县农坝镇境内秦巴山余脉云峰山脉，不突兀，不巍峨，是连绵起伏的群山。山上长年雾气蒸腾，美如仙境。

有幸跟随张成生去农坝参观渝峰乌天麻标准化科普立体培育示范基地。车子在一处山梁的平坦处停下，整个山林郁郁葱葱，各种树木杂草在阳光下熠熠生辉，尽管太阳高悬，风吹过来，还是不由得打冷战。放眼望去，目之所及除了山林还是山林，没有想象中成片成片的土地，更没有成片成片的大棚。哪里有乌天麻的影子？

一行人顺着山势蜿蜒前行，首先映入眼帘的是一排排厚朴树，它们成行成队地直立在阳光中，宽大的叶子在风中飒飒作响。这些树生长了二十多年，夏天叶子茂盛，可以挡住阳光，而冬天的落叶覆盖在乌天麻上，起到保暖的作用，之后又会腐烂成泥，供给乌天麻营养。原来乌天麻就在树根下，无花无果。

　　一堆细土挡住了去路，张成生的话匣子打开了。1988年，他跟随大哥做药材生意，到1999年，积累了四百多万元资金，在一次贸易中，四公斤的乌天麻半年没凑齐，由此张总意识到乌天麻市场缺口大，利润高。但种子从哪里来？他想起了小时候，邻居们挖野生乌天麻的情景，老人们说夜晚顺着光就会找到。于是他整晚整晚在山头寻找，追寻那星星点点的希望之光，顺着光，终于找到了种子，张成生拿出了储备资金，承包了荒地，开始种植乌天麻。然而，多日之后张成生发现种下的种子不翼而飞，他反复观察，风餐露宿，原来是土地颗粒太大，感染了杂菌，腐蚀了种子，投入的资金也打了水漂。之后他白天追赶太阳，夜晚守候着星星，不断努力摸索实践，发现筛过的细土经过日晒雨淋，能种植种子，为了种子的成活率更高，必须在初冬或初春时节下种。选种、育苗、栽种，每一个过程都是漫长而艰辛的。贫瘠的土壤需要立体种植，于是张成生又种上厚朴、广香等植物，供给乌天麻需要的营养。

　　来到坡坎处，前面有两三平方米的平坦处，是传说中乌天麻会"跑"的地方，这也是当年发现野生乌天麻最多的地方。后来经过仔细观察，这地方的土壤比周围的土壤肥沃，周围落叶乔木多，然后经过分析研究，终于找到了更适合乌天麻生长的环境。

　　为了满足我们的好奇心，张成生蹲了下来，几根手指轻轻地扒开细土，小指粗的几块乌天麻露了出来，他仔细端详着，像端详初生的婴儿。这些乌天麻努力生长了四年，还得继续待在泥土里生长。张成生回填细土，说这样扒一次，对乌天麻的影响是非常大的，如果感染细菌，这一块的乌天麻就会被腐蚀掉。听着张总的话，我们屏住呼吸，生怕惊扰了乌天麻的美梦。土里埋藏的仿佛是一件价值千万的瓷器古董，那般珠圆玉润、灵动生辉，却又那么易碎。

沿着土路艰难地继续向上，一大片黄色的土地裸露着，我们仿佛瞬间走进了黄土高原。阳光干净明朗地打在黄土地上，山野变得热烈起来，仿佛尘土阵阵，金戈铁马。这一大片荒漠是采矿留下的残土，土质差，现在征用过来，需要精心培土，种植树木，改善土壤环境，等一切达到适合培育渝峰乌天麻的标准，则需要几年的时间，这将又是一场漫长的等待。

一路小心翼翼地前行，生怕踩到了脚下沉睡的乌天麻。

每一寸土地的收获都是血和泪浇铸的。

2008年的那场大雪，让张成生所有的心血都毁于一旦。望着漫天飞舞的雪花，他叫天天不应，叫地地不灵，无数的孤独和痛苦在心中奔涌。他在这白雪皑皑的山上坐了三天三夜，干还是不干呢？三天后下山，他双眼红肿，嘴唇咬出了一排排血印。一分耕耘一分收获，命运总是会青睐坚韧且有远大理想的人。2012年，张成生的渝峰乌天麻突破了三千万的销售额，事业有了起色，生命也有了底色。乌天麻不只是药用，还可以食用。富了不忘乡亲们，他免费教乡亲们育种、种植，并创办了公司、合作社、农户的一体化产业链，带动一方致富。登上云峰山的最高处，四周莽莽苍苍，乌天麻吸天地之灵气，日月之精华，自由呼吸，自由生长，没有化肥农药，没有人工添加剂。张成生讲述了规划蓝图，他会建一座旋转上升的亭子，让前来参观取经的人能看到整个基地的全貌，感受来自大山深处的简单、纯粹、葳蕤。

常言说，只怕不勤，不怕不精，只怕无恒，不怕无成。尽管一批又一批的专家否定了他这耗时又耗精力的种植方法，但他依然不忘初衷，追求纯天然，追求缓慢成精。他拒绝了所谓的大棚栽种、低温栽种的速成模式，他说这样种出的乌天麻和红苕洋芋没什么区别。

　　坚守，坚持坚持再坚持，做最良心的产品，不以营利为首要目标，谋求产业的可持续发展，是张成生的理念。众人沿着山路缓缓而下，每一步路都有一个艰辛的故事。我们行走在大山之中，张成生的讲述在风中回荡，幼年时家贫，他跟随乡邻们一起上山寻找乌天麻，用来治疗类风湿、头疼脑热等疾病。慢慢地开始贩卖药材，由于诚信善良，精干，结识了很多朋友，躲过了一次又一次灾难。做生意就是做人品，这是张成生一次又一次的感叹。

　　沿途大大小小的茅草棚，是他曾经守望的地方，几十年如一日地住在人迹罕至的荒山野岭观察、探索、实践、总结。如今功成名就的张成生依然没有停下奋进的脚步。为了方便食用乌天麻，他自主研发乌天麻复原切片机，保证营养不流失，每一步操作都精细周到，最终开发出粉末、片状以及能冲泡的乌天麻产品，方便又实用。

　　眼中有日月，胸中有丘壑。梦还在延伸，张成生不满足于现状，决心把种植技术和加工技术通过博物馆的形式展览出来。通过十年的选址，长江边上，一座占地二十余亩，总面积达一万七千多平方米的"渝峰乌天麻博览中心"赫然屹立。大厅布局是农坝的云雾山水，车道两旁是种植乌天麻的立体林，楼层之间偌大的坝子仿佛阡陌桑田，从云峰山上移来的石子静卧其中，守护着一方土，一方天，一方赤子之心。整个建筑设计处处体现着张成生的乌天麻情怀。

　　他坚定信念，守着诚信的本心和必胜的决心，同渝峰乌天麻团队一同前行。

绰约之光

我一直是怕老师的，所以看到有些孩子远远地见了我，然后绕道而行的时候，我总是微微一笑。

一个偶然的机会进了"四业汇公众号"粉丝群，在人才济济的大群偶遇了我的老师——丁宗灵。当双眼触碰到老师的名字时，温暖、欢欣、感动、感激，还有一丝紧张扑面而来。

我依然在屏幕后躲着，不敢正面跟老师打招呼。

小学三年级时，母亲把我从村小转到双坝完小。有一天，太阳火辣辣的，操场两头的大杨柳树都低垂着头，一动不动，蝉在树上使劲聒噪。一个高高的、瘦瘦的老师左手捧着《思想品德》，右脚踩在讲桌中间的木条子上说，你们要向丁宗灵老师学习，勤奋好学，有追求，有目标。我使劲睁开眼睛看了一眼讲台，眼皮和头一下子又垂下去了。过了几天，又有一个胖胖的老师站在讲台上说，我们学校的丁宗灵老师是最优秀的，边说边举起了大拇指，优秀在哪里，我不懂。后来才知道这两位老师是学校的向礼坤校长和高志成主任。

上四年级时，传说中的丁老师终于来教我们了，他穿一件军绿色的中山装，一双青色的布鞋，大踏步地走上讲台，笑起来眼睛像月牙，然后转向黑板，恭恭敬敬地写下"丁宗灵"三个字，然后转向我们，开始自我介绍，脸上始终带着微笑，看起来温和极了。我依然十分顽劣，除了早上第一个到校外，想想也没什么优点，我羡慕班上的其他女生个子那么高，像大人，会害羞，会努力学习，能随时跟老师笑眯眯地交谈，跟她们说一句话，我还得仰起脸。我只能像一条小泥鳅在同学们的身后或空隙中钻来钻去，同学们也总是笑着摸摸我的脑袋。

我总是早早地坐在教室里，不喜欢读书，而是看同学们从四面八方陆陆续续进教室，冬天，他们会穿着缀满补丁的棉袄，走进教室哈出一团团白气；夏天，他们会赤着脚，带着满身汗味，一屁股坐在板凳上喘气。丁老师呢，总是捧着一本厚厚的书，不时默看，不时诵读，还不时用眼角的余光扫视我们。我曾试图歪头去看书名，总是被丁老师逮个正着，只得缩回目光，装模作样读自己的书，其实书下面放的是小人书。老师总是收缴上去，过段时间又还给我。

讲讲阿炳的故事，讲讲岳飞的故事，讲讲司马懿的故事，丁老师还我小人书时，总是笑眯眯地坐在旁边，要我说说小人书里的故事。我立刻眉飞色舞，喜欢契丹族人头顶上的长羽毛，他们走路说话，那羽毛仿佛也跟着抖动似的……我天马行空，不管合不合老师的提问，记得小人书上的啥就讲啥。丁老师总是微笑着连连点头，然后摸摸我的脑袋。

同学们都端坐教室，认真听讲，只有我这个"小不点儿"坐在下面玩笔、玩墨水，弄得课桌上、手上、脸上到处都是墨水，偶尔也玩自己的头发，编三股抑或四股的小辫子。"扬梅同学，张指导员牺牲时念叨的是什么？请在原文中找出来。"我慌忙站起来，茫然地看看丁老师，又看看同学们。丁老师微笑着等了一会儿，走到我身边，轻声说："请坐下吧，好好听讲。"我重新坐下来，听到了同学们的一阵窃笑，抬头看到丁老师威严的目光正扫过同学们，说道："你们别笑，扬梅不小心打翻了墨水瓶，相信她是在认真听讲的。"黑板上，工整的板书赫然映入眼帘。

黑板上正中是课题《珍贵的教科书》，正下方是文章结构层次的板书，脉络清晰，一目了然。下课了，丁老师笑眯眯地走过来，拉着我的手出了教室，径直来到教师院子末端的食堂，舀了盆水俯身为我洗满脸满手的墨水，然后摸着我的头说，上课要好好听讲，每天天不亮上学，人又这么小，妈妈每天送来，还是辛苦的，你快点儿长呀！我那时有多小呢，反正小妹四五岁时穿着嫌小的花棉袄，我上四年级时穿上刚好。

因为不愿学习，顽劣不可教，所以怕老师。课余时间不论怎么绕道走，还是碰到了老师。

"昨天怎么没来上学？"丁老师拦住了准备绕道的我。旁边的同学嘴快："她在屋里作怪！""没有没有。"我把手捧在嘴边哈气，急了。"我们在拱桥那里，听到你哭的！"同学撇了撇嘴，信誓旦旦。我使劲拉扯同学的衣服，慌忙应道："我帮妈妈抓药去了。"丁老师眼里满是慈爱，他仿佛没有听到旁边同学的话，问了我一些家里的情况，然后摸摸我的头说，进教室吧。我为能想出这么好的理由暗自得意着，像风一样跑进了教室。作怪是家常便饭，尤其是冬天，稍微晚了点儿，我就大哭大叫，更不会去学校。这么不省心的学生，竟没有挨过一次打，丁老师仿佛从来都不会生气似的……

多年以后，金榜不能题名的我回到广阔的农村，开启理想中的田园生活。一个夏天的中午，去院庄乡政府找徐乡长理论提留款的事。路过文书室，看见一份文件右上角醒目地写着"丁宗灵签发"，一瞬间，丁老师那温和的笑脸，手捧书的身影，工整的板书从记忆深处翻卷而来。仿佛有一盏渔火闪烁在茫茫大海，抑或是浓雾中升腾起一星子光，在前方若隐若现，若明若暗。

我又重拾书本，追着灯光一路前行。当我也成了一名教师，才知道孩子们的谎话是不堪一击的，怎么能骗过大人呢？针对孩子们的有些谎话，我也会故意不当面戳穿，以维护他们那点儿小小的自尊心；也会在课堂唤孩子们不带姓的名字，让他们感受到来自老师的关心和爱护；会根据孩子自身的成长规律，加以合理的引导；会在早自习时间捧起书本，做他们勤奋学习的榜样……原来呀，我身上有那么多来自丁老师的影响，有那么多来自丁老师的温暖和精神。

岁月匆匆无痕，记忆深处的温暖恣意生长。那天老师在微信里问我是不是双坝的扬梅，温暖再一次袭来，相约待到空气清新、阳光明媚时相聚，多么希望再一次感受老师的爱，聆听老师的教诲。我忐忑又兴奋地等待着相见时刻的到来。

春天里绽放的笑脸

那天是春季开学不久的一天，下着大雨，到处还飘散着过年的喜庆味道。我们资助中心的两位同志去云安镇毛坝村毛坝小学了解孩子们因贫辍学、因病辍学的情况。

毛坝小学的校长招呼我们在学校办公室落座，沏好茶后，便焦急地诉起苦来。

"我们山村的学生，由于家长思想落后，物质条件落后，辍学的学生和准备辍学的学生很多。老师们每天放学后，不是去东家做思想工作，就是去西家做思想工作。看嘛，今天四年级又有一个小女孩没来。晚上放学后，班主任又要上门去做工作。"

听了校长的一番话，我们陷入了沉思，外面的雨也越下越大。过了一会儿，同事说道："看来这不单单是物质的问题，更多的还有思想上的问题。大人思想上不重视，孩子想继续学习很难，走，我们去看看。"

透过朦胧的雨雾，依稀可见农民们的春耕开始了，白茫茫的冬水田，像镜子一样零星镶嵌在麦苗和金色的菜花之间，那是为育秧苗准备的。地里覆盖着大片大片的薄膜，想必应该是育的南瓜苗、丝瓜苗、豇豆苗、四季豆苗、玉米苗吧！坐在车上，校长讲起了另外一个女孩的遭遇，老师天天上门去做工作、讲道理，那女孩父母就是不听，硬要女孩在家放羊子。说女孩子读再多书也没有用。有一次，班主任老师还和她父母大吵一架说，再不让

159

孩子上学，去政府告你们，侵犯了女孩读书的权利。他们这才勉强让女孩来到学校。我们听了，唏嘘不已。十几分钟后，车停在一幢小楼前。

"到了。"校长说。我们三人撑着雨伞向小楼走去。刚到地坝边上，隐隐约约听到一阵哭声。我们加快了脚步，屋里的对话传了出来。

"奶奶，谁叫你又让爸爸妈妈出门了？妈妈身体又不好。"一个小女孩的声音抽抽搭搭。

"不出门挣钱，你们俩姐妹读书哪个办？"

"那我就不读了，爸爸妈妈在家里好些。"

……

我们疾步跨上门口的台阶，只见一个八九岁的小女孩一边哭，还一边和奶奶侍弄簸箕里的春蚕。见我们到来，奶奶先是一愣，随即招呼道："校长坐嘛，校长坐嘛！"小女孩急忙擦擦眼泪，去左边房子里提出几把小凳子。

"孩子怎么不去上学了？"校长开门见山地问。

"家里一年的肥料，赶情送礼的，杂七杂八的开支，全靠儿子媳妇在外面打零工，儿媳妇身体又不好，长期吃药。

"巧儿看到家里困难，上学期就说，只要爸爸妈妈回来，不用那么劳累，她可以不上学。

"反正姑娘家长大了是别户的人，读那么多书也没得用，不读就不读。"奶奶七十来岁，有这种思想也不足为怪。

"巧宁，过来。"校长叫过小女孩。我们这才看清这个小女孩，比同龄人高点儿，一双大眼睛满是羞涩，脸上还挂着泪痕。

"巧宁，是真不想上学还是假不想上学？"我拉着小女孩的手问道。小女孩抬眼看了一下奶奶，接着又低下头说："奶奶总说爸爸妈妈出门受苦受累，就是为了我们读书。还说丫头片子读书了没用。我就想不读书了，爸爸妈妈也可以留在家，不用那么累了。"巧宁说到这里，泪水一下又出来了。

我们的心里涌起一阵无法言说的疼痛。雨已经模糊了屋外的所有事物，我们借故支开巧宁，想跟奶奶好好聊聊。

"孃孃，巧宁父母支持她读书不？"

"他们还是支持的。"

"嗯，您平时别给巧宁说太多，看到爸爸妈妈劳累，她有负罪感。要鼓励她努力学习，现在的社会飞速发展，将来没得文化，会寸步难行，您说是不？"

"不说远了，说近点儿。去买个巴油麸醋，不识字就不得行。"同事趁机说道。

奶奶若有所思地点点头，说："道理是道理，可……"

没等奶奶说完话，我们急忙说："现在是义务教育，不但不缴学费，困难的学生还有生活补贴，学校有免费午餐的。"

奶奶的眼睛里闪过一丝光。

我们随即叫过孩子："巧宁，跟我们去学校。如果有困难，我们一定会帮你的。"巧宁又看看奶奶，乖巧地点点头。

回来的路上，我们商量着跟政府联系，把巧宁家纳入建卡贫困户，这样，每学期都会有生活补贴。

春去秋来，巧宁在资助中心的帮助下读完了小学。

我们经常去巧宁家，有时候是送点儿学习用品，有时候送点儿米呀油的，有时候还给姑娘带上漂亮的衣服，各种补贴资助也按时给巧宁奶奶。小姑娘在学校学习努力，性格活泼开朗。

不知不觉，巧宁初中毕业了，个子高高的。由于妈妈患病，爸爸早就回到了家里，生活也是捉襟见肘。

孩子的中考分数可以读云师，一家人犯难了，读还是不读，又是个问题。读吧，家里实在困难，不读吧，感觉对不起孩子。

奶奶又发话了："巧儿这么大了，字也认得些了，干脆出去打工，好减轻家里的负担。再说去城里读书，花费大得很，怕是负担不起哦。"

听到这话，巧宁和爸爸妈妈都沉默不语。只有夏天的太阳火辣辣地照耀着整个山村。

我们去看巧宁时，太阳正当午，他们一家人正在犯难。见到我们，巧宁高兴地迎了出来，高高的个子，清清瘦瘦的，一头瀑布般的长发随意披散着，透出娴静和美好。

她妈妈因为患病，坐在一旁的靠椅上有气无力，爸爸眉头紧锁，只有奶奶一直在唠叨。我们见状，急忙给他们解读资助政策，去了云师读书，建卡生每学期有一千五百元的生活补贴，免学费，免住宿费，免教科书费。听到这里，巧宁爸爸紧皱的眉头舒展开了。

到了新学校，巧宁很快融入了这个新的集体，我们把生活费打在她办的卡里，经常去探望这位美丽的姑娘。听她的班主任讲，巧宁学习很努力，德体艺全面发展，音乐比赛、绘画比赛、舞蹈比赛，常常获得县级、校级的表彰。巧宁脸上总是挂着春天般的微笑。

端午琐记

　　每年端午节前夕，我和先生会去超市为家里的四位老人购物。今年也不例外，先生这段时间活太多，回到家里就不愿再挪步，遂我一个人去了超市。

　　超市的粽子摊前，人山人海，我照例不去买这个。四个老人不懂端午吃粽子的含义——纪念屈原。他们说，就是冷糯米饭，难吃，拜托你们别买这个。屈原是楚国皇族，楚怀王不辨是非，听信谗言，被逐出郡都，沦落汉北，一代名士，在五月初五这天，忧愤投江。后人仰望其精神，每年这天，吃粽子以示纪念。我也不会把这么高深的道理讲给他们听，他们一辈子纯朴的言行里也若隐若现这种精神，就不必在形式上勉强四位老人了。

　　站在琳琅满目的糕点前，认真挑选老人最爱吃的蛋糕、面包。今年就只给公婆买，我的父母去重庆好些时日了。

　　委婉拒绝了诗联的活动，我本是一个不喜热闹的人。先生说去院庄（公婆住的地方），本该去的，想想先生还要回单位加班，再加上心情郁郁的，也拒绝了同行。

　　以前这个时候，我们会早早起床，先去婆家，再去娘家。娘家住大山深处，每天日出而作，日落而息。父母身体硬朗，乡村辽远空阔，无论小城有多少浮华，回到父母身边，那些喧嚣，那些炫目的肥皂泡就会变成一粒粒尘埃，落入大山广阔的怀抱，沉寂，融入，直到看不见。我的心也在袅袅炊烟中恬淡安然。

母亲会在端午节前，大秧还没打农药的时候，背上背篼，割艾草、石菖蒲、车前草、笔筒草、过路黄、夏枯草、冷草等，然后洗净、剁细、晒干。母亲说，端午前后的草药，药性是最好的。我们端午节去的时候，母亲早已把这些草药，用大塑料袋装好，藏好了。一个夏天，我们都会喝母亲自制的凉茶，醇香清冽，苦中有甘甜。

前些年，父母搬离老家，中间有好些年没制这种凉茶。近年来，听说先生荨麻疹，母亲又背起背篼，去早已没有路的老家找药。母亲千辛万苦地把几大口袋干草药拿来时，我竟嫌弃说：这么多，放哪里？遂放在房子的角落。母亲千叮咛万嘱咐，一定要天天熬、天天洗。给先生熬水，洗了一段时间，感觉没有效果，遂提出去扔了，像随手丢的垃圾。没曾想过，那是母亲的爱、担心和牵挂。

窗外切割铁器的声音，让气温陡增几度。我给父亲打了电话，父亲说，母亲病好了，放暑假就回双坝。我知道，母亲这时候一定在父亲身旁，侧着耳朵听我说话。但我也不知道该单独给母亲说什么，我也不知道我和母亲为什么还有疏离感。我嘱咐他们注意身体之后，便挂了电话，遂拿点儿零钱，去买端午蒿。卖端午蒿的一般是老人，不会用手机收钱。

往年楼下人行道上就有，今年左右张望，半天都不见卖端午蒿的踪迹。后来，遇到九楼一位嬢嬢要去富正，遂跑去请嬢嬢帮我带一束。

嬢嬢一头短卷发，黑底白花的棉绸衣服搭配了一条白裤子，松松垮垮，遮着微胖的身子。

"嬢嬢，去富正呀，帮我带一束端午蒿嘛！"

嬢嬢怔怔地看了我一眼，我们确实不认识，只在电梯里遇到过，我把钱递过去，嬢嬢急忙摆手："莫给钱，莫给钱！看带得走不！"说完，便离开了。

我讪讪地站在栏杆边。

"雷老师，她带不？"一个黑黑瘦瘦的大爷问。

我笑了笑，不回话。

"这个老娘怪哦，还是某某单位的退休职工。素质也差，经常看到她往外面扔东西，上次我还和她吵了一架。她老公说，别和她计较，她有神经病。"

"哦！"我轻轻应了一声，原来素质还真的和文化无关，看来带端午蒿这事，也别指望了。我自己也是，素不相识，人家凭什么帮你带？即使认识，这麻烦人家的事，也是不妥的。转念一想，不麻烦又怎么能相识？想到这里，自己也不自觉地笑了一下，便回到家里。

晚上，正在看书之际，忽然响起敲门声。我开门一看，九楼的孃孃左手拿着一束端午蒿，右手提着一袋桃子。

"孃孃，您带回来了呀？怎么知道我住十七楼？"

"嗯，拿去！楼下栏杆边的人说的。"孃孃说这话时，脸是冷的，目光也是冷的。我急忙回身拿钱。

孃孃把桃子和端午蒿递给我，说："哪个要你的钱哟！"声音还是冷冷的，说完转身就走。

我拿着桃子和端午蒿，目送着孃孃的背影，像极了我的母亲。

老　黄

　　老黄来自耀灵一个偏僻的小山村，七十多岁，干瘪的脸上沟壑纵横，浑浊的眼睛总是被一管旱烟吐出的烟雾遮掩。他常常身着橘黄色的工服，拿着撮把子和扫把，佝偻着腰坐在我家楼下人行天桥的铁栏杆上，这铁栏杆是用来挡各种机动车辆的。夏天，小区有叔叔孃孃坐在栏杆上歇凉，老黄听他们聊天八卦，虽然不搭腔，偶尔也会露出微笑，倒也显得不落寞。冬天，寒风凌厉，小区的叔叔孃孃都烤着火，蜷缩在家里。老黄工作之余，还是会经常坐在栏杆上，一是为了歇腿，二是为了便于工作。我看到冰冷的铁栏杆，心不由得紧缩一下，寒光浸骨，常常是漠然地走过他身边。

　　昏黄的路灯打在人行道上，路上偶尔有几个晚归的行人。我刚跳完舞，热气腾腾的，看到老黄一年四季都会来这里坐坐，很好奇，便坐下来试着和他搭讪。

　　老黄有点儿受宠若惊的样子，不好意思地笑笑。连忙把扫把、撮把子放立一旁，伸直双腿，从左边裤兜里掏出烟叶，右边裤兜摸出一张纸准备卷，忽然又停下了。

　　"老师，你怕闻烟味不？"

　　"不怕，您抽，我是闻着奶奶的烟叶长大的。"

　　"那好！"老黄边卷烟叶边说，"这叶子烟是老婆子专门在老家栽种的，我好这口，结婚几十年，年年种。"说到这里，老黄的眼里满是温柔，凹陷的双颊还有一丝羞涩。

"你晓得耀灵那个地方不？我老家跟万州接界，那地方漂亮得很。"

"晓得，晓得，您这么大年纪，完全可以不用干活了。"

"这活不狠，每天下午 5 点到晚上 9 点，从财政局门口扫到卧龙桥前面一个站。"

"您吃饭没？"

"扫完了回去吃。"

"家远吗？"

"住儿子家，不远，照屋。"老人取下旱烟，努努嘴，"看嘛，就在对面，没亮灯的那间就是。"

"这么近，回去吃了来呀，大冬天的，多冷。"

"不饿，习惯了，一展脚有些不自觉的人又到处甩。对了，我得去看看了。"

老黄立即起身，目光左右逡巡，向卧龙桥那边走去，不一会儿工夫，又从对面回来了。

他顺势坐在原处，口中喃喃自语，那边才去看，又有了很多垃圾，柚子壳呀、广柑壳的。他眼神忽然变得空洞起来，迷茫地看着前方公路。

"我是前年才来这里的，以前一直在老家，那里山清水秀的，空气好，和老婆子一起种点儿田地，养点儿鸡鹅，每年还喂两头猪。几十年住的地方，乡亲们也熟络，哪家有个大事小情的，只要吆喝一声，全都聚拢来了，住起安逸。"说到这里，老黄的眉头往上挑了挑，眼里泛起光芒。不过瞬间眼皮又低了下来。

"老婆子有关节炎，冬天不能沾冷水，不知现在咋样了。衣服总是她在屋里用热水涮了，我再提去堰塘里清洗，她在旁边指挥。我也跟对门那老哥子老嫂子说了的，互相照应一下，年轻人都不在家里。"老人自顾自地说着。

"可以把孃孃接来呀，或者您又回去，这个很简单呀！"

"唉，说来话长，我就一个儿子，是个木匠，前几年在城里买了房，儿媳妇专门带孙子读书，生活还过得去。我们一直在老家，种点儿粮食，不打农药，不上化肥，吃着放心，所以经常带出来，儿子一家三口没买过粮食，这日子过起还是安逸哦！"老黄喋喋不休。

我有些冷了，站起身，跺跺脚说："黄叔，你再看一圈就回去吧，现在行人稀少，垃圾也不会再有好多了。"

"得守到9点钟，人家给了工资的，得到点才行。"他顿了一下说，"你晓得我姓黄呀？"

"晓得呀，您在这里很久了，上次您跟一个乱丢垃圾的人吵架，当时我在场呀！"

"有点儿不好意思，那个女人趴栏杆吃瓜子，刚扫了又甩，我气不过。"老黄忽然不说话了，叹了一口气。

"不晓得孙子的情况怎么样了。要不是孙子生病，我也不会来城里，唉，才十岁呀，真是作孽，就得了莫子癌症。上天不长眼，我这把老骨头可以得的，怎么就在孙子身上呢！孙子又乖，成绩又好，原来在冯老师班上读书。"我怔怔地看着老黄，他眼里有泪光滑过。

"以前我们一家五口人过得多舒心呀！儿子一直在建筑工地做木工，自从孙子生病，儿媳妇在重庆儿童医院服侍，儿子也放下手头的活路，在重庆打零工，不敢走远，孙子化疗时要儿子帮忙。只是这孙子的医药费、手术费差点儿把我们压垮了，不过，钱是小事，只要孙子的病好了，其他都是小事。老婆子在老家种点儿粮食，吃的可以不用买。我来给儿子照屋，家里冷清清的，寻思着减轻点儿儿子的负担，便做起了清洁工。"

老黄又卷起了旱烟，这烟味挺重，呛得我连连咳嗽，他不好意思但又舍不得扔掉，使劲叭叭几口，便在地上使劲压了压，弄熄了。

风吹过来打在脸上，生疼。冬天的晚上8点多钟，早已没了行人，路灯下有些发白的马路沉重起来。

"老家隔壁两个老的，都是七十多岁的人了。儿子很有出息，在重庆市区上班，很忙。前几年那老婆子带孙子去了，留下那老汉一个人在家。饭是有顿没顿的，衣服总是穿得脏得很，整个人像根蔫茄子，最后干脆在我家吃饭，我们帮洗衣服，经常找他聊天。我还经常半开玩笑半认真地说他，什么时候死了都不晓得。没想到我们现在也过这样的生活。"

老黄像是对我说，又像是自言自语。有几家的老人不是这样呢？为了儿孙，做牛做马，老了还要两地分居，互相没个照应。常言说，少是夫妻老是伴儿，硬生生地把老人分开，似乎有点儿残忍，但儿女们确实有这样那样的困难，也是迫不得已。中国老人从来都是无怨无悔地付出，仿佛也成了理所当然。

到点了，老黄拿着扫把、撮把子，佝偻着腰，蹒跚地走在回家的路上，路灯拖下他长长的影子，留在干净又寂寞的马路上。

清　风

窗外雷声隆隆，雨一阵紧似一阵。缤纷落红裹着雨滴，化作春泥，那是最后的欢喜和奉献的欣慰。苍碧的大树在雨中抖动着，透着勃勃生机，仿佛夏天快马加鞭地到来了。

在这个暮春的午后，我坐在陈安祥侄子的对面，听他娓娓讲述已故县委书记陈安详的故事。

我的伯父陈安祥 1928 年 9 月生于千丘北建楼。祖辈是贫苦农民，伯父是长子，下还有兄弟姐妹共六人。家庭的重担让他过早地体会到了生活的艰辛。祖母竭尽全力，送他读书。伯父品学兼优，还写得一手好字，高小毕业后去老县城货店当学徒，凭着勤奋和努力，后来当上了青年干事。

1978 年至 1983 年，他任云阳县委书记。在职期间，他严格要求自己，克己奉公，从未以权谋私。

他常常告诉我们，权力是责任，是担当，是组织的信任，是用来为民造福的，而不是用来谋取私利。人这一辈子很长，万事得靠自己去拼搏，去奋斗。在职位上只有一阵子，做人却是一辈子。

他是这样说的，更是这样做的。

四叔当了八年兵，退伍回来，拿着部队的介绍信去县里找到大伯，想让大伯安排工作，不料大伯眉头一皱，神色冷峻，说："你去找组织部，听从他们的安排。如果组织有困难，安排不了，回到农村也是一样求衣食。只要勤奋，哪里没有饭吃。"听了大伯的一席话，四叔仿佛在寒冬里被泼了一瓢冷水，身体瞬间僵住。他忍住即将掉下来的眼泪，转身离开。从此以后，大事小情他再也没去找过大伯。

大伯有他的难处，几个叔叔后来也慢慢理解大伯了。退休后，他才回到亲情当中，兄弟姐妹经常聚在一起，其乐融融。

幺叔偶尔也念起当年他想开拖拉机的事。开拖拉机比干农活轻松，还能赚钱。幺叔想让大伯给当时的公社书记打个招呼，让他去学习驾驶拖拉机，但知道大伯原则性强，不敢贸然前往。于是在一个初春的周末，幺叔带上祖母，跋山涉水，一同去找大伯。他知道大伯最听祖母的话。见到祖母，大伯十分高兴，急忙去箱底拿出一张肉票。那天晚上，一家人高高兴兴地坐在一起，桌上有一年也难见一次的酸菜炒肥肉。祖母见大伯高兴，趁机提出幺叔想学开拖拉机的事。不料大伯脸色瞬间阴沉下来，过了好一会儿才说："妈，我是领导干部，要以身作则。我自己都歪了，还怎么去要求人家。您也别为难我。开拖拉机的事听公社书记、大队干部的安排。小弟年轻力壮，干农活也吃得消，在农村多锻炼有好处。"祖母虽然生气，但也觉得大伯说的有道理，便不再吭声。幺叔碰了一鼻子灰回来。大伯不打招呼，幺叔自然也没学到驾驶拖拉机的技术。

这些仿佛不近人情的做法，让家里人对他颇有微词，认为大伯是当了官忘了本，忘了血脉相连的兄弟姐妹。

我是大伯最喜欢的侄儿。小时候去他家，大伯总是把最好吃的留给我，而自己却舍不得吃一口。他常常是对我说，多吃点儿，正是长身体的时候，此时的大伯，完全没有了严肃和冷峻，而是满目慈爱。仗着他对我的喜欢，心想他不帮叔叔们，总得帮我。初中毕业后，我兴高采烈地找到大伯，希望给我安排一份轻松的、吃商品粮的工作。不料大伯语重心长地对我说："年轻人要学会吃苦，要勤奋，生活没有捷径可走。你去盛堡酒厂挑砖，这样可以锻炼身体，还可以培养韧性。"我无言以对，希望瞬间从繁星闪烁的天空滑落到无底的深渊，这当头一棒，让我带着伤心、怨气、愤懑回到千丘，从此开启了我的农民生涯。

大伯不但"负"了家里人，他更是坚守初心"负"自己。

记得有一次，我正在他家吃饭，忽然门咚咚咚地响起来。伯母正准备起身开门，大伯示意伯母坐下，他自己轻轻打开门，然后走出门外。门口站着一个四十多岁的男人，头发向后梳着，一丝不乱，双手提着几个礼盒，大概是烟、酒、茶叶、营养品之类的，还有一大块新鲜猪肉。见到大伯，来人笑吟吟地说，我来看看陈书记，说着准备进门。大伯挡住他，严肃地说："东西拿回去，有什么事情，明天去办公室找我。合理合法的事，一定办。不合理的事，坚决不办。你先回去。"大伯说完，便转身回屋，并强行关上门。重新落座后对伯母嘱咐道，无论什么人到家里来，你都不要接待，更不能收受人家的东西，"贤内助兴夫兴国荫及后代，贪内助害夫害国殃及子孙"。

大伯退居二线时，国家照顾老干部，可以申请一套福利房。大伯说，我有住处，把房子给需要的人吧！他常常说，人这一辈子，每天吃三顿饭，睡一张床，要那么多干啥，物多心累。

仰不愧天，俯不愧地，内不愧心，但他还是"愧"了千丘的父老乡亲。

大伯在任期内，云阳要修一条到奉节的路。千丘乡的干部找到大伯，希望路从千丘通过。"要想富，先修路"，大伯更明白这个道理，他也希望能为千丘人民做点儿事情。但他指着地图，对到访的乡干部说："从南溪到奉节路线要短些，可以节约财力、人力、物力。我们不能以一己之私而损害国家利益。"乡干部和千丘的乡亲们虽然有颇多不满，但也深明大义，表示理解。

　　此时，窗外的雨不知什么时候停了，一股清新的带着青草和泥土的味道涌进窗户。

　　我带着无限的敬仰起身告辞，一路上，雨后的万物明净，陈书记的故事伴着我一路向前。真是"为官一任两袖风，留得佳话共水长"。

毛　哥

　　我常常在黄昏时候经过毛哥的鞋摊。在新世纪旁的巷口边，那个不足两平方米的地方，堆满了各式各样需要修补的鞋，红的、黄的、白的、黑的、绿的，在华灯初上的街头，泛着柔和的光。

　　每每见到毛哥，他总是坐在巷口的梯道上，系着蓝色的打了补丁的围裙，灯光照着他浅浅的灰白的头发，看不清他的脸，他正埋着头，右手拿着小锤，左手拿着鞋，不紧不慢地钉着鞋跟。抑或是右手拿着一把小刀，左手拿着一块垫鞋的皮子，轻轻地打磨着皮子的边缘，专注而安详。灯光在街口拖出他瘦瘦弱弱的身影，行人踩着他的影子来来往往。只有毛哥在城市的一角安静地唱着属于自己的歌。

　　第一次听说毛哥，是办公室的一位老师，那种敬佩和赞叹溢于言表。我听得睁大了眼睛，刚好我也有一双鞋坏了，趁中午休息时，便怀着试试的心情去他的鞋摊前，给鞋跟加固。正午的太阳火辣辣地烤着这座小城，行道树耷拉着脑袋，喘着粗气。毛哥依然坐在鞋摊前，不时用袖子擦拭额头的汗珠。"吃饭没？""没呢！""那你先吃饭吧！"说完，我放下鞋，准备进商场蹭会儿冷气。他抬头看了我一眼，说："没事的，这么热，修好了你可以早点儿回家。"说完，拿起我的鞋子看了看，看没什么大问题，然后抱歉地对排长队的人说："对不起，她这鞋就钉一下跟，很快的，提前给她修一下，这老师要赶回去上课，请你们多等一会儿。"听到这话，我也实在不好意思，赔着笑脸跟排队的人说声对不起。其实他们都挺忙的。毛哥急切地在包里翻找出小钉子，仔细地钉起来，然后又仔细看了看整双鞋，拿出胶水粘了粘边，这可是我没要求的呀！我默默地看着他忙碌着，这双鞋在他手上就像一件心爱的宝物，他拿出毛巾轻拭着鞋上的灰尘，又反复看了看，然后才递给我。我拿出十元钱，不料他双手挥舞，不要不要，这点儿小活，又没费材料，收什么钱！我十分惊愕："这怎么行，这么热的天，得给钱。"他推托得有点儿生气了，我只好收起钱，温暖和感动油然而生。再环顾四周，只有他的摊前有修不完的鞋，人们撑着五颜六色的太阳伞，排着长长的队伍安静地等待着。也许，这些人，也如今天的我，受过他的恩惠吧！

昨晚9点跳舞回来，破天荒碰到早收摊的毛哥。天哪，原来他是残疾人，一只脚拖着另一只脚，在人行道上慢慢地走着。我禁不住走上前，跟他搭讪一会儿。原来，毛哥的老家在云峰，小时候因为犯病落下了腿疾，倔强的毛哥不向命运低头，认真地学习修鞋技术，早些年在乡下场镇上生意萧条，不能养活两个嗷嗷待哺的孩子，毛哥望着高高的大山，一咬牙搬进了城里，靠着娴熟的技术和人品得以安下身来，没几年就在城里买了属于自己的房子。大街上依然车水马龙，灯火依然辉煌，他用这残缺的身躯供出了两个大学生，让卑微的生命活出了自己的尊严。他的灵魂已充盈到大街上的每个角落，与灯火交相辉映，映照着夜幕下那些华丽的衣裳，荒芜的灵魂！

校园深夏有馨香

这深夏的清晨，还有些许凉意，我穿过朝霞染红的时光，缓步走进校园。校园像一本打开的书，坐落在草木深深，鸟语花香的龙脊岭公园旁边。

假期中的校园，宁静又喧哗。

整个校园静静地沐浴在晨光中，缓慢且深深地呼吸着。空荡荡的教室，空荡荡的走廊，孩子们的欢声笑语，琅琅书声随着假期的到来像一缕缕炊烟，随风飘散。这辽远的清寂把蔚蓝色的天空推得很远，偶尔有几片白云晃荡来晃荡去，一副闲散无依却无畏的样子。站在校园的走廊上，大树浓荫蔽日，墨绿色的树叶挨挨挤挤，重重叠叠，它们的呼吸丝丝缕缕，纵横交错，带着清晨的潮湿。那袖珍的淡红色果实掉落在地上，仿佛掉在软皮鼓上发出的皮实的砰砰声。微风吹醒小鸟的梦，它们抖抖翅膀，清清嗓子，像一声叫卖的呐喊，温润润湿漉漉的。宁静的校园在鸟鸣声中摇曳了一下，随着鸟鸣的收紧重又安静了下来。满天星卧在台阶旁的花坛里，一小朵一小朵，兀自精致小巧。它们仿佛舍不得浪费一丁点儿时光，四季都打开淡紫色的花瓣，向着阳光雨露，甚至向着雨雪风霜。直到有一天，我俯下身，看到它们也会凋零，只是在凋零的花朵旁边又开出一朵朵淡紫色小花。这生生不息的生命不诉说，不张扬。我要有着一颗怎样谦卑而丰盈的心啊，才能听见它们内心的从容淡定，才能听见微风和它们的低语，才能看见月色泼水般涌向它们，才能看见它们微闭着双眼，任一只蚂蚁爬过它们美丽的脸庞，通向觅食之路。我择一台阶，轻捡落叶，就像捡起我朴素的从前、现在，以至于将来，然后轻轻坐下。台阶透着凉意，用刚刚好的温度安抚着深夏的飘浮的躁动。我双手托腮，微眯着双眼，听自己的呼吸和心跳，把自己融入校园，融入这安静而辽阔的时光中，一呼一吸间似有莲影缓缓铺开，从身体慢慢溢到台阶，走廊再到整个校园，一霎时整个校园荷香涌动，荷叶葳蕤，闭目便有诗句"接天莲叶无穷碧，映日荷花别样红"，在一池清荷里滚动。天际蔚蓝，我仿佛化身一朵席慕蓉笔下的莲：

　　我是一朵盛开的夏荷

　　多希望

　　你能看见现在的我

　　风霜还不曾来侵蚀

　　秋雨也未滴落

　　青涩的季节又已离我远去

　　我已亭亭

　　不忧

　　亦不惧

　　……

　　这个你是谁？它应该是月光、大海、蜻蜓、蝴蝶、露珠，一切美好的事物，不然，怎么配得上恬淡柔韧，不忧不惧。闻夏而灿烂的莲呢？风拂影动，莲香四起，我轻轻地起身，轻轻地穿过走廊，一扇打开的窗户里，那沉思的身影，倒映在这本摊开的书上，在一池荷影里，播种着智慧的种子。从翻书的哗哗声里，拣出那些过去的、陈旧的字句，怎样重新铺展排列，怎样组合，才能打開一个全新的春天？智慧学园，文化乐园，生态花园，三园理念需要多少个不眠之夜？需要多少智慧和汗水去开发，去浇灌？我们唯有做好自己，努力向前，守护好每一个学生，心事如莲，行动如猛虎，方可成行，方可不负暑期里茕茕孑立的剪影。路已在脚下，未来已来。我不忍打搅，轻轻离开那扇窗，晨风送来暖暖的话语，他说，你们做真实的自己，我们不会亏待任何一个勤奋踏实的人。他说，看到老师们躺在椅子上午休，我忍不住掉眼泪。他说，为了学校的发展，我尽全力去做每一件事，想你们所想，急你们所急。仅仅用几天的时间，熟悉了一百多个老师，用几天的时间，熟悉了书中的各个章节。注入的新鲜血液让书页里的文字一点一点鲜活起来，装空调，整理臭水沟，每一次改变的背后是无声的辛劳。他眉眼向情怀，我看到智慧的种子正在书中破土发芽。我从一扇窗移到另一扇窗，那是另一个他的身影，他说，我简单做事，简单做人，心怀感恩。大道至简，便是做人做事的最高境界了。他刚刚上任，便一心扑在学校的具体工作中。一帧帧智慧的剪影啊，在阳光里跃动，书海里升腾起无数个绿色的希望。

　　缓步轻移，小鸟已经完全醒来，它们在枝权间啾啾鸣叫，跳来跳去。

　　一群孩子推开校门，犹如莲花盛开，热闹和喧哗在校园里冉冉升腾。他们在操场上，在篮球架下，忽左忽右，跳跃腾挪，前后躲闪，像一朵朵会呼吸的黄色花朵，在阳光下尽情绽放。少年，青春，活泼，热情，梦想像一簇簇箭矢，从这本打开的书里发出。几个工人也疾步跨进校园，查看、检修、整顿，为校园的新颜挥汗如雨，叮叮当当的敲击声和着孩子们的击球声，奏响了校园的晨曲，高亢激越，催人奋进。

　　风动一池莲香，莲动一窗剪影，夏日深深，花影灿灿，日影正长，校园正在蓬勃生长。

178

小谭扶贫记

车在崎岖的乡间公路上蜿蜒前行。公路尽头，一大片玉米在盛夏的烈日下泛着绿色的热浪。打开车门，脚刚触到地，热气带着湿气就从脚心蹿到头顶。昨天下了一场雨，地面还有些潮湿，小谭熟练地穿过一条便道，来到一户农家院子。两层青砖小楼，几步梯道直通堂屋，屋前地坝晒着金黄的玉米。一阵狗吠声，大门吱呀一声开了，一位老人出现在门后，花白头发下的一张笑脸，在阳光下泛着油光。我不知道是叫她嬢嬢还是姐姐，小谭说叫嬢嬢吧，七十八岁了。啊！老人的脸光滑细腻，几乎看不出什么皱纹。见我们到来，嬢嬢急忙搬出板凳，招呼众人坐下。

"苞谷掰完达不？"

"梁上那块地里的苞谷栽得暗（晚），才冒头道须。"

"哦，还有嫩苞谷吃。"小谭微笑着。

嬢嬢的老伴儿也是一位精神矍铄的老人，我们叫他叔叔。他拿着旱烟也坐了过来，眼睛眯成一条缝。

"今年听了你的一些建议，猪圈开了窗，每天打扫，隔个十几天消消毒，三条猪也肯长，鸭关到那边阴凉处，也不起瘟病，那两只白色的母羊也下了崽。"叔叔边说边吧嗒口旱烟，"那头耕牛生病了，多亏你说的药方，熬了几大锅汤药，没几天就好了！"小谭不好意思地笑笑，连忙说好了就好，好了就好。

"现在非洲猪瘟肆虐，您要小心一点儿，别买新鲜猪肉回家，别去疫区走动，少串门，勤消毒。"小谭嘱咐道。

"要得，要得，我们养了猪，一年四季很少称新鲜肉吃，怕给猪带来瘟病。你周到又细心，看到你来，我和老伴儿高兴得很，生活真是越来越好了。"叔叔絮絮叨叨地说着，顺手在石梯上磕了一下烟灰。

"小谭小谭，昨天落大雨，老汉的屋漏了，如果再落大雨，屋垮了是要找你们的。"我抬头一看，一个三十出头的女人端着筛子从右边梯子走了上来，看到小谭，大声喊了起来。

咦，这是什么逻辑？我眉头一皱，不由得多看了几眼这个年轻的女人。

小谭爽朗地笑着，走，上楼去看看。这是幢预制板砖混结构的房子，建好十多年了，涂料刷过的墙有些斑驳。我们爬上楼顶，依稀可见水痕，雨水应该是从预制板接缝处漏下去的。

"是嘛，外面大落，屋里小落，屋垮了把我老汉打死了，看你们负得起责不？"年轻女人不满地说道。

小谭满脸笑容："没得那么严重，明天我弄点儿水泥来敷一下就行哈。"

"不麻烦小谭，幺女儿，莫乱说！漏点儿雨算莫子嘛，晴了弄点儿水泥敷一下就行了，别什么都找政府，各人能解决的事各人解决！"叔叔有些生气。

小谭拍拍叔叔的肩膀，看着叔叔的女儿，半开玩笑半认真地说："你还没得你老汉觉悟高，你看你，长得漂漂亮亮的，书读得不少，这样的话你也说得出来哈。"大家边说边笑边打趣。

"是嘛，想起那时候，房子垮了自己修，还要给什么改建费。现在政府什么都想到我们，我们还是要知足嚷，好脚好手的，什么都伸手找政府要，跟叫花子有啥区别。人活起尊严就没得了。再说了，自己不努力，永远也不能真正脱贫。把政府的帮扶留给那些真正需要帮助的人噻！"叔叔继续说。

"啧啧，这觉悟！"一旁的我不由得竖起大拇指。

地坝边上的瓜蔓葱茏，黄的、青的瓜横七竖八地躺着。丝瓜架上的瓜一根一根悬垂着，蜜蜂在花丛里飞来飞去，蜻蜓、蝴蝶在盛夏的阳光下翩翩起舞。

小谭起身，握着叔叔的手说："好样的，得号召大家向您学习，自立自强才是脱贫致富的根本。我先走了，去谯伯伯家看看。"

"谯伯伯，谯伯伯，在家不？"小谭面向一幢二层小楼，大声问道。"在的，在的。"楼上探出一个花白头发的脑袋，慈祥的脸上布满皱纹，"小谭来了呀，我马上下来开门。"

谯伯伯七十多岁了，他笑眯眯地打开门，堂屋里，稻草做的架子上结满了蚕茧。

"这是几季蚕？"我有点儿好奇。

"三季。"

"一年可以喂几季？"

"桑叶差点儿，可以喂四季。今年雨水好，再加上去年冬天小谭帮忙把桑树枝修剪得好，桑叶长得好，可以喂五季。"

"一季茧子可以卖多少钱呢？"

"千多块。"

"哦，五季就可以卖五千多块了哈。"

"是的，是的。"老人边回答边点头。

去房前屋后巡视了一圈的小谭回来了。

"谯伯伯，您鱼塘的浮萍多了，怕鱼缺氧泛塘，把舀子拿来，我去弄浮萍。"小谭从谯伯伯手中接过舀子，卷起裤腿，站在塘边来来回回舀浮萍。太阳毒辣辣的，小谭额头的汗珠落到塘边的水泥地面上，瞬间不见了。黑色 T 恤湿透了，他索性脱了衣服光着上身。

"麦麦蚊（一种吸血小飞虫）多哈，那边树枝多注意哦，咬了不得了，又把荨麻疹惹发了怎么办？"他似乎没听到我的唠叨。无奈之下，我准备拍两张干活的照片，他大声喊莫拍，凶神恶煞的样子又来了。我还是打住，惹不起还躲不起。

太阳明晃晃的，小谭从东头舀到西头不知跑了多少圈，看看差不多了，然后去东头的堰上把清水引过来。

"快来给我挠一下，好痒。"小谭龇牙咧嘴。

"提醒你不听！"我埋怨道。小谭转过背，满背红红的小疙瘩。轻轻抓了一会儿，他便招呼我一起回谯伯伯家。

"你这娃儿，这么大的太阳，来，吹吹风。"谯伯伯急忙搬出电风扇。

嬢嬢端出了一盆热水，拿来香皂，叫我们洗洗脸。

"今年的鱼大概有多少收入？"

"两个鱼塘，保守估计五六千块钱还是有的。"

"那好，现在正是高温多雨天气，天天去看下，加强水质管理，发现水体过肥（浮萍多，就是水太肥了），要及时加水，改善水质。控制投喂量，鱼类在吃饱后机体的新陈代谢会加快，消化大量氧气，容易出现浮头现象，另外投喂的饵料一定要在傍晚。此外，不要将饵料过夜，防止夜食，如出现不良的天气，要及时停止喂食，把投喂的饵料捞出，及时增氧注水。"

小谭仿佛成了养鱼专家，一席话让我吃惊不已。

"看看您腿，还肿不？"

"消了些，现在好多了。"

"别太劳累，注意合理休息。"小谭边说边从包里拿出两瓶复方丹参滴丸和一瓶硝酸甘油，"不舒服了可以按说明吃点儿，然后再呼叫120，记住没？"

原来谯伯伯患肺心病多年，这两年身体每况愈下，三天两头跑去住院。正聊着，两碗荷包蛋便端上来了。

"孃孃，您太客气了，我们又不饿。"

"这么辛苦，娃儿，喝口茶的个。"

"我还要去村办公室，向村干部了解一下村民们有没有新问题出现。"

"再忙也吃了走，耽搁不到好长时间。"孃孃有些急了。

我探头一看，哎呀，一碗四个蛋，只好看了看小谭。小谭不作声，径直去厨房拿来两个碗，一碗分两个出来。

伯伯孃孃在我们的再三推辞下，只得端起了荷包蛋。温馨幸福在荷包蛋里扩散，蔓延到屋外的瓜架上，被高调的蝉大肆宣扬。

阳光雨露润明珍

　　"噼啪噼啪……"一阵阵鞭炮声在龙洞镇朝阳村的一个院落里响起。

　　前来道贺的亲朋好友个个喜笑颜开。

　　"恭喜恭喜，这孩子出息了。"亲朋好友口中的这孩子，就是前几天接到北京大学录取通知书的王明珍。孩子瘦瘦高高的，戴着黑边眼镜，穿一件白色T恤，正在腼腆地和父母一起忙前忙后，招呼着客人。八月底的阳光还是火辣辣的，平时听着让人烦躁难耐的蝉鸣，今天听来，格外悦耳动听。正为这喜庆的日子高歌着呢！

　　"汪汪汪……"村口又一阵狗吠，道喜的人们停止喧闹，再一次向村口张望着。一辆黑色轿车停在院坝里，车上走下来两个人，笑呵呵地大声嚷道："王明珍，恭喜恭喜，了不起哦，功夫真是不负有心人。"边说边跨进大门。王明珍父母急忙出来一看。

　　"哎呀，稀客稀客，这不是资助中心的同志吗？快请坐，快请坐。"王明珍的父亲——其实是继父——笑得合不拢嘴，又是递烟，又是沏茶，用毛巾把一条长板凳擦了又擦，这才招呼他们坐下。

　　王明珍父亲自己坐在一旁的小板凳上，忽然像想起了什么似的，立即起身向厨房走去，不一会儿打来一盆热水，右手上还拿着一块白色的香皂。"来来来，天这热，洗把脸，洗把脸。"

说完，便殷勤地弯腰拧毛巾。几个人客气一番后，又重新落座。

"这娃娃要不是你们及时资助，恐怕早就没读书了。"王明珍父亲充满感激地说道。

"是党的政策好，这些年，很多政策都关注到了民生，尤其是娃娃的教育这一块，更是加大了投入，不让孩子因贫失学。"资助中心的人员接过话茬说。

这时，一个邻居大妈走过来，倚在大门边感叹道："这娃娃老汉死得早，那时候还是造孽。记得埋他老汉的那天，瓢泼大雨。他们家三个娃儿，年龄又小。明珍是老大，也还在读小学。那天和他们妈妈趴在坟头，哭得天昏地暗的，谁都劝不住，我们跟着流眼泪。"

此时，来道喜的客人们陆陆续续散去。这邻居便打开了话匣子。

"明珍特别懂事，有次看到他妈妈干农活累病了。他从学校小跑着回家，又是照顾弟弟妹妹，又是照顾鸡鸭牲口，对他妈嘘寒问暖。那天晚上，我们都已经睡了，忽然从他家传来了哭声。我急忙披衣起床去看看。原来是明珍看到家里困难，想辍学帮妈妈减轻一点儿负担。不料他妈妈听到这话。十分生气，平生第一次扇了娃娃一耳光，然后，母子四人在深夜抱头痛哭。"

"都过去了，都过去了！"明珍父亲笑呵呵地说。这位老实的庄稼汉靠打零工，养着明珍一家大小。

"明珍在学校，得到了不少帮助，记得他刚刚上中学时，政府就把我们家纳入建卡贫困户，三个孩子得到了很多帮助，读初中的时候，每学期有六百多块的生活补贴，高中每学期一千五，学校还免了学费，这娃娃读书成绩好，经常有奖学金。孩子真没让我们操什么心。"

明珍是家里的长子，确实能干懂事，没让父母操过心。父母没有技术，但为了供养三个孩子上学，不得不出门打零工，下苦力。明珍三兄妹寄养在外公外婆家。明珍在龙洞镇上的初中，每到周末，明珍总是翻山越岭，匆匆跑回家，帮外公外婆干农活，插秧时帮着送秧头，割麦时帮着割麦，打柴时帮着打柴，并且从无怨言，仿佛从没经历过叛逆期似的。

明珍的外公长年有病，不能干重活。外公给上初中的明珍制了两只小粪桶。

"记得初二那年有个周末，外公卧床不起。地里的苞谷苗该上二次肥了，明珍像个小大人似的，顶着烈日，一担一担地把水粪送到苞谷地里，开始不会挑，弓着腰，双手一前一后抓着两只粪桶系，水粪在桶里荡去荡来，走几步，歇一阵。等送到地里，水粪只剩大半了。周六送了一天，这孩子的肩磨破了皮，但他硬是不吭声，忍着疼痛。周日担粪时，学会了换肩，送完了水粪，才拖着疲惫的身体去学校。我们看了，都心疼不已，纷纷表示，我们会轮流帮外公外婆担粪的。明珍说你们也挺忙，就不麻烦了。外婆心疼他，总是在他上学时塞给他几个熟鸡蛋，他也总是悄悄地放回去。"邻居大妈说起明珍，禁不住没完没了。

"周末不但要干农活，还要辅导弟弟妹妹的功课。他总是告诉弟弟妹妹，要努力学习，不但自己的事情自己做，还要帮外婆干些力所能及的家务。"

明珍成了整个村子里小孩子的学习榜样。孩子不听话时，父母总是说，你看明珍多懂事！你看明珍多勤奋！你看明珍从不向爸妈伸手要手机什么的。

是的，明珍的高中时代，在各方的资助下，不愁吃不愁穿。他也自觉远离电子产品，空闲时以书为伴。努力朝着预定的目标前进。

村子渐渐安静下来，明珍送完客人，帮妈妈收拾好碗筷，打扫完地上的瓜子皮、花生壳后，走到客厅礼貌地和两个叔叔聊天。

大树上的蝉鸣也不知什么时候消失了，树荫越拉越长。这时，资助中心的工作人员突然站起来，从包里拿出一个红包："一直聊天，差点儿忘了正事，这是孩子新入大学时的资助八千元，我们两个也给孩子包了个小包，凑了个整数。"

明珍和明珍父亲急忙站起来。父亲连连说道："这些年多亏政府的资助。你们为了孩子，也跑了不少路，真是辛苦了！"明珍父亲满眼泪光，紧紧地握着工作人员的手。

工作人员转过来对明珍说："孩子，你为自己争了一口气，为龙洞的父老乡亲争了一口气，去北京后，更要勤奋努力，但也要劳逸结合。有什么困难，随时可以给我们打电话。"

明珍连连点头，羞涩而充满感激地笑着。阳光雨露一路播撒，深山明珍熠熠生辉。

一堂特殊的课

"曾子说：吾日三省吾身，这句话的意思是我每天……"道德与法治课上，我正在聚精会神地讲着第三课《学会反思》的内容。

咚一声，只见小洋同学忽然急促地站起来，凳子倒在一旁，凳子面子和支架已经各成一家。同学们的目光齐刷刷地聚集在小洋身上。

"怎么搞的？怎么坐的？"想到前些时候各科老师反映我们班的学生有点儿反常，上课总是坐不稳，摇去摇来的，还小声嘀咕，不认真听讲，我气不打一处来。

"跟你们相处差不多三年了，天天讲怎么坐，怎么站。到现在还是坐没坐相，站没站相，凳子不放正，上课歪七倒八地坐着，像个什么样？铁凳子呀，都被你整坏了！是屁股长了尖尖，还是患了多动症！"气极了的我口不择言，同学们都屏住呼吸，瞪大眼睛看着我。

"爱护公物，老师每天都在讲。老师讲的话，到了你们那里，就像一阵风，风还能激起涟漪。我说的话就像空气，从你们的耳旁经过，一下子就无影无踪了……"

"老师，不……不是我弄坏的，位置调换过来就是坏的。"小洋同学低着头，紧张地说。

"还有，老师，您看嘛。这个凳子的面子是粘上去的。"小洋举着凳子的面子对我说。

我瞬间收住舌尖，沉默片刻，走过去仔细看了看。凳子面子是木质层板，前后各有一个小孔，很明显是螺丝钉掉了。我清了清嗓子："原来不是铁质的。那螺丝钉呢？如果拿放都轻一点儿，小心一点儿，螺丝钉会掉吗？"小洋同学的头垂得更低，脸红到了耳根。

"捡起来，先将就着坐。"我余怒未消。小洋同学小心地把凳子面子捡起来，放在架子上，小心地坐着，一动也不敢动。

我重新回到讲台上，平复了一下情绪，决定给这堂课再加点儿内容，于是清了清嗓子："同学们，想听故事吗？"讲故事比讲道理更容易让同学们接受，尤其是老师的故事。

"想！"教室里顿时活跃起来，他们紧绷的脸仿佛得到了特赦一般，瞬间明朗起来。

"十多年前，我在一所山村小学教书。有个同事姐姐，每天穿的衣服都簇新熨帖。有一天，我忍不住问她是不是经常买新衣服。她微微一笑说都是几年前的，有的甚至十几年了。我当时特别震惊，遂问她是怎么保养的。她说穿要惜它，洗要惜它，保管要惜它。自然就像新的了。

"她又说道，其实所有的东西都是有生命的，灵动的。你看这衣服，你爱惜它，延长了它的寿命。它感恩回馈你穿上它时愉悦的心情。

"同学们，当时我就忽生愧疚之心。想起来一件特别漂亮的黑色毛料西服，一条蕾丝边盘扣大摆花半裙。九十年代中期，西服是先生的妹妹花五百港币买来送我的，半裙是她花两百零八块人民币买来的。回到农村打猪草打柴都穿着，没过多久就穿毁了，随手就扔了。现在想想，当时要是爱它们惜它们，说不定现在还可以穿呢！如果现在还能穿，那发生在这些衣服上所有的故事都有了质感，有了温度，有了更多的情谊，这是岁月的馈赠，也是老物件的馈赠。同事姐姐给我上了生动的一课，从此，我就特别爱惜来到我身边的所有事物了。"

同学们有的摸了摸衣服，再看看袖口处；有的轻轻地挪了挪凳子。

"你们看，窗台上的花，你勤于侍候，它就开得热烈，为你展示它全部的美，让你赏心悦目。你看小美同学头上粉色的发卡，因为爱惜，它的颜色持久的光鲜亮丽，戴在头上让小美同学也美美的。

"你们看课桌凳子也是有生命的，只要做到轻拿轻放，它们也全心全意为你服务，坐着用着舒心。你不爱惜它，缺了胳膊少了腿，它就惩罚你坐着用着磕磕绊绊，特别难受。

"人更是如此，于万千人之中遇见你、我、他。是很不容易的，定当珍惜这份遇见。就如你们，五十五名同学成了一个集体。毕业后，同学们天各一方，永远都不会一个不差地聚在一个新的集体中。所以你们，更要珍惜同窗情谊。平时一点儿小矛盾，要学会宽容，多换位思考。宽容和换位思考会回馈给你对方的真诚和微笑，会让你觉得这一天阳光温暖，生活美好。生命中遇到的每一个人都是来帮助你成长的，不但要珍惜，更要心怀感恩。

"物和人要惜，那么心呢，也是要惜的，常惜会常清澈丰盈。心上蒙了尘，人就浑浊不堪，你要记得经常打扫。比如说，同学们有了妒忌心，看到别人比自己好，便想方设法打击、污蔑。然后自己呢，不但失去了变得优秀的能力，还吃不好饭，睡不好觉，大伤身体。这时候怎么办呢，心就得扫一扫，同学比我优秀，先要替他高兴，然后找找自己和他的差距，以同学为榜样，努力追赶。在追赶的过程中，会反馈给你努力、拼搏、奋斗、毅力等这些优秀的品质，还会收获你和同学的友谊，人生路上，你和优秀的人为伍，不知不觉中，你也会变得优秀。比如有了盗窃心，想

190

想盗窃是不道德的，拿多了还触犯法律，就要洗洗自己的心，不停地告诫自己，那是人家的，不能拿，更不能偷，人不能不劳而获。心常常这么洗，就会干净明朗，再加上饱读诗书，心就丰盈了。这就是惜心。

"同学们，回到这堂课的主题《学会反思》。针对老师刚刚讲的话，反思一下你们的言行和内心。老师也反思一下，刚刚是不是不应该发脾气。"

同学们开始窃窃私语。纷纷检视自己。有的说我要惜粮；有的说我要惜书本；有的说我要惜衣服；有的说我要惜同学们在一起的缘分，再不为了一点儿小事争得面红耳赤；有的说我要惜我所遇到的事物和人；有的说我要惜心……同学们纷纷发言，不知不觉下课铃声响了。

凭 吊

上庄镇地势平坦，放眼望去，都是一些小山小包，仿佛丘陵地带的地貌。火地村位于上庄镇场镇口，离镇上大概一公里。只是这一公里的路在 2010 年才修成了水泥路，以前都是黄泥巴机耕道，晴天去镇上是一身尘土，雨天是一身稀泥。村镇干部往返村里不下百回，动员村民让出土地修路。路边有土地的村民都不配合，有些把征地补偿款要得特别高，有些村民四季豆般不进油盐，无论怎样做工作，都不肯出让土地半寸。交通不便，车子进不去，所以这个村的房子，基本上还是土砖瓦房，高高低低排列在一条石头巷子两边。过了几年，可能是村民们想翻修房子，深感不方便，在没人做动员工作的情况下，主动提出出让土地了。

丽红家在火地村六组，坐落在村子东头，离场镇最近。她们家早在修路之前就建好了两楼一底的预制板房，那时候用骡子驮沙、水泥、石子。房子在原地基上建好，那棵大黄桷树依然直立在房子的斜前方。树下，用水泥浇铸了一张四方桌，四个凳子，供村里的人歇脚、玩纸牌或者聊天。

那是仲夏的一天，太阳白花花铺天盖地地晒着，和树上的蝉鸣声互相纠缠，把整个大地搅得温度节节攀升。我趁着假期，回来探望公公婆婆。走到村口，只见丽红穿着黑底白花的长裙，坐在黄桷树下的水泥凳子上，不时向里屋张望。她轻摇着蒲扇，见我走过来，笑着起身，扯了一下贴着屁股的裙子："看公公婆婆来了呀，幺妹子。"她说，"来来来，坐会儿再过去！"她边说边朝婆家的方向努了努嘴。

丽红四十多岁的样子，一双丹凤眼，上眼皮有些浮肿，一如既往地扎着一个低马尾，已被岁月染上了些许白霜。

"杠上花，独张！"屋里忽然传来一声大喊，接着是一阵嘈杂的骂声、叹气声，然后是哗啦啦洗牌的声音。"茶馆又开起了？"我问道。我们这里管麻将馆叫茶馆，来的人以玩牌为主，并不是为了喝茶摆龙门阵。丽红说："是的，幺妹儿，你等会儿，我去添点儿茶水。"她边向里屋走去边笑哈哈地说："恭喜恭喜贺老板，昨晚上肯定做了个好梦嘛，杠上也开得起来独张子，不过，你们三个也要稳住阵脚，说不定下轮就是你们的杠上花。""老板娘，买个空调噻，这风扇吱呀吱呀的，像老牛拉着破车，一点儿风没有。看我们身上的汗水。"一个打麻将的人提议，其他人跟着附和。"要得，要得，你们只要有空，经常来光顾我这茶馆，说不定哪天神不知鬼不觉就把空调买回来了。"丽红笑嘻嘻地回应道。做惯了服务行业的人一举手一投足都透着一股热情。她的眼睛透着清亮的光，像我刚刚看到她时一样。

外郎乡马家村，山清水秀，但地理位置极为偏僻，交通极为不便，丽红就出生在这个地方。那方山水干净澄明，简单纯粹，养的妹子也是水灵灵的。丽红高中毕业时正好十八岁，已经如出水芙蓉，娉娉婷婷。尤其是那双遗传自父母的丹凤眼，更是顾盼生辉。来说媒的人踏破了她家的门槛，婚姻大事，父母做主呢！虽然父母是老实巴交的山里人，但吃的盐比丽红吃的饭多，过的桥比丽红走的路多。父母选择了我们村的方小棱家，一是交通便利，出门不用爬坡上坎，二是方小棱家是村子里人人羡慕的殷实人家。方小棱上面有两个姐姐，别人家的孩子穿的衣服是补丁缀补丁的，他们家三姐弟每个季节都有新衣服穿。别人家的孩子一年到头见不到一点儿肉时，他们家每个赶场日，都要割上一两斤肉回来。父亲方绪东在江西九江工作，是一名铁路工人，虽然每年过年才回来，但平时每个月会寄钱回来，母亲黄英是兽医站的一名兽医，虽然是不太好的单位，但每年会有六成的工资收入，也是其他村民望尘莫及的。

丽红刚来我们村时，一条长辫子乌黑透亮，垂到腰际，白里透红的脸上，笑起来还有两个小酒窝。院子里的小孩子成天围着她转，大人在啧啧啧称赞的同时，不免轻轻地叹口气，说，多好的姑娘呀，可惜……

可惜后面是什么，丽红年纪轻轻，听不出来背后的意思。日子就像流水一样，波澜不惊地过着。丽红说，我去割把猪草回来。

方小棱说，莫去，太阳大，晒黑了。割猪草有妈，有姐姐呢。

丽红说，妈和姐姐在栽红苕，我去割红苕秧子。

方小棱说，下地干活不差你。

丈夫方小棱比丽红大五岁，长得矮矮胖胖的，一双小眼睛随时滴溜溜地转着。母亲黄英从小就宠溺他，方小棱要什么给什么，脏活累活从不让他插手。即使在学校犯了错误，他母亲也总是说，小棱还小，小棱还小，长大了自然会好的。

回娘家，母亲拉着丽红的手，仔细端详着丽红的脸问，婆婆和姑子姐姐对你好不好，小棱对你好不好。丽红说，都挺好的，他们从来不让我下地干活，只是在家打打杂什么的。只是……

母亲说那就好，不过也要主动下地，天长日久，怕婆婆嫌弃的。只是啥？丽红轻轻摇了一下头说没啥。

丽红回到家里，晚上躺在床上，呆呆地望了一会儿天花板，然后推了推旁边正在梦中的方小棱。

"小棱，小棱，你看，我们得自己找事情做。这种生活方式，我还不习惯呢！你晓得那天，我急需要用钱，站在妈面前，怎么也开不了口。用钱就找妈拿，这不是个办法。你长期伸手，伸得心安理得，可我实在不好意思。"丽红说道。

"干点儿啥好？哦，对了，我们也开个麻将馆，你看镇上万金油家，每天十几张桌子，一张桌子按牌大牌小抽茶钱，牌小的三十，牌大的抽一百呢。我们今天那桌，万金油下午就抽了两百茶钱，组了两局麻将。听说，他家在成都还买了两套房子呢。"方小棱越说越清醒，仿佛看到白花花的银子正排着队向他走来。

方小棱从小不爱学习，初中没毕业就辍学在家，母亲对他是百依百顺，任他整天东游西逛，还染上了麻将瘾。

丽红没有吱声，家离镇上不远，她知道方小棱有一帮牌友，如果开茶馆，是不缺打牌的人的。

茶馆在一阵鞭炮声中开业了。

丽红聪慧能干，每天添茶倒水，做饭洗衣，对打麻将的人服务周到热情。茶馆一直生意红火，她靠自己的勤劳挣钱，脸上的笑容也越来越多了。

记得前几年，初秋的一天，我回老家，路过丽红家门口时，丽红家的茶馆依然经营着，只是她红润的脸庞渐渐消瘦，看到我，笑容也变得特别勉强。她说："幺妹子，回来了哇，这一晃好几年了哦，来，咱俩说说话。"她双手沾满了油污，来不及去洗，便在围裙上使劲擦了擦。她指着黄桷树下的水泥凳子说："你坐。"随即自己也坐下来，忽然又起身问："幺妹子，喝啥子茶？有柠檬菊花枸杞茶，有毛尖茶。"

"就喝白开水。"

"好的。"她起身进了屋，转身又捧着一杯水出来了。

"喝水嘛，你忙不？"她有些期待。

"不忙的，就回来看看公公婆婆。"

"那两个老的还好，经常从我家门前路过，去赶场。"她顿了顿又说道，"幺妹子，你晓得不，我家那方小棱，唉……"丽红欲言又止。

我隐隐感觉到什么，在意料之中也在意料之外。我并不答话。初秋的阳光穿过黄桷树，筛下一些树影，打在水泥桌子上，打在我和丽红的肩上、脸上。

"幺妹子，你看，我家那死鬼。"以前在家，我从没听到过丽红叫小棱死鬼。

"整天打牌也就算了，反正家里开的麻将馆。最要命的是分不清是非善恶，无论我怎么说，他都是一只耳朵进，一只耳朵出。大前年，你听说过没得？他和东娃在红湾那地头除草的时候，起了争执。方小棱基本上是不上坡干活的，那天鬼使神差地拿把锄头去除草。我想，吵了就吵了，过了就没事，邻居一场，低头不见抬头见的。哪晓得他半夜悄悄起来，烧一大锅开水，把东娃家快成熟的稻子毁了半田，你说这是人干的事不！我急火攻心，大病一场，几次三番去东娃家赔礼道歉，稻子熟了，主动赔偿了三百斤。"

我不知道说什么好，方小棱小时候就是调皮，不爱读书，爱恶作剧，爱和同学打架。比如从田埂上过，会把稻田里的水放了，从蔬菜地旁过，会跳进地里，把蔬菜踩得稀烂。邻居们找到他母亲，黄英一边赔礼道歉，一边说孩子还小，不懂事，长大就好了。父亲长年在铁路上，母亲和两个姐姐对他都是百依百顺，一个独儿子，真是含在嘴里怕化，捧在手上怕飞。

我不知道怎么安慰丽红。她又说开了："现在倒好，邻居们见了我们，像躲避瘟神样，绕道走。这麻将馆生意也是越来越差了。"

"昨天晚上，他又在愤愤地骂人，我仔细一听，原来是白天，他去胡家堰塘钓鱼，被胡伯伯数落了一顿。他硬要拿着一包老鼠药去放塘里。我再三阻挠，最后说，如果你今天去放药，我马上回娘家，然后离婚，他这才罢休。他怎么会这样呢？胡伯伯每天起早摸黑，侍候着那一塘鱼，一家大小的生活开支全靠那鱼塘。你去钓鱼，钓到小草鱼，留下来吃嫌小，受了伤的鱼放了又不长，还会死掉。唉……"丽红又长长地叹了口气。

我抬头看看墨绿色的黄桷树，虽然是初秋，叶子没有发黄，但偶尔会落一片叶子。它像一把大伞，洒下一大片浓荫。

"你得看好他，别让他干傻事。常言说'妻贤夫祸少'，丈夫的角色，有时候也是儿子的角色，关键时刻，你得为他指引方向。"我说。

……

"幺妹子，你也有白头发了哦！"丽红见我愣神，起身走过来，撩了撩我的头发，"在外面也挺辛苦的哈！"

何尝不是呢，成年人的生活哪有容易二字。

"方小棱出来了？"

"出来三年了，幺妹子，你也晓得呀，四年的时间真是快，现在乖多了，做什么事情之前都先问问我，只是不大爱搭理人了。"

四年前，方小棱开始还和丽红一起照看着自己家的麻将馆。没有多久，老毛病又犯了，他嫌家里的生活太单调，打麻将的又多半是老人，年轻人少。于是他经常骑着那辆嘉陵 125 摩托车，约一帮狐朋狗友，去鸣山镇打牌赌博，吃喝玩乐。有一天晚上，他喝得醉醺醺的，骑车回家的路上，撞倒了一个赶夜路的建筑工人。他不但不将其送往医院救治，反而把那人拖进旁边的乱草丛中，掏出那人手机拆卸完后，手机的各个零件也丢进乱草丛中，然后驾车逃逸，那建筑工人由于没有得到及时救治，死在了乱草丛中。

正说话间，方小棱从巷子里走过来，趿拉着一双蓝色的大拖鞋，穿一件硕大的黑色体恤，不大的脸上堆满了肉，松松垮垮，直垂到脖颈上，分不清哪里是颈，哪里是脸。顶上没有头发，像涂了油似的，边上的头发也剃了，稀稀疏疏的一圈发根依稀可见。他看到我，只嘴角动了一下，并不和我打声招呼，眼里的光涣散而漠然，他径直走进屋里，端了一瓷缸茶水，又转身向小巷里面走去。

"方小棱现在在干啥呢？家里还有两个上中学的孩子，不可能还游手好闲吧。"我问道。

"他从那里出来后，就拜杀猪匠覃老二为师傅，现在出师了，可以自己卖肉了。"

过去的四年，对一个正常的家庭来说，也就是时光缓缓流淌的日子。可对丽红来说，是一段难挨的日子，是喘不过气来的日子。"方小棱入狱前夕，跪在我面前，声泪俱下，说对不起我，叫我照顾好老人和孩子，他一定会好好改造，争取早点儿出来。方小棱出事时，公公刚刚退休。结果那年冬天，公公吃完晚饭去后山散步，忽然就倒下去了，再也没有醒来。公公上山时，瓢泼大雨，我哭得昏天黑地，我没照顾好老人，天塌了，家垮了。第二年，婆婆又脑梗，落下个半身不遂。"

真是屋漏偏逢连夜雨。这日子，看不到太阳。

"那段时间，在县城实验中学读高三的大女儿，一反常态，每周六都回来，啥也不说，晚上就挨着我睡觉。要知道，高三生活忙碌又辛苦的。我忽然意识到：爸爸的入狱，爷爷的离去，我的伤心欲绝，这些都压在了女儿心上。那天早上起床，我梳洗了一番后，把方梅叫到面前笑着说：'女儿，妈妈知道你难过，从今天起，妈妈重新面对生活，人这一生，哪有一帆风顺的。你也一样，放下包袱，调整心态，努力备考，给妹妹树立个榜样。我们各自努力，一切都会好起来的。'

"幺妹子，你不晓得，那些年的日子真是难熬呀，难熬也得熬。麻将馆无法经营，公公走了，家里一下断了经济来源。我每天要跑到沟底下接田老中医上来，给婆婆针灸，熬汤药。我每天要给婆婆翻身，按摩，三个月后，婆婆居然能下地歪歪斜斜走两步了。

"你晓得田老中医家在沟底，已经七十多岁了，每天爬上来为婆婆针灸，然后又独自一人回去，虽然身体硬朗，但天天往返跑路，也是挺累的。我就把田老中医留下来住在家里，这样就方便给婆婆针灸。还不到三天，村里的风言风语就来了。"丽红说到这里，苦笑了一下。

"晚上一个人躺在床上，尽想些当姑娘时候的事，那时候虽然穷，但爸爸妈妈就我一个女儿，上面三个哥哥也宠着我。吃的穿的从来不亏待我，我也乐得没操过一分钱的心。现在倒好，天塌下来，还得我一个人撑着，咬着牙，还不能垮。有时候也寻思着，不如一根绳子了断此生，可瘫痪的婆婆怎么办，两个孩子怎么办？无论怎样，可不能在孩子面前表现出来，我们承诺要一起努力的。"

死不是死者的悲哀，而是生者的不幸。死很容易，活着艰难。

我在远方，只是偶尔听到老家的人传来他们家的变故，也没怎么放在心上，丽红是用尽全力，却依然过着托不起明天的日子。

"你终于挺过来了，日子也越来越向阳。"我起身拂去掉落在她肩上的一片黄桷树叶子，轻声说道。

"是的，过来了。"丽红露出了一个微笑，那微笑是沧桑后的坦然。

很多时候，生活把我们推向险滩，无依无靠，只有专心致志，牢牢把握手中的桨，努力寻找方向，奋力前行。

"你晓得的，那些年，我们这里的人喜欢请客摆酒，婚丧嫁娶要摆酒，买房子生孩子要摆酒，甚至过个生日也要摆酒。今天这家，明天那家的。摆酒的那些人家，前前后后要准备十几天，也挺劳心费神的，上庄场镇上的'巴佬'是个厨师，他看准了这个商机，准备了办酒席的一条龙服务。差个主厨，工价是一次五百元，比那些端菜切菜的人工资高多了。那几年我就靠做主厨撑起了这个家。"丽红说到这里，脸色阴沉了下来，这时候，阳光移过来的光斑也正好打在她脸上。我捡起掉在石桌子上的一片叶子，夹在右手指尖，轻轻地揉捏着。

"没有多久，铺天盖地的谣言往我耳朵里灌，连在家休养的婆婆也晓得了。婆婆那天特意把我叫到她面前说，丽红，你嫁给小棱受苦了，我们真是拖累了你，你有什么想法……没等婆婆说完，我就明白了她的意思。我说您也相信那些谣言？我没什么想法，小棱不在家，我要一心一意、竭尽全力撑起这个家。

"唉，女人做点儿事，真的挺难，巴佬是大厨，我是主厨，摆酒的人家讲好价钱，多少钱一桌，我们得按照讲好的价格去买菜，商量菜的品种，我们接触的机会和时间就多些。那些打下手的长嘴妇就挤眉弄眼，到处散布谣言。那时候，人人见了我，都是绕着走。还说什么原来多好的姑娘呀，嫁到方家就学坏了，看来是屋基出问题了，要想正家风，得找个风水先生算算，或者搬个家什么的。小孩见了我，都是'破鞋破鞋'地喊。有时候走在街上，真想一头撞在奔跑的车上，又怕害了人家。有时候又想，也许生活本身就是这样。"

这是压抑了多久的话？丽红打开话匣子就没完没了。

"感恩的心，感谢有你……"丽红的手机响了，她翻过手机一看，是大女儿打来的。她微笑着，急忙对我摆摆手："方梅呀，深圳还习惯不，嗯嗯，好的，要团结同事，尊敬领导，要爱护学生，嗯嗯，晓得。还要勤于钻研业务……"她挂断电话。"大女儿方梅华东师范大学毕业后，去了深圳当教师，刚刚说到哪里了？"丽红问我。

"你在谣言面前差点儿崩溃。"我提醒她。

"哦，哦！谁的生活会一帆风顺呢？这样一想，倒也轻松多了。管别人说什么，做好自己的事情就行。说来也怪，我真不理会那些乱七八糟的谣言，没过多久，居然也风平浪静了。"

"清者自清，浊者自浊。"我说。

"村里的人有时候还主动问候几句，问我需不需要什么帮助，一脸的同情和悲悯。知道他们是发自内心的好意，但我不可怜，不需要同情，更不需要悲悯。生活是自己的，不用给别人看，自己觉得过得去就行。"

一个人经历多了，往往也会成为一个哲学家。从丽红嘴里吐出来的这些话，仿佛是从大风大浪中跳跃出来的文字，被太阳镀了一层光辉，又仿佛是一条静水流深的河流上，偶尔跳跃出来的几朵浪花。

"我们这个一条龙服务的可移动的餐饮事业，正做得风生水起时，新政策来了，婚丧嫁娶只允许办二十桌酒席，其他的什么过生日啦，娃娃升学呀，乔迁新居呀，一律不准办酒席了。大家都响应党的号召，不违规不违法。我们的生意渐渐就不行了。尤其是这几年疫情，一年到头都没有几家摆酒的。其实也没啥，以前办席，老板好面子，桌子上的菜码了又码，重了又重，剩菜剩饭一大桶一大桶的，看着实在令人心痛。摆酒的人家多了，我们随的份子钱也多，一年算下来，没得万儿八千走不脱人。这政策好，及时刹住这股歪风，让很多人没有了这个敛财渠道。

"上天有好生之德，不会绝无路之人，我寻思着，这几年回来的年轻人也多，农闲时，总会寻着打打小牌，你看，我又开起了麻将馆。"

正说话间，从屋里传来丽红婆婆的声音："丽红，该做午饭了哦，有几个打麻将的人要在这里吃午饭。"

我们同时从水泥凳子上站起来，太阳光从黄桷树的枝丫间直直地落下来，凭吊逝去的阴影，照亮未来的日子。

医者仁心

——访老中医徐生银

> 学医重医德，无德之人不能为医，要有普度众生的
> 思想。
>
> ——徐生银

听朋友说白杨湾昌野药房有个老中医，八十多岁，挺厉害的。趁周末前去试试。药房进门右侧后方置一柜台，前面端坐一位老者，戴一顶环形淡黄色狗皮帽，像久经沙场的战士。鼻梁高挺，精神矍铄，双目炯炯，此时，老人正在为病人把脉，我也立即排好队，耐心等待。

一个四十多岁的中年男人伸出左手腕，老医生低头把脉，大约过了两分钟，换右手腕。然后老医生让患者伸出舌头，舌苔白湿，两边有齿痕。初步判断为寒湿重，肝郁。老医生边诊断边给患者普及中医知识：

"中焦指脾胃，上焦指心肺，指甲主肝，白色属寒。诊为脾肾阳虚合并肝气郁结。"遂开出汤剂：附子理中汤加减。医生交代煎药注意事项后便为下一位患者把脉。

又一中年男人伸出手去，老医生沉吟片刻，疾脉。又问诊症状，患者答曰，心跳快，血压高。通过望、闻、问、切，老医生有了

诊断结论：督脉和太阳膀胱经脉阻塞引起颈椎病，颈椎病引起心跳快，血压高，要疏通经脉。

一个六十多岁的大娘引起了我极大的兴趣。她身体微胖，话多，这点有些像我。还没坐在凳子上，她便调侃开了，什么"医生难得学，难得背药学，学医要趁早，十几岁刚好。阴阳五行，筋络血脉……"言语中得知，原来大娘年轻时是在药房配中药的，难怪这么在行。

老医生把着她的脉，脉细数，三不等脉象，心脏有问题，寒湿重，口干口苦。少阳胆经淤阻，调心汤（三剂）主之。

老医生嘱咐不同的病人，药不同，煎的时间不同，喝药有讲究，少喝频饮，才能更好发挥药效。

好不容易轮到我，老医生仔细地把着脉，不时抬头看我，嘴里嘀咕道："脸色青暗，虚寒，舌下有青筋，肝气郁结。这两年有不顺心的事。眼睛视物模糊，目得血而能视，气血两虚。"我一惊，这是在看病呢，还是在算命？老医生继续说道："心脉弱，心脏缺血，肝气郁结，血虚气虚。"这老先生，堪比仪器。老医生低头开药方，用的温经汤。汤剂难熬又难喝，我便试探着问能不能做丸药，简单省事。老先生否定了我的请求，说病情不太准，不宜先吃丸药，三剂药吃了来看。

这难道就是中医所崇尚的"形而上"思想？在身体看得见的"形"之外还有一个看不见的"象"？身体的各个器官发挥着各自的功能，怎么发挥的呢？是因为有另一个看不见的生命机能在推动？这个看不见的生命机能将身体各个器官联结起来，从而产生新陈代谢？反过来，当身体某个部位开始出现问题的时候，也一定会让看不见的生命机能无法正常工作，从而在形而上显现出来？

这时一个中年人拿着他父亲留下的药方，请老医生斟酌。老医生沉吟了一下："药很厉害，身体差的人不能吃。病是动态的，人也是不同的，适合此时，不适合彼时，适合此人，不适合彼人。兵无常势，水无常形，万物都是变化的。"

看看人少了，我忍不住好奇，便探身询问。

原来老医生是云安白水滩人，姓徐名生银。初中毕业后，师从云安医院的老中医覃仲甫。在那个年代，徐医生选择学医这门技艺，既可以潜心习气，还可以救死扶伤。

徐医生见我有兴趣，话匣子便打开了。

"学了《伤寒论》的序，懂得了学医'上可以救君亲之危，中可以保全自己家人，下可以惠及民众'，救人一命胜造七级浮屠。"

"机械厂烧锅炉时，读完《医宗金鉴》，有空就记、背。如果不读《伤寒论》《金匮要略》这些书，学中医就没有根本。"

"中医叫辨证，西医叫辨病。中医人要上知天文，下知地理，中通人事，人与天地相通，顺应天时，这是自然规律。"

我忽然有一种天、地、万物相融合的感觉，这是医学也是哲学。不得不感叹中医学的博大精深。

徐医生呷了一口茶，继续道："经络运行有规律，必须遵循规律。人类自古就有日出而作，日落而息的生活习惯。现在的年轻人逆天而行，黑白颠倒，对身体的损伤是极大的。人体阴阳要平衡，阴阳失调就生病。经络要通，血要上下运行。"

我忍不住问道："在您行医途中，治好过疑难杂症吗？"听到这话，徐医生声音提高了八度："多得很！"语气中那种自豪感陡然升起。

"栖霞有个六十多岁的男人，得了鹤膝风，膝盖肿大，行动不便，家人慕名而来，一服药治好了。用的'四神煎'，因为剂量大，当时抓药的人就不敢抓，我担保了才抓药。后来他的家人来感恩，挑八九十斤米来答谢。"

"这药方是生黄芪半斤，远志肉、牛膝各三两，石斛四两，金银花一两。放十碗水，熬成两碗后，再加金银花熬成一碗，五更时温服祛寒，盖棉被，出一身汗。"

我惊叹于徐医生绝好的记忆力，救过的人，用过的药，如数家珍。

抬头看看时针已指向 12 点，便不忍心再打扰。徐医生似乎还没有说完。

"年轻时去北京中医学院系统学习了理论知识的。中医有理论支撑，一直在不停地学习，现在看的是《任之堂脉学传心录——从入门到应诊的中医通关之战》《中医内科新论》等。自己年轻时也开过门诊，来看病的都是穷人，不忍心赚钱，没挣到钱。"说到这里，老人淡然一笑。

徐医生思维清晰，耳聪目明，坚持学习，一生做一件事，八十有余还坐诊为民，他说无德之人不能学医，大国的"工匠精神"莫不如是。

早餐店

冬天的小城，7 点钟还在半梦半醒间，朦胧清冷。高楼上稀稀落落的灯光，也多半来自有孩子上学的人家，抑或有上早班的人家。多少美梦和鼾声透过门缝丝丝缕缕飘散在空中。

此时下楼，街道上早已热气腾腾了，叫卖声，吆喝声，扫地声，校门口一溜儿的早餐店早就喧哗开了。

去粥店，喜欢坐在靠里的位置，虽然挤了点儿，但恬淡宁静。这店十几平方米，左边靠墙摆着四张长条桌，右边摆放粥和咸菜，外加一盆土豆片。门口蒸笼里的包子、馒头、花卷、烧卖，在客人的吆喝声中被老板悉数端到客人面前，散发出诱人的香味。

进来一位大叔，戴着鸭舌帽，穿一件棕色皮衣，一条方格长围巾，随意搭在脖子上，满脸红光，站在粥锅前大喊："老板娘，稀饭，打包！"声如洪钟，不唱歌也太可惜了！

一位腆着大肚子的中年人，着黑色皮衣，一条拇指粗的金链子挂在酒红色羊毛衫外面，在灯光的照射下更加光芒万丈。他大大咧咧落座在我对面，扭过头去，大声喊："老板娘，一碗稀饭！"过了一会儿，见没人应，他又把声音提高了八度。"这店自己舀粥……"我忍不住提醒。

邻座一对母女，母亲三十岁左右，一头卷发，着淡妆，一件黑色长款大衣配一条白色围巾，优雅时尚。女儿大概是小学一年级的学生，她微闭着眼，仿佛没睡醒的样子，母亲把包子分成一小块一小块的，去掉肉馅，一边不停催促快点儿，快开校门了，一边不停往女儿嘴里塞包子皮。

坐我对面的男子三下五除二吃完了八个包子和一碗粥，扔下杯盘狼藉的桌面，打着嗝走了。老板娘弓着腰小跑，迅速清理桌面，待下一位客人到来。

这时，进来一位瘦高个男子，戴一顶黄色安全帽，着一身迷彩服，衣服上还有斑斑油漆，他清亮的眼睛扫过我对面的空位置。取碗盛粥，一小碟咸菜，轻轻放到桌面上，转身走向门口热气腾腾的蒸锅旁，不知对老板说了什么，才回到桌前开始喝粥。不一会儿，十个冒着热气的鲜肉包端过来了。

瘦高个男子坐我对面，他全程低着头，脸呈黑黄色，瘦削。吃饭紧闭嘴唇，只看到腮帮子一鼓一鼓的。拿筷子的双手裂开一道道口子，几个指头用创可贴包着。

他悄无声息地吃完早餐，取出一张纸，擦擦嘴巴，然后把盘子和碗筷重叠在一起，站起来，端向洗碗盆，然后又回来擦了擦桌面，去台前结账走人，一套动作，行云流水。目送他微驼的身影消失在马路上，几分惭色爬上我的脸颊。

忙碌的早餐店依旧忙碌，我学着男子的样子把盘子和碗筷放在一起，再把桌面擦干净，最后把碗放到洗碗盆去，做完这一切，我的身体好像更加暖和了。

留　守

今天是大年初五。

一大早，老丁就拿着镰刀，挑着箩筐走在了田埂上。他老婆淑英背着背篼深一脚浅一脚地走在前面。此时天还没有大亮，远处的山峰朦朦胧胧，高高低低连成一片，失了阳光下的锋利，在隐约中透出几许婉转。山凹处，零星住着几户人家，不时传来阵阵鞭炮声。鞭炮声后，大山又归于沉寂，过年时的热闹和喜庆在一点一点地消散。

今年春天来得早，即使是清晨的风，吹在脸上也没有寒意。老丁穿着一件黑色的羽绒服，戴一顶灰色的毛线帽子，趿着一双灰色棉拖鞋。淑英穿着红色羽绒服，系着蓝色印细白花的围裙，穿着一双半高跟的黑色皮鞋。两人一前一后地走着，谁也没有说话。天渐渐明晰起来，不一会儿，阳光斜斜地穿过万物，铺天盖地，暖暖地打在他们的脸上，簇新的羽绒服将那光又反射回去，融入巨大的阳光中。

手中的镰刀偶尔迎着阳光晃得人睁不开眼。田里的青菜、萝卜叶子青得逼你的眼，白菜被去年腊月的霜雪覆过，裹着一层薄薄的黄叶，立在朝阳中。偶有不知名的小鸟扑棱一声，从田的这头飞到那头。老丁夫妇都是五十大几的人了，唯一的儿子小丁大学毕业后，留在了重庆，并娶妻生子。孙子现在刚刚半岁，照看孙子的任务就落在了淑英头上。

淑英把背箩放在田埂上，老丁也放下箩筐，弯腰砍白菜，那是他专门为城里的儿孙种的，从农历八月买来白菜小苗栽下，到现在熟透了，一丛一丛整齐地排列在田里。老丁没打过一次农药，白菜生长期间，他每天天不亮就起床，先煮一大锅红薯拌玉米面，作为猪的饲料，再去箩筐里倒出剁好的菜叶子拌上米糠，作为一百多只鸡的饲料，然后就去白菜田里，给白菜捉虫。那些青色的虫子拿回家，往地坝一倒，等不到它们爬动，一群鸡便欢天喜地扑过来，瞬间成了鸡的美餐。有时候是挑两筐草木灰，往白菜苗上一撒，不知是撒了灰的菜叶味道不好，还是其他原因，青虫是一定不来吃了。

淑英在另一块田里拔着白萝卜，两个弯着腰的身影在偌大的田坝中间，显得那么单薄和渺小。白菜和萝卜收拢，老丁夫妇便坐在扁担上，收拾起来。萝卜叶子切下来，裹在白菜外面的黄叶扯下来，统统放进背箩。圆白的萝卜和鹅黄新鲜的白菜，被小心翼翼地摆进箩筐。太阳渐渐升高，雾气早已散去，田野一片祥和。收拾完毕，老丁伸了伸腰，又捶了捶背，从羽绒服口袋里摸出一盒硬中华——那是小丁过年时买给父亲的，从中抽出一支。"这烟还贵，抽起没得啥味道，不如我那叶子烟。没吃过苦，娃儿们不晓得节约。"

"儿子的一片孝心呢，这话别当着儿子和媳妇说哦。"淑英警告道。

老丁看了看淑英，又把头转向了远山，山中的村庄已经沸腾起来，袅袅炊烟升起，鸡鸣狗吠阵阵传来。

"嗯，你在儿子家带孙子，说话做事也要注意，该管的就管，不该管的不管。你只管带孙子就是，儿媳妇说怎么带就怎样带，现在是科学育儿，别犟着用你的老办法。年轻人也有年轻人的生活方式，别到头来费力不讨好。你看老何的老婆，才去成都带三个月孙子。听说爱管闲事，嘴巴多，看不惯儿媳妇爱睡懒觉，爱穿爱玩，闹得一家人鸡飞狗跳的。现在小何和他老婆已离了婚。"

老何两口子年轻时住在 A 村，那里爬坡上坎，交通不便，离乡场镇较远。为了供两个孩子上学，老何很早就来到乡场镇租了个地方，卖煤炭，冬天还卖洋芋种，风里来雨里去的。他老婆一个人在家割麦插禾，栽桑养蚕，风风火火，里里外外一把手，是村里有名的能干人。好不容易拉扯大两个孩子，该是享福的年龄了。

淑英的脸爬过一丝不易察觉的阴云回道："嗯，晓得！"老丁夫妇结婚三十年，两个人从来没有分开生活过，一直过着夫唱妇随的日子，虽然清贫了点儿，倒也安宁幸福。如今儿子在一家大型国企上班，常常是早出晚归，儿媳妇一个人带着孩子，家里的杂事也忙不过来，淑英不得不去重庆帮忙打理，老丁夫妇也不得不过起了两地分居的生活。

常言说，父母就是为我们的生活托底的人，用自己的一身锈，换取儿女的万丈光。

"今年你不养猪了，鸡也少养点儿，就在屋前屋后种点儿菜，够自己吃就行。要勤换衣服勤洗澡，每个月去剪一次头发，别弄得像个叫花子似的，屋前屋后还是要收拾，到处是鸡屎，来个人脚都不知往哪里放。"

老丁嘿嘿一笑："老婆不在家，收拾好了给哪个看嘛。""你看你那张嘴，一辈子都是吊儿郎当的，说正事呢！"淑英撇了撇嘴，瞥了一眼老丁。

"你看你比在家里瘦多了，有啥事也别闷在心里，带娃儿、买菜、做饭、洗衣、拖地，莫看这些活，也不简单。累了，连个说话的人都没有。"老丁悠悠地说道。

"妈，娃儿醒了！"淑英抬头一看，儿子媳妇正披着头发，穿着睡衣，站在地坝边上喊着。老两口一边应声，一边急急忙忙挑的挑，背的背，往家里赶去。他们一直在家里忙忙碌碌，放了东又是西，去栅栏里捉了五只公鸡，从灶沿上取下腊肉。公鸡杀完宰好，腊肉洗好剁好，又从圆柱形水泥粮仓倒出一些稻子，去壳、扬壳、装袋，这些活忙完，已是傍晚六点了。吃完晚饭，累了一天的老丁夫妇早早上了床，一宿无话。

　　第二天天刚露出鱼肚白，小丁就起床了，明天是初七要上班，所以今天就得回重庆。他打开车子后备箱，里面放鸡肉、腊肉、大米，外面放白菜、萝卜，再把装有两百多个土鸡蛋的纸箱子放后备箱的最前面。至于咸菜、干菜就只能放座位底下了。

　　乡镇的赶场天，早已急急匆匆或是溜溜达达来了很多人。他们个个还身着节日的盛装，五颜六色，与早春万物初生的喜悦极其和谐。只是表情千差万别，购食物的，欢天喜地；闲逛的，悠闲自在；买农具的，严肃认真；送行的，依依不舍。尤其是小孩，抓住即将外出打工的父母，哭得撕心裂肺，那母亲也一手掰开孩子的小手，一手抹着眼泪。小丁的车迎着朝阳，慢慢穿过熙熙攘攘的人群，绝尘而去。老丁踮起脚尖，朝阳拉长他一动不动的影子，直到看不到了才收回目光，怏怏地走在大街上。老丁折向右转，沿着巷子走近"金鑫"茶馆，靠窗的麻将桌旁，老黄、老马、老朱一人坐一方，一人手里玩着一颗麻将，正等着他呢！茶馆大门贴着大红镶金边的对联，横批是"恭喜发财"，上联是"生意兴隆通四海"，下联是"财源茂盛达三江"。老丁准备跨进大门，忽又翘起着身子，从左到右，又从右到左看了一遍对联，然后才跨进门去。八张麻将桌，已有五张坐满了人，人声嘈杂，柜台旁边的火炉上，开水壶正嗞嗞地响着。老板娘大概三十岁，穿一件齐脚踝的红羽绒服，黑头发随意在后脑勺绾了一个髻，她正提着开水瓶挨个添茶水。见老丁进来，急忙招呼着，待落座后，茶水瞬间递了过来。老丁扫视了一下茶室，跟年前没什么变化，正中间还是老板娘自己绣的"八骏图"，门口小柜台上摆放着烟和矿泉水，老丁摸摸口袋，忘了带烟，随即起身，从上衣口袋里摸出二十元钱，拿了一包"金天子"，然后回来坐下。

　　四个人是玩牌的老搭档。老黄岁数最大，今年满当当的七十岁，退休前是一所中学的校长。一个儿子在上海读了大学，毕业后就留下来了。前几年儿子结婚生子，硬生生把他老婆接走了，他过不惯上海的生活，选择留下来，和几个留守老头一起吹吹牛、打打牌。

　　"孩子们都上班去了？"老黄问。

　　"走了，孩子、孙子、老婆都走了，回来还是热闹了几天。"老朱回道。

　　四个人沉默了片刻，老黄开始扔色子了。

　　"老规矩哈！"老黄说。"行！"其他三个同时回道。他们的老规矩就是谁输了五十元，后面玩牌就不再拿钱出来，也就是五十封顶。老朱今天有点儿心神不宁，早上和老婆吵了一架，他认为孙子上幼儿园了，不需要人带了，想叫老婆留下来。儿子不解释什么，只是不耐烦地说他想多了。儿媳妇一字一顿地说道："妈可以不去，我可以不上班，自己接送娃。只是一家大小的开支，一个月五千块钱的房贷，二千八百块钱的车贷，恐怕都要落在您儿子一个人头上。"老朱叹口气，他仿佛看到一张张的百元大钞，变成了一座座的山，压在儿子的背上，仿佛看到儿子像蜗牛一样，缓慢地喘着粗气地在城市的缝隙中爬行着。他不禁打个寒战，浑身哆嗦了一下，不再接话，只是嘴唇嗫动了一下，带着沉闷压抑的心情走进茶馆，坐在牌桌上。

　　他很快就输了五十元钱，也没心思继续玩下去，几个老头子索性凑在一起玩抖音。先一个唱几句歌发出去，看着视频上美了颜的自己，忍不住大笑一番，然后又把自己的脑袋放在一个穿裙子跳舞的女人身上，看着视频里夸张的舞姿，几个人又是一阵大笑。

不知不觉，赶场的人渐渐散去了，大街上空空荡荡的，偶见几个地摊老板还在收拾货物。老丁回家给鸡拌菜叶，老黄朝小巷更深处走去，那里有一个昏暗简易的发廊。几个打扮得花枝招展的、四十到五十岁的女人，赶场天就会从远方赶来。老马和老朱去面馆，一人叫了二两包面，一杯二两装的泡酒，二人喝到夕阳西下，才七歪八倒，醉眼蒙眬地寻找家的方向。

老丁回到家里，坐在灶沿前，灶里还有点儿余火，他用火钳轻轻地夹起一粒火炭，点燃一支烟。整个厨房还有过年时留下的余温和馨香。他吸完一支烟，也懒得做饭吃，起身扫出一块地坝来，倒出昨天的萝卜叶子，白菜叶子，切细，拌糠。这当儿，一大群鸡咕咕咕地围拢过来，时不时地抢啄一嘴菜。他坐在地坝中间的凳子上，看鸡啄食，太阳渐渐西移，余晖斜斜地从地坝边上的梨树缝隙穿过来，给那些吃饱喝足的鸡镀上了金色的羽毛，它们正慢慢地卧下来，安详地等待黑夜的到来。老丁的头发、衣服，抑或是整个人也沐浴在金色的霞光中。他双颊染上醉酒的红色，微眯着双眼，坐在凳子上打起盹儿来。他梦见淑英正提着一只空桶向他走来，嘴里不停地喊道：老丁，老丁，今天太阳好，你的衣服脏了，快点儿脱下来，我们去堰塘里洗衣服，模模糊糊中，淑英低头洗洗涮涮，他蹲在堰塘边玩小飞石，一群鸽子从正午的天空飞过。

姑娘·暮春

金老师和冉婆婆并排坐在医院的长廊上，这是住院部第十八层的脑病科。

透过窗户，底下是医院的花坛，小径左边的海棠花早谢了，有一丝新绿覆满海棠树。右边的樱花、桃花、李花，次第开放，次第凋零。小径上则铺满不知名的白色小花。刺鼻的消毒水味，白色的墙壁，来来往往穿梭的医生、护士，轮椅上被推着的耷拉着脑袋的老人。金老师叹了一口气，拉着冉婆婆的手站起来。

姑娘睡在靠窗的病床，床头柜上堆着她喜欢的零食，什么坚果呀，薯条呀，薯片呀，等等。包装袋五颜六色，像一朵朵盛开的鲜花，给沉寂的病房带来些许生机。冉婆婆俯下身，轻轻往上提了提被子。

"姑娘，金老师来了，看你来了。"冉婆婆轻轻说道。

姑娘闭着眼睛，头偏向金老师这边，眼皮动了一下，一句话也没说。金老师坐到床边，轻轻摸了摸姑娘的额头。姑娘的颧骨高高耸立，气若游丝，左脸颊还是淤青的，冉婆婆说，前几天她刚出去一会儿，姑娘内急，自己起床上厕所摔了。姑娘还是那么爱干净，哪怕输液到半夜3点，姑娘记得自己还没洗脸刷牙。

"身上已经肿了，医生说是差蛋白，现在什么也吃不下。"冉婆婆和金老师并排走在医院的走廊上，"大脑已经萎缩，成了干树枝状，又患上重症肌无力。"

"婆婆别急，您已经尽心尽力了。"金老师握着冉婆婆的手，重复着这句不知说了多少遍的话。

街上阳光明媚，人们行色匆匆。居然有人穿着薄薄的夏装，几乎不见春的色彩了。

冉婆婆和金老师是楼上楼下的邻居，一个偶然的机会，冉婆婆和金老师聊开了。

"金老师，姑娘能不能去你班当旁听生？"冉婆婆的眼神热切带着乞求。金老师坐在冉婆婆家干净整洁的沙发上，姑娘坐在阳台上，低头抚弄着开得正艳的月季花，不时回头望着金老师笑一下，露出一口洁白的牙齿。金老师犹疑不决，她知道姑娘原来就读于国际学校，是一个天真烂漫、品学兼优的孩子。

上到小学二年级下学期时患病了，医生宣判姑娘活不过两年。

冉婆婆就这一个孙女，她怎甘心，希望奇迹降临在姑娘身上。她只身一人带着姑娘辗转日本、新加坡等国家，寻求最佳的治疗方法，边治病边让姑娘上学。冉婆婆把姑娘转到家附近的育人小学。姑娘病情越来越严重，视物模糊，走路更是歪歪斜斜，只好休学在家。

"姑娘挺寂寞，她想同学们，我有时候买些好吃的、好玩的，去她原先的班级叫几个同学来陪她玩会儿，她可开心了。"冉婆婆又说。

"我教四年级，只是姑娘的安全得考虑，她腿站不稳，同学一碰就会倒。还有上厕所也是个麻烦事。"金老师看看姑娘，心里升起一种莫名的疼痛。

"不怕不怕，金老师，我下课不出去，同学们就碰不到我，婆婆也会来带我上厕所的。"姑娘边说边倚着门框站起来，一摇一晃缓慢地走到金老师面前。

姑娘坐在教室靠窗靠前的位置上，累了，可以看看窗外的景色：春天，对面楼层的三角梅开得热烈奔放；夏天，消防通道旁的大树枝繁叶茂，遮天蔽日；秋天，落叶纷飞；冬天，洁白的雪花飘呀飘，飞过窗台，像精灵抚过姑娘的发梢。

同学们对姑娘也是倍加呵护，下课了，看到姑娘想站起来，就急忙上前搀扶，围在姑娘身旁叽叽喳喳讲着各自的趣事，逗得姑娘咯咯笑着。看着懂事的孩子们，金老师惊喜至极，平时那么调皮捣蛋，此时却是这般小心呵护，俨然一个个小大人。

姑娘最喜欢的是去看同学们的大课间活动。同学们到了操场，金老师就扶着姑娘站在一旁。看到同学们拿着五色啦啦花做操，姑娘脸上泛着红光，不停地说，好看，好看，金老师，我也想拿着啦啦花做操，我还想跳舞，我以前每年跳舞都会得奖的。姑娘扑闪着大眼睛，眼里满是光。金老师知道姑娘以前在学校能歌善舞，她低下头，轻轻摸摸姑娘的脸颊，等你病好了，老师带你来做操跳舞。

夕阳西下，吃过晚饭的金老师会下楼去看看姑娘，好强爱学习的姑娘要做作业。金老师陪在姑娘身边，顺手拿过书架上的童话故事书，和姑娘一起读童话。姑娘会睁着天真的大眼睛，为童话里主人公的命运时而悲伤，时而欢欣，时而愤怒。有时候她会摸摸金老师的长发说，我长大了也要烫老师这样的卷发，有时候会摸摸金老师的衣服说，老师，你真漂亮。

这样的学习生活也是断断续续，姑娘经常要去外地治病。冉婆婆说这是一种罕见疾病，全世界也只有三百多例，金老师不懂，也不便多问。她乞求上苍，希望奇迹能够在姑娘身上发生！春天来了又去，去了又来，梁上的燕子新巢变旧巢，旧巢换新巢。那棵浓荫庇护下的小树苗，在风中颤颤巍巍愈发柔弱了。姑娘顽强地撑到了第九个年头，打破了当初医生说她活不过两年的预言。

冉婆婆依然悉心照料着，她的眼里写满凄怆的故事，脸上却看不到风霜，一丝不苟的发型，修过的眉毛，文了的眼线，一套修身的唐装，绣着几朵淡粉的月季，这是一位精致的婆婆。

　　冉婆婆站立在暮春的风中，张望着汽车来时的方向。她要去给姑娘找一副上好的棺木，她说姑娘一直要住别墅。冉婆婆说，姑娘，吃点儿，不然会死的。姑娘说，还没到时候，我的花还没落呢！

戏说野葱

一株野葱，积蓄了一个冬天的力量，在春风的召唤下探出了脑袋。它睁开惺忪的眼睛一看，周围荒草连天，自己的头上还盖着一片腐败的树叶。

它颤颤巍巍，努力伸长脖子，看到山那边粉红的桃花，雪白的梨花，妖娆的樱桃花，引来无数红男绿女亲吻、拍照。小鸟枝头闹百花，粉蝶翩翩戏花丛，蜜蜂嗡嗡勤采蜜，它羡慕极了。野葱告诉自己：我也要努力生长，虽然没有它们漂亮，但我可以发汗散寒消肿，可以治头疼感冒耳鼻喉炎，甚至还可以治白斑和麻风。

夜幕降临了，野葱在反复的念叨下睡着了。不知什么时候，它在一阵歌声中醒来，睁开眼睛，一束阳光透过荒草，斑驳的影子打在它身上。一只黄莺在不远处的桑树枝上对着自己唱道："你孤零零长在荒坡上，岁月一年又一年，朝饮露，晚披霞，风为伴，雨作纱，年年繁华年年枯，空谷香葱几人知。"野葱笑笑，它依然紧紧抓住阳光，努力生长。

不久，它便长出一头长长的碧绿的头发，漂亮极了。它舒展腰肢，努力地展示着自己的美。它想，今年应该能等到发现它的人了。

周末，天气晴好，两个城里人，赏花踏青，兴致起，便去荒山上走走。

"这儿有株野葱，快来！"男人对女人喊道。

男人随即弯下腰，仔细地扒开荒草，左手轻轻地梳理了一下野葱的头发，然后抓着头发，挥舞着小锄，野葱被连根拔出，白白的圆圆的葱头上长着白白的胡须。这么大的葱头，不知长了多少年了。两人边感叹边仔细收捡着。野葱躺在袋子里，兴奋得脸颊泛起红晕，我终于可以实现自己的价值了。

这株野葱被带到城里，带进厨房，主人在水龙头下把野葱梳洗得干干净净。是要煮稀饭呢，还是要煮糊糊？是要炖肉呢，还是要凉拌？野葱揣摩不到主人的心思。反正是要派上用场，怎么都可以。

洗好的野葱被重新捆好，放进冰箱里。野葱双手抱着瑟瑟发抖的身子，委屈得自言自语：为什么不吃我？为什么不吃我？我可以消肿散寒的！男主人叹了一口气，唉，今天要上班，吃了野葱会口臭，会放响屁，办公室那么多同事，多难堪呀！

野葱躺在冰箱里，委屈得掉下了眼泪，它想起了荒野的日子，小虫在脚下弹琴，百花在周围盛开，清风吹开明月，它安静地生长，安静地凋零。等到了有缘人把它带走，可主人就因为一点儿缺点，就忽略了它极致的美丽。

过了几天，躺在冰箱里的野葱已经奄奄一息了，它无可奈何，那碧绿的头发开始腐烂。有一天，男主人不在家，女主人拿出野葱，重新清理，切细，拌上香油，白糖，醋，辣椒，芝麻，食盐。一盘上好的下饭菜上桌了。

野葱开心得手舞足蹈。彼采吾兮，不食，吾心伤兮，不语；今幸主人恩宠兮，拌吾香油颜俏兮。暂忘吾兮携口臭，上下通气兮不咳嗽。待得除寒兮神气清，亭亭玉立兮吾将欢。

电梯里的温度

方老师习惯早起，每天早上 7 点钟就收拾妥当。临出门时，再往镜子前站一站，理理鬓角的白发，看看发髻是不是一丝不乱，再拉拉领子，抿着嘴唇笑一笑，然后跨出家门。

方老师一年四季都是这个时间出门，几乎像钟表一样的准时。她会先去旁边的公园转转，算着时间再去学校。

长江边上的这座城市，自三峡工程蓄水后季节发生了变化，仿佛只剩下冬夏两个季节，春秋两季眨眼就没了，让那些喜欢四季分明的人们生出了许多的遗憾。

方老师伸手按了电梯按钮，电梯呼啦啦急速升上来。这个时间段，乘电梯的人少，大部分人 8 点钟才会出门。她拉了拉脖子上那条黄色作底、有红色大枫叶图案的长条形围巾，嘴角浮起一丝温暖的笑容。

电梯打开，二十九楼到了。方老师捧着双手哈了一下口中的热气，径直走进电梯，按了到一楼的按钮。红色的"1"瞬间亮起，像冬日里一星温暖的炭火。

方老师感受着电梯匀速地下行，看着跳动的红色数字，默默地数着……电梯运行到十八楼，缓缓打开。每天，那对母子都会在这个时间走进电梯，今天也不例外。母子二人穿着厚厚的羽绒服，母亲戴着一顶白色羊毛线帽子，儿子十四五岁的样子，比母亲高了一大截，戴着相同样式相同质量的咖啡色帽子。二人都把帽子拉得低低的，脸被口罩遮得严严实实的。方老师和这对母子比起来，个子就显得矮小了，她正要微笑着习惯性地打个招呼，但瞬间就僵住了，因为母子俩一跨进电梯就迅速转身，用背对着自己，仿佛表达着一种抗拒的情绪。儿子站在门边上，母亲今天没有按三楼的键，只是紧挨着电梯按钮站着，离方老师远远的。方老师轻轻蹙了一下眉头，低头看看自己，拉拉衣服，又摸摸口罩。一切都正常呀！

　　方老师住在二十九楼，这对母子住在十八楼，这栋楼坐落在小城中心，小区名叫"锦绣雅苑"。小区环境优美，四季都有花香。

　　方老师和这对母子，都是十年前搬进来的，他们那时还不认识。城里人都是匆匆地来，匆匆地去，心跟水泥丛林一样，有秩序有规则地冷漠着。

　　那时候，孩子刚上幼儿园，方老师总会在十八层的电梯里与他们相遇。开始他们只是礼貌地笑笑。后来，得知方老师的身份后，孩子会忽闪着大眼睛，仰起脸，看着方老师，礼貌地叫声："老师早！"方老师也会说："真懂礼貌！"然后摸摸孩子的头，再和孩子的母亲简单地聊几句。母亲接近三十岁的样子，个子高高的。夏天，又黑又长的头发总是披散在腰间，柔顺又有质感。冬天，头发会绾成一个髻，再用一个黑色网罩罩上，网罩上有一朵淡粉紫色的小花，像小区里一年四季都会开的杜鹃花，恰到好处地落在发髻的中心位置。衣服是以黑、白、灰为主色调的，她清瘦的脸上略施粉黛，眼型像月亮湾，眼角微微上翘，一双眸子里透出温热灵动的气息。整个人看起来典雅、温和、安静。

　　记得孩子上幼儿园时，逢着三八妇女节，他胖胖的小手拿着两束花，非常高兴，一进电梯就叽叽喳喳说个不停："老师，这束花送给邱小娟，这束花送给老师。"

　　母亲在一旁笑笑说："邱小娟是他同桌。"

"哟，孩子真了不起哦，知道给女生送花了。"方老师逗着孩子。

孩子一本正经的样子："邱小娟会唱歌，会跳舞，会讲故事，还把小狗玩具给我玩，送巧克力给我吃。老师喜欢她，我也喜欢。"方老师被孩子天真的样子逗乐了，孩子的母亲也跟着笑了起来。

电梯每天不疾不徐地运行着，孩子转眼间就长大了，送花的日子只剩教师节了。每逢这个节日，孩子会手捧一大束花，有时候是百合，有时候是郁金香，有时候是康乃馨，有时候是几种花的混合。这时候的电梯里，总会有淡淡的花香。男孩越长大，脸型轮廓越像母亲，浑身透出的安静气质也像，只是不再像小时候那么多话，甚至有些腼腆，显得温和有礼节。花，应该是孩子和母亲精心准备的。

要在往常，三楼一到，孩子总会说："妈妈等一下！方老师，对不起！"然后迅速跑出电梯，将坐在轮椅上候在电梯门口的张爷爷推进电梯。张爷爷退休前在一家银行上班，现在七十多岁，与老伴儿住在三楼一号房，就在电梯口旁边。张爷爷糖尿病严重，眼睛视物不清，腿脚也不灵便；老伴儿也瘦瘦弱弱，哮喘厉害。张爷爷有早起的习惯，无论严寒酷暑，刮风下雨，总想每天清晨去公园溜达，于是每天早上候在电梯门口，请求路过的邻居帮帮忙。有时候会等很久，也不见一个人影。孩子不知道什么时候知道了张爷爷的情况，也不知道是什么时候和张爷爷达成了默契。他把张爷爷推进电梯，到了一楼，又小心地把他推出去。方老师记不清孩子是什么时候开始做这件事的，反正好些年了，那时候推张爷爷，孩子还需要母亲帮忙，这几年一个人就可以轻松推出去了。

今天，方老师尴尬地站在他们身后。虽然这几年因为疫情，大家在电梯里都戴着口罩，可这并不影响交流呀！一个微笑、一句简单的问候还是有的。方老师百思不得其解。除了在电梯里有交集，平时各忙各的，并没有什么纠葛呀，到底是啥子事得罪他们了呢？

孩子和母亲没有在三楼停下，而是和方老师一起直接到了一楼。电梯门刚打开，母子俩迈开双腿疾疾地朝门外走去。母亲的白色羽绒服和孩子的黄色羽绒服迎风鼓起来，像两团盛开的花朵，浓艳又热烈。方老师看着他们的背影，自己也慢慢地向外走去。

方老师刚走出大门，就看到母子俩在远处站着，朝着她使劲挥手。孩子的母亲向四周看看，确定周围没人后，随即摘下口罩，大声喊道："方老师，我们娘儿俩昨晚上咳嗽得厉害，怕是感冒，会传染。我们这会儿去做检查。"

方老师先是一愣，然后会心地笑了笑，随即举起手朝楼上指了指："张大爷……"

"我早上起床时，给张大爷打电话了，告诉他今天不出去。"男孩没等方老师说完，瓮声瓮气地大声说道。

方老师挥手示意他们快快去，又抬起左手腕看了看时间，自语道："还来得及！"然后她转身返回电梯，按下了上三楼的按键……

虽然是冬季，但锦绣雅苑小区的杜鹃花开得红艳艳的，散发出阵阵幽香，让人倍感温暖。

我哥的经济危机

　　昏黄的灯光下，钢刀剁猪草的声音有节奏地响着。只是那声音听起来没有往常欢快，像一声声闷雷划过心底。"哎哟！"小雯立即放下刀子，左手虎口处，鲜血瞬间流了出来。她站起来，狠狠地吮吸，吐掉，吮吸，吐掉。哥停下手里的活，急忙跑过去，焦急地问："怎么啦？怎么啦？伤口深不深？"哥翻箱倒柜找来一块纱布，包扎好伤口后，又急忙拉着小雯向村口的诊所走去。小雯一路阴沉着脸，愤愤地说道："假惺惺的。"哥仿佛没听到什么，只是催促小雯快点儿，别让血流多了。

　　小雯是我的嫂子，个子瘦瘦小小的，有点儿蜡黄的脸上，一双大眼睛总是笑意盈盈，脑后常常垂着一束长长的马尾，比哥小十七岁。

　　自从她嫁过来之后，娘家里里外外都在悄悄地发生变化，鸡鸭成群，猪比以前更肥壮，地里的庄稼也似乎比以前长得好，屋后的一大片李子树，仿佛从不知疲倦似的，每到收获季节，李子总是密密匝匝，压弯枝头。尤其是哥，一改慵懒不修边幅的形象，每天穿戴整齐，除了上班，其余时间屁颠屁颠跟在嫂子后面，嫂子打猪草，哥提着镰刀跟在后面；嫂子摘菜，哥提篮子；嫂子做饭，哥忙着洗姜剥蒜；嫂子上个厕所，哥也是隔一分钟喊一次。恨不得每时每刻黏在嫂子身边，口哨声从堂屋响到灶屋，响到院坝。那脚步轻盈得快飞起来了。发了工资，哥就迅速地交给嫂子。嫂子在家，做得一手好饭菜，简单的食材，经过她的手，也是色香味俱全。吃饭喽，爸爸，吃饭喽，妈妈。一声妈妈前，一声爸爸后，喜得父母更是合不拢嘴。

小雯是一个远房亲戚介绍给哥的。哥在河对岸小县城的一家公司做保安，一个月除了五险一金，还有四千多元的工资。到了发工资的时候，哥不抽烟不喝酒，留两百零花钱足够，剩余的工资一分不剩地交给小雯。

哥那时四十岁了，眼看着皱纹一天一天爬上额头，婚姻大事还没踪影。他自己一点儿不放在心上，这可急坏了父母。母亲到处打听，到处请人说媒，看是否有合适的姑娘。

小雯是一家饭店的服务员。听远房亲戚说，小雯是奶奶养大的，奶奶在她初中毕业前夕去世了，小雯成了孤儿，无法继续学业，跟着同村的姐姐们到县城打工。哥和小雯在她打工的饭店见面，他们一见如故。父母虽然着急哥的婚事，却死活不同意这门亲事。他们说没父母教育的人缺教养，不懂事。还说小雯"两腮无肉，福禄全无，眉毛浓黑，尽把夫克"。我们再三劝说，从小雯的言谈举止来看，并不像没有教养的人，何况哥也老大不小了，也没什么事业心，一副"躺平"的样子，然后又打趣道，现在的女孩整容，整的就是这种脸。母亲瘪瘪嘴，蛇精脸无福，更不旺夫，圆盘大脸如满月的女人，是菩萨相，来拯救人的，所以旺夫。不知母亲哪来这么多乱七八糟的说法。但看到哥一直单身还优哉游哉，根本没把婚姻大事放在心上的样子，母亲长叹一声，也只能勉强同意了这门亲事。

那天，母亲去下街转角处，大黄桷树底下，找了一个算八字的先生，报出哥和小雯的生辰八字。那八字先生眯着眼睛，掐指一算，面露喜色，说："今天你这位大姐要给双倍价钱。八字合了五字，真是难得，难得，天作之合。"听了这话，母亲喜形于色，急忙选了个黄道吉日。

结婚那天，母亲按照老家的风俗，没有娘家人的媳妇，婆家是要置办嫁妆的，什么鞋袜衣裤，铺笼罩被，三大套，八大件，一样不落下。小雯风风光光地成了我的嫂子。父母在结婚仪式上的重视，让小雯感受到了久别的温暖。

每个周末，我们都会去娘家蹭饭，顺便捎些新鲜蔬菜回来。

这周六的晚上，淅淅沥沥下了点儿小雨。初秋的雨，褪去了一层夏的燥热。清晨醒来，打开窗户，清新凉爽的空气丝丝滑滑，捎带着桂子的清香迎面扑来，深吸一口，香味里还有甜糯糯的鸟鸣、秋虫的呢喃，远方田野里金色的稻浪在空气里徐徐起伏着。丈夫闭着眼睛翻了个身，打了个哈欠，正欲美美地来个回笼觉，慵懒地享受这难得的清晨。

"起床起床！"我掀开丈夫的被子，"莫睡了，等会儿过河那边去。"

"着啥子急嘛，还早。"丈夫闭着眼嘟囔着。

"还是要早点儿去，每次去吃现成的，好意思不！"

"妈妈，妈妈，快起来，舅舅说他昨天放了半天假的，捉了好多螃蟹，等着我们过去呢！"十一岁的儿子在门外边敲门边大声嚷嚷。

上几周回去，明显感觉哥和嫂子有些不对劲，好像也没什么明显的矛盾，也不好追问。

我们一家三口到了哥家，外公外婆笑盈盈地迎接孙子。哥在洗衣槽里清洗螃蟹，见到我们，抬起头来勉强笑了一下，儿子见到螃蟹，两眼放光，急忙飞奔过去。嫂子还在剁猪草，见我们来，三下五除二就把剁好的猪草收拢装好，放在角落备用。

初秋的天气凉爽宜人，何况刚刚还下了一场雨的。鸡在院里争相啄食，鸭在门前池塘里嘎嘎地叫着，拍打着翅膀，鹅踱着方步，那样子像神气活现的将军，猪还在酣睡，呼噜声一声长一声短，还不时夹着哼哼声，响彻整个院子。

厨房的锅碗瓢盆开始叮叮当当闹开了。嫂子麻利地做着饭菜，不一会儿，七八个色香味俱全的菜就端上了桌，油炸螃蟹金灿灿的，透着诱人的香味，儿子迫不及待地抓了一只；紫色的茄子一丝一丝整齐地排列着，上面覆盖着浓香蒜泥；虎皮青椒、鲜嫩的苕尖、薄薄透亮的粉皮炒腊肉，腊肉肥瘦相间，肥的晶莹剔透，瘦的红中带着烟火气，让人垂涎欲滴。

嫂子招呼着我们吃饭，话明显少了很多，眼睛里时不时地闪过一丝忧郁。有时候还大声呵斥正在桌子底下啃骨头的大花狗。

晚上喝了点儿米粥，早早上床睡觉。凌晨3点钟，我从梦中醒来，顿觉口干舌燥，摸索着、蹑手蹑脚地去厨房找水喝。

风透过窗户，裹挟在薄薄的睡衣上，我禁不住哆嗦了一下。猛然抬头，发现客厅阳台上有亮光闪动。心下一惊，顿时睡意全无。睁大眼睛悄悄靠近阳台玻璃门，定睛一看，那不是哥吗？正背对着我玩手机，再仔细一瞧，手机屏幕上，哥正在和一个女人头像的网友聊天，具体内容看不清，两千元的转账清清楚楚摆在屏幕上。我张大嘴巴，刚想问询，又怕夜深人静惊动了父母和嫂子，马上又闭上嘴巴，屏住呼吸，悄悄退回卧室。

我躺在床上，睡意全无，望着黑漆漆的天花板。难怪嫂子这段时间总是阴郁着。哥是什么时候和别的女人好上的？这个女人是谁？是他们公司的小玉？小玉大概三十岁，披着齐肩卷发，白皙的瓜子脸上时时泛着红晕，像极了春天的桃花，不大爱说话，有些羞涩而腼腆。离婚了带着一个小女孩，生活中遇到困难总是找哥帮忙。哥不管有多忙，总是乐呵呵地尽心尽力帮助。难道是日久生情？抑或是新来的紫瑰？紫瑰大概四十岁，婚是离了结，结了又离，如同进菜园门，往往返返不知有多少次。打扮时尚新潮，眉目含俏含笑含娇，万般风情牵动着男人的神经。还是个自来熟，没来几天和谁都打得火热。曾开玩笑对哥说，她看上了哥的老实敦厚，当时把哥闹了个大红脸。我愤愤地猜测着，电视上说，长得有型多金的男人才花心。哥既没钱，还长得不咋样，一米六五的个子，一百五十六斤，看上去矮胖胖的，宽额头，阔嘴巴，眼睛还眯眯的。

回程的路上，我把哥的秘密告诉了丈夫。他略略惊奇了一下又释然了，轻声嘀咕了一句："男人嘛，正常。"

"说啥呢？男人真不是个好东西，莫非你也有二心？"我怒目圆睁，狠狠地揪着丈夫的耳朵。

"开个玩笑，你也当真了，哎呀，放手放手，老婆大人。"丈夫求饶道。

"不行，不能让哥这样下去，太委屈嫂子了。你看嫂子这段时间闷闷不乐的，也许早就发现了哥的端倪，男人真是善变，刚刚结婚那会儿，对嫂子是含在嘴里怕化了，拿在手里怕飞了，真是百般腻歪，百般宠爱。"

"找个机会问问哥，敲敲警钟。别把家搞散了，让父母伤心。"我们商量着下周找个合适的地方约哥出来探个究竟。

星期三一大早，我们刚刚起床，哥就心急火燎地跑到我家来了。"妹子，家里有没有几万块现钱，借我，急用。"平时从不开口求人的哥，居然找我借钱。

真是走火入魔了，我一下跳了起来，大声嚷道："你被哪个女人迷住了，借钱干什么？你一不买房，二不买车。"

"妹子，你，你说啥呢？"哥一急，说话也结巴起来。

"妹子，你晓得不。小雯原来还有个父亲，她母亲死后，父亲不顾小雯，就跟一个女人跑了。小雯奶奶死的时候，回来过一次，小雯也不搭理，她父亲从此再没回来过。"哥脸涨得通红，厚厚的嘴唇嗫嚅着。

"啊！她父亲在哪里，从没听嫂子说过呀！"我惊讶得张大了嘴巴。

"你晓得不，十几天前，我刚刚下班，走到离家不远处的竹林尽头时，看到小雯把一个女人使劲往外推。

"那女人五十多岁的样子，头发花白，她低着头，只顾抹着眼泪。

"待那女人走过去，我追上去问这到底是怎么回事？她抬起头来，双眼红肿，看到我，浑浊的目光闪过一丝光亮，仿佛茫茫大海里，看到了一块漂来的木板。

"那女人问我：'你是小雯的丈夫吗？'我点点头。

"她伸出双手，使劲抓住我的手，使劲摇晃着说：'这可怎么办，这可怎么办，小雯她爸得了胃癌，家里能卖的都卖了。现在住在县医院，人瘦得脱了形，差钱得很。我好不容易打听到你们家，小雯她，她听到我说明来意，一直说没有父亲，没有父亲，恨她父亲得很哪……'那女人泣不成声，几欲要蹲下去。

"我心里一阵紧似一阵，连忙扶起她：'阿姨，别着急，别着急，我们来想想办法。'

"远山起了雾，看看天色已晚，我劝阿姨去我家住一宿，她说什么也不肯，只加了微信，留了电话，方便联系。

"回到家里，小雯阴沉着脸，眼睛肿了，好像刚刚哭过。看见我回来，低着头问候了一声，连忙扭头进了厨房。好像生怕我看到她的眼睛，她的脸，她的整个面部表情。我也没告诉她我知道刚刚来的女人是谁，来干什么。

"一个月转两千吧，可怎么对小雯说呢。每个月可是要交四千块钱的。不转吧，怎么可能呢？那是小雯的亲生父亲，于情于理都说不过去。外人遇到这种事，还捐点儿款呢。哎，先转了再说吧，至于小雯这边，等机会来了再说清楚。嗯，就这么办！我晚上躺在床上，翻来翻去想办法。

"我瞒着小雯，每个月给小雯父亲转两千。这段时间，由于没给小雯多少钱，还一度怀疑我在外面找了女人。小雯一直在家跟我使性子，我也不敢说钱的去处。可真要不管，小雯肯定难过，虽然恨，但那毕竟是她的亲生父亲。她那么单纯善良。如果她父亲就这么走了，小雯后半生会在悔恨和自责中度过的。"哥长叹了一声又说道，"这次要做手术，需要一大笔钱，我使出浑身力气，也想不出办法，只能找你们了，看你们，能想点儿办法不？"

哥说完这一大段话，脸已经红到了耳根，又急急地低下头去。要知道，哥是从来啥事都不管的人，更何况借钱这么大的事。即使我是他亲妹子，他也从不开口要求我做什么。

我抬头看了看丈夫，探询地说："你看，这个事，咹个办？好像家里也没有多少现钱。"

丈夫面色凝重，摸了摸后脑勺："这个，对了，你来借钱，嫂子晓得不？"

"她晓得，我昨天晚上把她父亲的情况告诉了她，并把这段时间钱的去处也告诉了她，她一宿无话，一晚上就在翻身。今天早上，她把平时省下来的八千块钱给了我。"哥回答道。

"这样吧，你微信有好多零钱？来嘛！"丈夫转过头问我。

"五千多块零钱。"我说。

"过年的时候，不是存了三万块钱的吗？你把卡拿起，去取出来嘛，尽量多凑点儿。"丈夫接着说道。

"那是定期嘛，取了不划算……"我还犹豫着。

"是那点点利息重要，还是救命重要！快去取回来！"丈夫催促我道。

这时，一轮红日冲破乌云，跳出山头，霞光万道。金色的光辉在城市里暖暖地流淌。小雯不知什么时候也来了，她悄悄地站在哥的后面，双手环抱着哥的腰，头紧紧地靠在哥的背上。

蓝月亮

一阵手机铃声将苏黎从梦中惊醒，她睡眼惺忪地摸过床头柜上的手机，里面传来的是一个陌生而苍老的男人声音。她开始听时有点儿反感——谁这样不懂事午夜打电话，但听着听着心不由得开始颤抖，手指竟然慌乱地触碰到了手机的挂机键。这个时间是夜里 11 点 59 分。

苏黎从小体弱多病，养成了早睡早起的习惯，晚上 10 点准时睡觉。

县城的夜晚，马路上来来往往的车辆，有时候急促，有时候缓慢，时有摩托车急驰的声音，那是小年轻们趁夜晚马路上行人稀少在飙车。苏黎再也睡不着觉，悄悄披衣起床，拿了手机摸索着来到阳台上。对面的高楼，矗立在巨大的夜色里。偶尔几盏灯火，像镶嵌在楼层中的眼睛。这会儿还灯火明亮的人家，也应该是有正上初三或者高三的学生吧。苏黎透过夜幕，再透过帘幕，仿佛看到一个个孩子奋笔疾书抑或苦思冥想的身影，静静的灯光穿过他们青春的身影，辉映着他们奋斗的汗水。苏黎由衷地赞叹他们蓬勃的朝气，永不服输的精气神，脱口而出：青春真好，奋斗真好！

一阵风吹过来，苏黎裹了裹睡衣，深冬的夜寒气逼人，一弯下弦月冷冷地挂在天空。楼下左边，疫情防控的地方，两顶蓝色的帐篷闪着幽幽的光。近处的帐篷里，依稀可见一名警察低着头来回走动着。远处的帐篷里，看不清是什么人在值守，也许是警察，也许是医生，也许是志愿者。帐篷里透出幽蓝的光，让旁边的行道树增加了一丝冷寂、幽深。

苏黎叹了口气，又抬起眼。对面高楼的孩子，是男孩还是女孩？这会儿还在书海中遨游。他或她是怎么度过小学的？成绩好吗？老师喜欢他或她吗？同学们对他或她友好吗？他或她快乐吗……

电话又响了，她感觉心惊肉跳，又是那个刚才打过的号码。苏黎接通电话，那个苍老哽咽的声音又传来了："苏老师，请问您什么时候有空？有一封信需要交给您。"顿了一下，他又说，"苏老师，对不起，我们在外面做工，熬夜熬成了习惯，打了电话才惊觉这么晚不该打扰您，实在是对不起。"苏黎连声说："没事，没事！我明天下午没课，那就明天下午3点在龙脊岭公园广场见面吧。"

苏黎是桃源县桃源小学的一名教师。桃源小学坐落在县城西方，是一所有近百年历史的老校，以师资力量雄厚，治学严谨而出名。苏黎仔细一算，她到这所学校已经十五年了。十五年里，送走了多少学生，做了多少琐碎的工作，她已经记不得了，只有刚到桃源小学时任教的那个班和那个班上的学生还历历在目。

她记得那个叫方种田的孩子，是从普安乡的一所村小转到桃源小学的。记得那是九月份刚开学的时候，这天天气晴朗，苏黎的班上，同学们正在挨个讲述着暑假的见闻和感受。班上一个个子矮矮但肉肉很多的男同学（同学们都叫他小胖墩）站起来说，他暑假去黑龙江的一个小县城，具体什么县记不得了，爸爸妈妈在那里开的面坊。每天忙到半夜，迷糊一会儿又起床送面到各个摊点、超市。云阳面好吃，丝滑柔软，所以爸爸妈妈生意特别好，但也够辛苦的。爸爸还说寒假过去，可以带我去哈尔滨看冰灯和雪雕，可美了。小胖墩话没说完，同学们一阵起哄，胖墩好不得了哟，要到"哈儿兵"去看热闹……"安静！安静！"苏黎敲着桌子说："别恶作剧，哈尔滨是黑龙江省的省会，就跟四川的成都一样。"

咚咚咚，一阵敲门声，苏黎打开教室门，见一老一小两个人，老的连忙上前一步问："您是苏老师吗？这是我孙子，叫方种田，这是教导处开的条子。"老人双手递过条子。苏黎接过条子细看，上面写的是：苏老师，兹有插班生方种田同学安排你班就读。苏黎看到老人的一双大手黑黑的，到处是皲裂的小口子，手指弯曲着，伸不直的样子。旁边的方种田，瘦瘦小小的，一双眼睛羞涩地看了一眼苏黎，急忙低下头去，怯怯地站在老人身后。苏黎问道："从哪里来的？"爷爷答："普安的石门小学。""成绩好不？""唉！这娃儿呀脑壳有点儿不开窍，成绩不好。"爷爷回答说。"有啥子特长不？"爷爷怔怔地看了苏黎一眼，随即明白了，他尴尬地笑了笑，转头看看方种田说："没得啥子特长，好像喜欢打篮球。""在街上租房住还是买的房？谁带他？"苏黎担心又是两个留守的爷孙。"租的一间地下室。他父母在外面打工，是我带起的。"不出所料，苏黎脸色一下阴沉了下去，心想，这样的家庭有几个娃儿成绩好的？

爷爷看到苏黎脸色不对，急忙答："老师，给您添麻烦了。弄到桃源小学，就是想让他有个好的学习条件。好好读书，多读书，将来不用种田就有白米饭吃。往后的学习全靠您了呢。您行行好，收下吧。"苏黎叹口气说："我没说不收嘛，我有什么理由和资格不收呢？"爷爷喜形于色，说："老师，他可以进教室了不？"苏黎说："别忙，你先去找桌子、凳子和书。"爷爷留下方种田，找桌子凳子去了。

苏黎没有关教室门，也没喊方种田进教室。苏黎回到讲台上，同学们还在继续分享暑假里的所见所闻所感，教室里热闹得像开了锅一样。方种田手足无措地站在门口，他背着一个海蓝色的书包，像蜗牛背着的壳一样，沉甸甸地附在他瘦削的背上，一件白色 T 恤衫，盖到大腿根部，T 恤衫胸前印着一枚弯弯的蓝月亮，倒也干净整洁。他不时抬头看一眼教室里的同学们，又偷偷看一眼讲台上的苏黎。苏黎老师面对同学们，不时扶一下蓝色边框的眼镜，一阵风从窗外的大黄桷树奔跑过来，径直闯进教室。苏黎老师湖蓝色的连衣裙飘了起来。方种田不由得瞪大眼睛，愣了一下，随即咧嘴笑了。他想到了妈妈的怀抱，蔚蓝色的怀抱。妈妈在他一岁时就跟随爸爸在外面漂泊，只是每年过年时才聚几天。他依稀记得妈妈有一年回来，系着蓝色围裙，他就偎在围裙里睡着了。

下课了，爷爷的课桌椅还没找来。同学们蜂拥着出了教室，把方种田团团围住，叽叽喳喳地问个不停：你是来我们班的新同学吧？你叫什么名字？几岁啦？有啥爱好？你从哪里来的？方种田只是低着头，被同学们拥来拥去，并不作答。这时，窗外大黄桷树上的知了扯了一声，黄桷树上顿时沸腾了，蝉鸣此起彼伏，同学们倏地一下跑开了。

每天早自习时，苏黎都会从《国学经典》中找一首诗或者一阕词，让同学们诵读。方种田来班上就读的第二天早自习课上，苏黎从《国学经典》中找了诗经里的一段文字，投影在大屏幕上。告诉同学们，先查字典正音，然后诵读。

周颂，良耜，畟畟良耜，俶载南亩。播厥百谷，实函斯活。或来瞻女，载筐及筥，其饟伊黍……瞬间，教室里成了一个热气腾腾的耕种场面。同学们摇头晃脑，大声吟诵着。

苏黎老师说："方种田，你来读读。"

同学们听到老师叫方种田，都好奇地笑开了："读呀，读呀，这个就是种田的诗。"同学们开始起哄着，怂恿着。方种田怯怯地站起来，脸涨得通红，拿着书，半天没憋出一个字。苏黎让方种田坐下，心里也有点儿自责，这个学生刚来，不应该让他在同学们面前丢面子。于是苏黎马上又打了个圆场："种田同学刚来，还有点儿怯场，同学们要理解。"

苏黎对种田的名字有点儿好奇，课间的时候悄悄把方种田叫到一边问："你这名字是父母取的还是爷爷取的？为什么取这个名字？"方种田有点儿不好意思地回答说："我家在普安乡的大山深处，没有水田，只有旱地，种些苞谷、洋芋的。一年四季都吃那个，腻得很，过年才去买点儿大米，米饭那个香呀！"说到这里方种田不由得咂了咂嘴巴，好像在享受米饭的味道。"爷爷希望我长大了有田种，有吃不完的大米，所以为我取名方种田。"

第三天早自习时间，方种田的座位上不见人影。

"方种田同学还没来？"苏黎问班上其他同学。

"苏老师，他来了，书包一放，抱着个篮球上操场去了，还问我去不去。我说不去。"坐在方种田后面的鲁晓东站起来回答道。

苏黎怒气冲冲地快步走向操场，见方种田正在拍篮球，从前面拍到后面，忽而转身又从胯下拍到后面，球好像黏在他双手上似的。

"方种田！"苏黎大声喊道，"这是早自习时间，是读书的时间，赶快收起球回教室！"

听到喊声，方种田猛地抬起头，蓝白相间的球掉在了地上，向一边滚了过去。他抬起手臂，伸出手掌，抹了一把脸上的汗水，慌忙捡起球紧跟在苏黎的后面。

苏黎说："不知道这是早读时间吗？"

方种田怯怯地说："我们原来的学校早上是可以打半个钟头球的。"

苏黎说："这不是你们原来就读的学校，你得努力学习，期末争取考个好成绩。"

"嗯嗯，要得。"方种田吸了一下鼻子。

方种田打篮球的兴趣远超过读书的兴趣。课间的时候，只要瞅准时机，抱着个篮球一溜烟就往操场跑，那股高兴的劲像变了个人似的。

第一单元测试卷上，方种田的等级是 F。苏黎仔细地看着方种田的答题。看拼音写词语是个盲点，这类题没有一个是正确的。整张卷子，作文得了十五分，选择题蒙对了三个，其余的题，不是空着，就是乱写。苏黎眉头皱在了一起。她站在讲台前，看着方种田因努力写字而涨得通红的脸，苏黎不由得长叹一口气。

"方种田，过来！"苏黎面无表情。

"陈星，你也来一下。"两个孩子放下笔，瞪大眼睛看了苏黎一眼，诚惶诚恐地来到苏黎面前，他们俩悄悄对望一下，不知道发生了什么事。

"陈星，从今天起，你每天监督方种田认真抄写当天学的生字、新词。第二天再考听写，检查他的识记情况。记住，听写时一定要组词并带上音节。"

陈星是个乖巧又好学上进的小女孩，正好成了方种田的同桌。一对一帮扶，是苏黎一贯的提携后进生的方法。

"方种田，每天写一则日记，语文成绩这么差，不练笔不行。平时篮球少玩，体育课上尽情玩。"苏黎转向方种田说，两个孩子点点头，回到了座位上。

第四天下午第一节课下课时，陈星满脸通红，提着方种田的听写本来到苏黎面前。"苏老师，您看。每个字先抄四遍再听写，还是错。错的写一排过来后再听写，还是错。我一转眼，他就在本子上画弯月亮，还涂上蓝色的墨水，弄得我的衣服上、桌子上到处都是墨水。"陈星急得直跺脚，眼角挂了两颗小泪珠。

"方种田，上来！"苏黎阴沉着脸，厉声喝道。方种田慢腾腾地站起来，双手拉着自己的衣角，低着头，慢腾腾地走到苏黎面前，不敢抬头看苏黎一眼。"从今天起，下课除了上厕所，其余的时间都给我写写写！把蓝墨水收起来，更不允许乱涂乱画。"苏黎有点儿歇斯底里，猛地拿起语文书，狠狠地砸在讲台上。

同学们都猛地抬起头，五十多双眼睛齐刷刷地看向苏黎。两个孩子吓得睁大眼睛，方种田不由得浑身颤抖。

那个晚上，方种田做了一个奇怪的梦。他枕着金色的稻穗，正迎着阳光在天空飞翔，忽然，他看见了一片蓝色的裙摆，心里正高兴。突然，这蓝色的裙摆瞬间变幻成了波涛汹涌的大海，他径直地掉进这海里了。他在这海里怎么挣扎都无济于事，他被波涛巨浪挤压着、撕扯着，很快被甩成了碎片……在惊恐中醒来，方种田已是一身冷汗。

第二天课间的时候方种田找到陈星，说："陈星，我每天抄写两遍生字，不听写，行不？"方种田一边小声问，一边从书包里拿出一包开心豆，递给陈星。昨天爷爷去商店，给他买了三包开心豆，那是方种田最爱吃的零食。爷爷给了他一包，另外两包藏了起来，说一天只能吃一包。方种田接过豆子，没有像以前一样，哗地撕开袋子吃起来，他把豆子从左手放到右手，又从右手放到左手，反复几次。然后悄悄放进了书包。

"不行，老师晓得了要遭殃。"陈星摇摇头，看了开心豆一眼，没有接。

"如果苏老师问，你就说天天听写了的。"方种田把开心豆放在陈星的课桌里。

陈星还是摇摇头，方种田看看陈星，拿回了开心豆，重新放进书包里，还连连唉声叹气。开心豆吃了会开心，我就自己吃吧！方种田想。

阴历十一月的最后一个周末，天空飘着小雪，方种田跟随爷爷回了一次老家。星期天晚上，爷孙俩背了满满一背篼蔬菜，敲开了苏黎的门。

　　"苏老师，这些萝卜呀白菜呀芫荽呀，全是这娃儿奶奶种的，没打药，老师您别嫌弃。"爷爷边说边放下背篼。苏黎怔了一下，不知说什么好。随即说道："进来坐坐，进来坐坐。"

　　"不坐，天这么晚了，不打扰老师休息。您看，这些菜放哪里？"

　　苏黎转头扫视了一下屋子："就放桌子上吧，真是辛苦您了。"

　　方种田搓了搓红肿的小手，立即弯下腰，一样一样地拿出来，整整齐齐放在桌子上。背篼底部，横卧着一大块红白相间的肉。

　　"爷爷，你来提肉，我提不动。"种田对爷爷说。

　　"肉拿回去，自己吃吧！"苏黎说。

　　"这是杀的年猪，平时喂的熟食，没吃饲料。农村也没啥给您送的，娃儿的奶奶说给老师砍块肉吧！种田这孩子，给您添了不少麻烦。这也是我们的一点儿心意，您就别嫌弃了。"

　　苏黎不知道说什么好，眼睛里仿佛有什么东西涌动了一下。她连忙跑进卧室，拿出五百元钱。

　　"您……您这是，我们不穷，有钱用的。"爷爷连连摆手，急得直后退，退到门边，差点儿一个趔趄。

　　"爷爷，小心！"苏黎和方种田同时喊道，方种田跨步上去扶住了爷爷。

　　"您说哪里话呢，这是给种田的奖励。他除了学习吃力，其他方面表现很好呢！"苏黎说出了一个比较牵强的理由。其实，她在心里默默地衡量着蔬菜和肉的价值，她可不想亏欠这爷孙俩的人情。

　　爷爷迟疑了一下，双手接过了钱。苏黎看到，爷爷的眼里也闪动着晶莹的泪花。苏黎又从茶几上端来果盘，一股脑儿把糖果、水果倒进了背篓里。

不知不觉，方种田到桃源小学学习已有一年了，个子仿佛没怎么长，苏黎每次到教室见到他，方种田都在写字。

阳历六月二十八号那天，是学生期末考试的日子。方种田的爷爷早早来到学校，候在考场外面。中午 12 点，考试结束。方种田飞一样冲出教室，跑到爷爷身边。爷爷牵着方种田的手，站在苏黎面前。

爷爷说："苏老师，种田这一年给您添麻烦了。这一年来，这孩子一直闷闷不乐的，吃饭也不香。问他，什么也不说，我怕他有个啥三长两短，对不起儿子儿媳，对不起孩子。我这就把他转回普安去，山上水边接地气，也许种田就活泛了。"

爷爷用手背擦了一下眼睛，种田的眼里也闪出一丝亮光。

苏黎看着爷孙俩，怔怔地，长长地舒一口气，又叹一口气。"也好！这个娃儿可能对这里的环境不适应，回家去读说不定会好一点儿，您也要少操些心。"

苏黎又摸摸方种田的头说："回到普安小学，还是要认真学习哦。有什么事情，可以随时给我打电话。"方种田看着苏黎，使劲地点了点头。

时间如白驹过隙，后来，方种田高中毕业，没有考上大学。去广东的东莞做了一名外卖小哥。这些，苏黎后来才知道。

第二天下午 2 点半，苏黎在龙脊岭公园的广场上候着。3 点钟，方种田的爷爷准时来了。爷爷从蓝色夹衣的内口袋里摸出一个黄色的牛皮纸信封，双手颤颤巍巍地递给苏黎。"苏老师，我这几年也随儿子孙子在广州，大前天才回来。这封信是我们在种田的遗物中看到的。"苏黎的心咚咚咚地跳着。"这到底是怎么回事，方种田到底遇到了什么？"苏黎焦灼地问。爷爷说："这娃儿在东莞的厚街送外卖。那天夜里 12 点了，他睡得模模糊糊，忽然手机叮咚一声，弹出一条消息——是一张订单，帮一个姑娘买点儿感冒药，送去复兴路蓝色家园 18 幢 5-3。冬天的东莞，半夜也是很冷的。种田穿了一件厚夹衣，骑车刚刚到桥上，他猛然看到桥栏杆边有一个黑影，隐隐约约地看到那个人影抬起了一条腿，像要跨越栏杆。不好，这个人是要轻生了！种田一个急刹车，来不及多想，便向那个黑影冲过去。不料，后面一辆小车来不及刹车就撞上了。种田当场就昏迷不醒，右手还指着黑影的方向。这娃儿在医院的急救室一直昏迷不醒。医生说伤势太重，恐怕救不过来。昏迷的第三天，他忽然慢慢睁开眼睛，艰难地喊了一声爷爷，又断断续续地问：'那个人……救……救下来了没有？'我说：'救下来了！'种田听完又昏过去了，再也没有醒来。我当时的心像断裂一样地痛，抱着种田的遗体大声号啕道：'你个傻娃娃呀，那个人不是轻生，而是匆匆行路时，鞋带松了，准备把腿搁在桥栏杆上系鞋带。'

"我们在他的遗物中翻到一封信，信封有些陈旧，但干干净净的，一看信封的收信人，是写给您的。"

苏黎坐在灯下，缓缓展开信笺。

敬爱的苏老师：

您好！离开您已经八年了。今年刚刚参加完高考，便想着给您写封信。这八年，我无时无刻不想您。记得刚看到您时，您那蓝色的裙子深深地迷住了我，一种安静又辽阔的力量便涌了过来，多么像母亲的怀抱呀。我成绩很差，课文读了很多遍，也不能背诵，字写了很多次，也不能记住。我不停地读呀写呀，考试依然不能及格。苏老师，我对不起您。记得那个冬天，您那天一早来到教室，眼睛红红的。事后我们才知道，您的什么职称评聘，因为我们的成绩没有进入年级前三，又落聘了。您那段时间闷闷不乐，我也愧疚不已，您曾经说过，方种田，你如果能考到 100 分（总分 120），我们班的平均分就要多一分，年级排名就可以进入前三。您对我那么好，我辜负了您呀。我的成绩一直上不去，可能是我太笨了的缘故吧！今年高考完了，想必也考不上什么学校，等过完暑假，去广东看看，能不能找点儿事做……哦，对了，苏老师，我在您班上学习的那一年，除了写字，背课文，就是画弯弯的月亮，涂上蓝墨水，心就平静了。我烦躁时画，委屈时画，想家乡的蝈蝈时画，想妈妈时画……

苏黎双手紧紧抓着信纸。她早已泣不成声，泪水模糊了双眼。这封信距离现在也有四年了。她内心波涛汹涌，她找来一张蓝色的纸，她用尽全力想抹平，可怎么也抹不平。蓝色的褶皱呀，积满了污垢。

她蘸着泪水写下：

方种田同学：

此时此刻，小城一片寂静。我对着苍茫夜空，大声地告诉你：对不起，孩子！这迟到的道歉，能不能穿越时空，冲破阴阳相隔的屏障，传到你的耳边？记得那年，你插入我们班。知道你的情况后，我心生不满，又是一个拖后腿的孩子……于是，我让你不停地写呀写呀，让你厌恶了学习，又转学到了原来的地方……如果那时候，我能鼓励你参加学校的篮球队，能鼓励你学好专长，能听听你内心的声音，也许就不会是这个结果。那天，我上操场，看到了你的身影，和同学们一起拍球、跨栏、投篮，动作是多么流畅有力量呀。可我却大声吼你，回教室抄抄写写。孩子，老师对不起你……孩子，我还有一件事也对不起你。

那个冬天的中午，我照例提前30分钟来到教室，下意识地看到你的座位是空的。我刚想问同学们你去了哪里时，你气喘吁吁地从外面跑了进来，满脸通红，额头上满是细细密密的汗珠，右手上依稀可见血迹。你低着头站在我面前。我不问青红皂白劈头盖脸骂了你一顿，说你肯定又是去打篮球了，还受了伤。你只是涨红着脸，一句话也没说。后来才知道，你写完字去上厕所，碰到邻班一位同学脚下一滑，额头正好碰到洗手台瓷砖的棱角上，当时鲜血直流。你一时吓坏了，急忙捂住那同学的伤口，扶着他到了底楼的医务室。后来，我无意中知道了真相，多想当面给你道个歉啊，无数次欲言又止。今天，我要大声地说一声，对不起！

放下手中的笔，苏黎想起了方种田刚刚到班上来的时候吟诵诗词的场面。于是，她含着泪，轻轻吟诵着，一遍又一遍：周颂，良耜，畟畟良耜，俶载南亩。播厥百谷，实函斯活。或来瞻女，载筐及筥，其饟伊黍……

那天晚上，一个未了的心结让苏黎辗转难眠。

星期六一早，她让丈夫陪同，揣着写给方种田的信和一只蓝色的打火机，开车来到离桃源几十里地的普安。她几经辗转打听到了方种田的坟地。她让丈夫在山下等着，一个人来到山头的坟茔前。冬日的山头萧瑟、晦暗，远处山坡上的羊群，偶尔飞过的长尾鸟，给这座荒山增添了一丝生气。苏黎在方种田的坟前坐着，任凛冬的风像刀子一样刮过她的脸庞。山脚下的磨刀溪水，变成了一汪碧潭，早已听不到日夜欢快的流动声。苏黎掏出信，拿出打火机，点燃那些字字带着忏悔的文字。在方种田的坟头鞠了三躬。看着火光在信纸上的跳动，她仿佛看到方种田亮闪闪的眼睛，又从不远处传来方种田的声音，这声音，像从仙境传来的，又像从狭谷中透出来的，一丝丝，一缕缕，洁白耀眼。老师对不起你……泪水从苏黎的眼眶又一次落下来，一颗，两颗，一串，两串。从听到方种田出事的消息后，苏黎的眼睛就没有干过。那些天，她眼睛总是红红的、涩涩的，仿佛随时都会决堤一般。今天，坐在山头，坐在方种田的新坟前，苏黎的眼泪终于像决堤的洪水，带着泥沙，带着巨石，带着枯枝败叶，滚滚而下。